U0466009

亲历文坛五十年

吴泰昌○著 肖潇○选

江苏凤凰文艺出版社
JIANGSU PHOENIX LITERATURE AND ART PUBLISHING, LTD

图书在版编目（CIP）数据

亲历文坛五十年 / 吴泰昌著. — 南京：江苏凤凰文艺出版社，2017.7
ISBN 978-7-5594-0773-3

Ⅰ. ①亲… Ⅱ. ①吴… Ⅲ. ①散文集－中国－当代 Ⅳ. ①I267

中国版本图书馆 CIP 数据核字(2017)第 155841 号

书　　名	亲历文坛五十年
著　　者	吴泰昌
责任编辑	张　黎　查品才
出版发行	江苏凤凰文艺出版社
出版社地址	南京市中央路 165 号，邮编：210009
出版社网址	http://www.jswenyi.com
印　　刷	苏州市越洋印刷有限公司
开　　本	880×1230 毫米 1/32
印　　张	7.875
字　　数	216 千字
版　　次	2017 年 7 月第 1 版　2018 年 10 月第 2 次印刷
标准书号	ISBN 978–7–5594–0773–3
定　　价	39.90 元

（江苏凤凰文艺版图书凡印刷、装订错误可随时向承印厂调换）

目　录

忆茅公

中国作协第一任主席、《文艺报》《人民文学》的创始人、伟大的革命文学家茅盾去世已整整二十年，我们在心里永远尊称他为“茅公”。

1949 年 2 月 1 日，北平解放，2 月下旬茅盾到达北平。3 月，各解放区和国民党统治区及香港的文艺界人士陆陆续续汇集北平。3 月 22 日，郭沫若、茅盾出席华北文化艺术工作委员会和华北文协举办的招待茶会，郭沫若提出发起召开全国文学艺术工作者大会以成立新的全国性的文学艺术界的组织，全体到会的文学艺术工作者都热烈赞成。3 月 24 日，筹备委员会宣布正式成立。筹备会委员会由郭沫若、茅盾、周扬、叶圣陶、郑振铎、田汉、曹靖华、欧阳予倩、柳亚子、俞平伯、徐悲鸿、丁玲、柯仲平、沙可夫、萧三、洪深、阳翰笙、冯乃超、阿英、吕骥、李伯钊、欧阳山、艾青、曹禺、马思聪、史东山、胡风、贺绿汀、程砚秋、叶浅予、赵树理、袁牧之、古元、于伶、马彦祥、刘白羽、陈荒煤、盛家伦、宋之的、夏衍、张庚、何其芳等 42 人组成。郭沫若任筹委会主任，茅盾、周扬任副主任。就是在这次会上，决定出版周刊《文艺报》，并由茅公负责筹划。

1949 年 5 月 4 日《文艺报》第一期出版，至 7 月 28 日第十三期，在文代会筹备和大会召开期间总共出了十三期，除第一期外，余均为周刊。一至八期编者署名为“中华全国文学艺术工作者代表大会筹备委员会文艺报编辑委员会”，九至十三期署“中华全国文学艺术工作者代表大会文艺报编辑委员会”，由于版权页上未公布《文艺报》编辑委员会的人员，所以，长时期以来，少有人知道创办《文艺报》时期《文艺报》编辑委员会的带头人就是茅盾。据《中华全国文学艺术工作者代表大会纪念文集》载：“文艺报编辑委员会委员是茅盾、胡风、严辰（厂民）。”茅盾当时是文代会主席团副总主席、文艺作品评选委员会主任，胡风是筹委会委员、大会主席团成员，严辰是诗歌组委员。

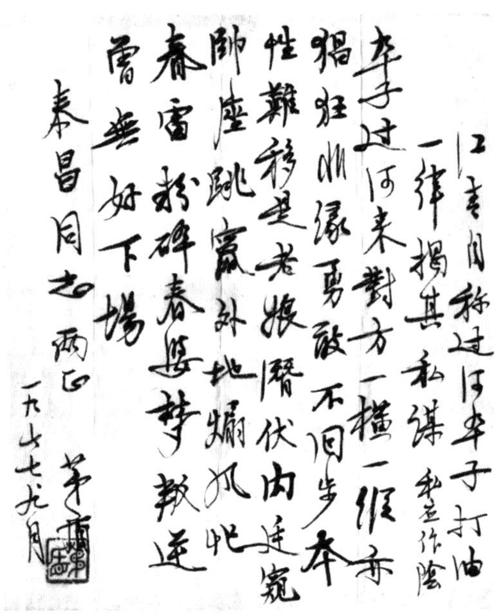

1977 年茅盾赠笔者诗作

茅盾为《文艺报》诞生费尽精力，大小事多亲自过问。出版《文艺报》用纸，茅盾甚至惊动了周恩来副主席。1979 年第四次全国文代会和第三次全国作代会召开前夕，文联及各协会恢复筹备领导小组负责人冯牧、张僖曾派我和刘梦溪去茅盾家取回他改定的在第三次全国作代会上作的题为《解放思想，发扬文艺民主》报告稿。茅公顺便询问起会议准备的一些情况，他感慨地说，现在客观条件好多了，第一次文代会用纸，包括《文艺报》用纸，都得去麻烦总理解决。阿英 1949 年 5 月 13 日日记中有一段记载可以印证茅盾的记忆："晚 8 时，(袁)牧之来车，同去中南海。(潘)汉年、夏衍、许涤新、周扬、沙可夫、萨空了、茅盾、何其芳，亦先后至。10 时许，恩来同志来。首先谈文代会问题，次新闻纸问题，又次上海文化工作问题，第二部分谈完后，夜饭，旋继续谈至三时半完。"

茅盾强调版面上要促进文艺界在为新中国基础上的广泛团结，在遵循党的文艺方向上的思想统一，他善于用交流的方式实现这个意图。1949 年 5—6 月，《文艺报》曾召开三次文艺界座谈会，茅盾主持过两次。第一次出席有冯至、臧克家、柯灵、杨晦、黄药眠、卞之琳、钟敬文、张骏祥、焦菊隐、杨振声等。第二次座谈会的主题是《关于新文协的诸问题》，出席的有张瑞芳、白杨、赵沨、许广平、徐悲鸿、郑振铎、曹禺、戴爱莲、田汉、骆宾基、舒绣文、戈宝权、葛一虹、洪深、凤子、马思聪、蒋牧良等。座谈会发言经记者整理后，茅盾亲自仔细改定，详细报道。

茅盾为《文艺报》撰写了多篇文章。如代编委会起草了《发刊词》，《发刊词》中说："多少年来，从事文学艺术工作的朋友们都希望有这么一个定期刊物，作为交流经验、交换意见、报道各地文学艺术活动的情况，反映群众意见的工具。然而由于客观形势的阻隔，此种希望，迄今未能成为事实。现在，全国文学艺术工作者代表大会即将开会，各解放区以及解放区以外各地的文艺工作者陆续来到北平，对于这样一个小型的定期刊，固然更其感到需要，而出版这样一个刊物的客观条件也大体具备了。这便是全国文学艺术工作者代表大会筹备委员会决定要改进这一个《文艺报》的原因。"5 月 26 日出版的第四期发表了茅盾 5 月 23 日赶写的《关于〈虾球传〉》。第十一期头条发表了茅盾《为工农兵》。

茅盾还在百忙中多次写信为《文艺报》约稿，或者帮助编辑部年轻编辑考虑合适作者。如 6 月 30 日出版的第九期庆祝文代会召开的专栏中，叶圣陶的《划时代》、赵树理的《会师前后》、柯仲平的快板《文代会上〈数来宝〉》。编委胡风的《团结起来，更前进！》在本期头条发表时，标以副题"代祝词”,代表《文艺报》对文代会召开的祝贺。

关于《文艺报》报头设计,茅盾用心选定。创刊号报头是茅盾让严辰去请画家丁聪设计的,第二期起至第八期,《文艺报》报头是茅盾亲自书写的,第十期至十三期,正值大会期间,报头又改用铅字。1949 年 7 月 19 日文代会结束后,《文艺报》作为全国文联机关报于 9 月 25 日正式创刊,报头系集鲁迅字体,一直沿用至今。《文艺报》报头用鲁迅字体这个主意,也是茅盾建议最终被采用的。鲁迅是我国现代新文化运动的伟大旗手,第一次文代会会标上就镌有毛泽东和鲁迅的头像。

1949 年 7 月 19 日,中华全国文学艺术工作者联合会(全国文联)宣布成立,郭沫若当选全国文联主席,茅盾、周扬当选副主席。7 月 23 日,中华全国文学工作者协会成立(1953 年改称中国作家协会),文协主席茅盾,副主席丁玲、柯仲平。1949 年 9 月 25 日,全国文联机关刊物《文艺报》正式创刊,10 月 25 日,中华全国文学工作者协会机关刊物《人民文学》杂志创刊,茅盾任主编,艾青任副主编。

茅盾在《人民文学》发刊词中指出:《人民文学》的主要任务,是“通过各种文学形式,反映新中国的成长,表现和赞扬人民大众在革命斗争和生产建设中的伟大业绩,创造富有思想内容和艺术价值,为人民大众所喜闻乐见的人民文学,以发挥其教育人民的伟大效能”。同时,《人民文学》还要在“培养群众中新的文学力量”“建设科学的文学理论与文学批评”等项工作中起到与其所处地位相应的积极作用。为此,他呼吁“站在毛泽东旗帜下的全国文艺界的朋友们,请一齐来负起这个庄严的责任,使本刊一期比一期更精彩”。在《人民文学》创刊号中有周扬的专论《新的人民的文艺》,何其芳抒写开国大典的诗歌《我们最伟大的节日》,巴金、胡风等纪念鲁迅的文章,刘白羽、康濯、马烽反映解放战争与农村现实的小说。

虽然 1949 年 10 月 19 日茅盾已出任文化部部长,加上创办《人民文学》,工作骤忙,但《文艺报》1949 年九至十二期实际上仍由他兼管。这几期《文艺报》版权页上编者仍署“中国文学艺术工作者联合会文艺报编辑委员会”。在《文艺报》正式创刊号上,茅盾改定了社论《庆祝中国人民政协》，并发表了《一致的要求和希望》，他指出：在革命彻底胜利，新中国即将诞生的新形势下，文代会几百件提案表示了文艺界同仁的一致要求和期望，归纳起来是：(一) 加强理论学习；(二) 加强创作活动；(三) 加强文艺的组织工作，强调文艺组织工作和理论工作与创作活动同样是文艺运动的主要工作；(四) 继续对封建文艺及买办文艺、帝国主义文艺展开顽强的斗争。他还要求文艺理论工作者以新的观点来研究编写《中国文学史》和《中国新文艺运动史》，并把它们提到工作日程上来。在正式创刊号上，茅盾还决定发表《全国文联关于出版〈文艺报〉致各地文联及各协会的通知》。到 1950 年第一期《文艺报》才公开亮出主编丁玲、陈企霞、萧殷的名字。丁玲当时任中宣部文艺处长、中华全国文学工作者协会副主席。1954 年全国文联决定委托中国作协主办《文艺报》，后来才逐渐明确《文艺报》由中国作协主办并成为中国作协机关报。可以说，茅盾是新中国最早诞生的两大文艺报刊《文艺报》和《人民文学》的创办者。

茅盾 1953 年 7 月不再兼任《人民文学》主编，作为全国文联副主席和中国作协主席，对《文艺报》《人民文学》既是领导又有特殊的亲情。建国后，他的一部主要文艺理论著作《夜读偶记》就是 1958 年 1 月起在《文艺报》连载的。他的长篇文学评论《一九六〇年小说漫评》，《文艺报》1961 年四至六期连载。1963 年，为纪念曹雪芹逝世二百周年，茅盾在《文艺报》发表了《关于曹雪芹》。1965 年 6 月，《文艺报》被迫停刊。1977 年底，茅盾在刚复刊的《人民文学》召开的一次座谈会上，公开以中国文联副主席和中国作协主席的身份讲话，他说，“四人帮”不承认文联和作协，我们也不承认他们的反革命决定。他建议尽快恢复全国文联和各个协会的工作，并建议《文艺报》复刊。1978 年 5 月底，茅盾出席全国文联第三届全国委员会第三次扩大会议，他在大会上庄严宣布：“中华全国文学艺术工作者联合会、中国作家协会和《文艺报》，即日起恢复工作。”

晚年多病的茅盾，从 1978 年起，在着手写长篇回忆录《我走过的道路》的同时，不忘给《文艺报》多方指导和积极支持。他在《文艺报》1978 年 8 月发表了《培养新生力量》，同年 11 月发表了关于《坚持实践第一，发扬

巴金与茅盾(左)亲切交谈(1980 年 3 月 29 日)

艺术民主》的文章。1979 年 12 月,又发表了庆祝建国三十周年的纪念文章,这是茅盾 1981 年 3 月 27 日辞世前,为《文艺报》撰写的最后一篇文章。

每天开会我回到房间,都能看到一张当天出的《文艺报》,彩色印刷,比起当年茅公创办《文艺报》时还要为纸张找总理解决的情形,现在的条件要好多了。特别是从报纸上看到很多介绍青年作家的文章,我就想到茅公编《文艺报》时对文学新人的关怀和扶持,茅公的思想和精神继续在新出版的《文艺报》上传承。

2001 年 12 月

陪巴老的两次杭州之旅

我有机会两次随巴金老人去杭州小息。1981 年 4 月 1 日，上海是阴雨天。巴老启程去杭州。他在当天的日记中记着："八点半动身去车站，泰昌、小林、小棠同行，9 点 20 开车，12 点 20 到杭。"旅途整整三小时，巴老和我们同在一间软席车厢里，他常看着窗外闭目养神。真正的江南春天，车窗外一片菜花金黄。我离开江南水乡快三十年了，童年、少年时期记忆中储存的青山、绿水、菜花……已成了一幅幅剥落的油画。猛然见到野外这春的喧闹，我惊喜异常。我拿起随身携带的傻瓜照相机，连连对着玻璃窗拍照，不知拍下的是那几寸厚的车窗玻璃，还是那玻璃窗之外的鲜活的世界。巴老看我这股傻劲笑了，我看着窗外凝思。我抢着为他拍摄了一张旅行生活照。当我替他拍完照片后，他转过脸来，同我谈起我国现代文学史上的一些趣事，有些是我知道的，有些是我第一次听说的。他说，现代文坛很复杂，需要很好地清理和研究。首先要摸清、摸准史实情况，再加以细致地分析，否则得不出合理的符合事实的评价。

我和李小棠不时去车厢过道里抽烟、闲聊。车过嘉兴时，只听李小林手指窗外对巴老说，嘉兴！我随手替他们父女"咔嚓"了一下。巴金的原籍是嘉兴，自高祖起才定居成都。车到杭州，巴金老友黄源和女婿祝鸿生来车站接巴老。巴老下榻在西湖边的新新饭店小楼二楼。我们和巴老同

去杭州休养的火车上，巴金父女心情愉快轻松（1986 年 10 月，吴泰昌摄）

住在一幢楼里。

巴老说，来杭州是为了“休息的”，“我的身体好比一只弓，弓弦一直拉得太紧，为了不让弦断，就得让他松一下。我已经没有精力游山玩水了，我只好关上房门看山看水，让疲劳的身心得到休息”。在与巴老相处的六天里，我感到巴老多少得到了点休息，但也没有完全放松。社会活动虽没安排，也到西湖附近去散步，但来看他的友人并不少，每天都有。黄源家离新新饭店很近，步行不到十分钟，他和夫人巴一榕几乎每天来看巴老，有时一天来两三次。巴老爱在饭店用餐，能喝点啤酒。

4 日上午，黄源夫妇约巴老去孤山散步。约 11 点，我去巴老房间，静悄悄地，只见他一人坐在阳台上，望着雨中的西湖。我走近他的身边，他才发现我。我也搬了一张椅子坐在他对面。当时的氛围，恰如巴老次年写的《西湖》篇首所说：“房间面对西湖，不用开窗，便看见山、水、花、树。白堤不见了，代替它的是苏堤。我住在六楼，阳台下香樟高耸，幽静的花园外苏堤斜卧在缎子一样的湖面上，还看见湖中的阮公墩、湖心亭，和湖上玩具似的小船。”我将巴老从凝思和遥远的回想中拉回来，问他，写完了吧？他点点头。昨天晚饭后，小林、鸿生、小棠和我陪他散步，途中听说巴老整个下午在写《随想录》。他上午散步回来写完了的，就是《现代文学资料馆》。

倡议成立中国现代文学馆，是巴老晚年最大的心愿，是除写作《随想录》外，“最大一件工作、最后一件工作”。倡议成立现代文学馆的事他思考了很久。他在1980年12月写的《创作回忆录关于〈寒夜〉》，和《创作回忆录后记》中透露了这个想法。1981年3月12日，《人民日报》副刊发表了《创作回忆录关于〈寒夜〉》，将他倡议成立中国现代文学馆的这个想法正式公布了出去。他说：“我建议中国作家协会负起责任来创办一所中国现代文学馆，让作家们尽自己的力量帮助它发展。倘使我能够在北京看到这样一所资料馆，这将是我晚年的莫大幸福，我愿意尽最大的努力促成它的出现，这个工作比写五本十本《创作回忆录》更有意义。”“出版这本小书，我有一个愿望：我的声音不论是微弱或者响亮，它是在替中国现代文学馆的出现喝道。让这样一所资料馆早日建立起来！”

巴金的这个倡议就如扔下了颗石子，在文坛激起了强烈的回响。病中的茅盾非常赞成这个建议，并表示要把他的全部创作资料提供给文学馆。茅公说20世纪30年代初创作长篇小说《子夜》，原来的题目叫《夕阳》，是讽喻国民党日趋没落的光景。原以为这部原稿已毁于上海“一·二八”的战火中，后来才发现《夕阳》原稿居然还保存下来了。这部写于半个世纪之前的原稿还能幸存，实在感到无限地庆幸。他说，文学馆成立的时候，他将把自己全部著作的各种版本、包括《夕阳》在内的原稿都送由文学馆保存。叶圣陶、冰心、夏衍等也热烈支持。

曹禺说：“中国老一代的文学家的手稿和资料自然应该广为搜罗、研究、珍藏起来。目前，只有为数不多的几位杰出的作家有专人重视。但在这些前辈作家中，有多少知名或不甚知名的作家的文章，已经流落散失，没有个定处珍藏。好的文学是时代的镜子，是正史不能替代的。”臧克家在《人民日报》上发表《建个文学馆，好！》，他说：“成立一个中国现代文学馆，有几点好处，保存资料，避免遗失。个人保存，只供一己；集体保存，有利大众。这不但便于参考，而且等于一部活的文学史，使广大群众从中认识各个时期新文学的发展史、流派史、斗争史。”

罗荪在《人民日报》上发表《一项重要的文学建议》中说：“巴金同志深信文学馆的建立一定会得到全国作家的支持，他认为这是作家自己应该做的事情，而且也一定会全力来支持它的建立。特别是这些与文学有关的资料，保存在每个作家自己的手里，是很容易散失的，而在文学馆里，不仅有了很好的保障，特别是为现代文学研究工作提供了作家的第一手资料，文学馆便成为一个十分重要的现代中国文学研究资料中心了。”

正是得到了那么多文坛朋友的热情支持和建议，巴老认为有必要把自己倡议成立中国现代文学馆的思考和意见再说透些，说明白些。因此，他写了《现代文学资料馆——随想录六十四》。这篇随笔，是巴金最早一篇专谈现代文学馆的文章。在这篇文章中，他认为“要加强我们的民族自豪感，提高对我们民族精神的认识”，必须“建设”和“开采”我们自己文学的“丰富的矿藏”。他说：“我设想中的文学馆是一个资料中心，它搜集、收藏和供应一切我国现代文学的资料，‘五四’以来所有作家的作品，以及和他们有关的书刊、图片、手稿、信函、报道等。这只是我的初步设想，将来文学馆成立，需要做的工作可能更多。对文学馆的前途我十分乐观。我的建议刚刚发表，就得到不少作家的热烈响应。我心情振奋，在这里发表我的预言：十年以后欧美的汉学家都要到北京来访问现代文学馆，通过那些过去不被重视的文件、资料认识中国人民优美的心灵。”

巴金这篇《现代文学资料馆》就是在这次杭州之旅期间写的，是 1981 年 4 月 3 日至 4 日在杭州新新饭店小楼二楼卧室里写完的。《现代文学资料馆》发表后，巴金的倡议很快得到了中央及中国作协的重视。1981 年 4 月 20 日，中国作协主席团举行第三届五次会议，代理主席巴金主持了这次会议。会议专门研究了现代文学馆的问题。将要建设的“中国现代文学馆”具有国家档案馆的性质，它将逐步成为中国现代文学的资料中心和若干位中国现代文学大师的资料、研究中心。藏品的时限要求，从“五四”运动起，迄中华人民共和国成立。藏品所涉及的文学家，主要应是在这一历史时期中对新文学运动产生过重大影响的作家、评论家和翻译家。藏品种类包括手稿、信札、日记、手迹、照片、画像、资料影片、录音、录像、书籍、报刊等；对若干位已故的文学大师，还将收藏他们的一部分遗物。

会议决定成立筹备委员会，负责建馆的筹备工作。巴金捐献的十五万元建馆基金已汇至北京。他表示还将继续为文学馆募集资金，他热切盼望文学馆早日建成。6 月 16 日，中央批准由中国作协负责建立中国现代文学馆。10 月 13 日，由中国作协主席团会议决定成立中国现代文学馆筹备委员会，巴金、冰心、曹禺、严文井、唐弢、王瑶、冯牧、罗荪、张僖为委员，罗荪为主任委员。中国现代文学馆的筹建工作由此正式艰难而有序地开始了。

话再说回来。我见巴老的情绪开始活跃，将随身带的理光傻瓜相机拿出，他笑着说，可以，你拍吧！巴老平日不太爱拍照，但此刻他却很配合。我从不同角度给他拍，闪光灯不停地闪动。

小林他们回来对我开玩笑说，你今天大丰收了！午饭后稍事休息，小林他们陪巴老冒雨去游龙井等处，我很珍惜为巴老拍的这组照片，想让大家尽快看到，他们外出时，我冒雨去街上冲洗胶卷了。万没料到，照相馆师傅告诉我，胶卷没装好，顿时我急得要命，白照了，浪费了巴老那么多的表情。平时在北京，我都是在照相馆里冲洗一卷，再买一个胶卷请他们帮助装上。这次在上海为巴老和其他人拍的及在火车上拍的整整一卷，我自己将它倒回取出，打算回北京去中国图片社冲洗，到杭州的当天晚上，我自己又装了一盒带来的富士胶卷，结果出了这样的事。下午 5 点左右，我们随巴老去黄源家吃饭，小林让我把上午拍的照片拿出来看看效果如何，我只能以实情相告，弄得大家都笑。巴老说，看来做任何事，再简单的事，也都要有技术，要用心地学，他的话使我深深自责和不安。过了两天，终于逮到一个机会，我替巴老和小林在新新饭店门口和西湖等处拍了几张。我正要拍时，小林又开玩笑问我，胶卷装上没有？

巴金在龙井一家餐馆吃午饭，小林为他点了几样他爱吃的菜（吴泰昌摄）

这次在杭州待了六天，7日巴老赶回上海，稍事休整，9日赴京出席茅盾追悼会，我也随机返回。

1986年10月6日，巴老去杭州休养。小林、鸿生陪同，我也同行。

这次我跟巴老去杭州，是特意安排的。10月4日上午，中国作协党组书记、书记处常务书记唐达成交代一项任务，他说，作协12月将召开全国青年文学创作会议，希望巴老在大会上有个讲话，同巴老联系过了，巴老说身体不好，不能出席会议，至于能否在会上作个书面致词，等他从杭州回来后再定。达成说，这次全国青年文学创作会议，来的人多，是继中国作协1956年、1965年与共青团中央联合召开的全国青年作家创作会议后，规模最大的一次盛会。巴金一向热情关心、扶植青年作家，热情发现和肯定青年作家和他们的好作品，一定要动员巴老在会上讲个话，对青年作家提些要求和希望。当天晚上，我去电话给李小林，将达成讲的意思对她讲了，请她转告巴老。小林叫我别挂电话，很快又告诉我，巴老同意，到了杭州再说。

10月5日下午，我飞抵上海。晚上去了巴老家，约好次日上午先到他们家，一同去火车站。这次巴老和我们三人坐在一间软席包厢里。当时正逢秋天，巴老穿着简单，在列车上一路精神都很好。

巴老下榻在大华饭店分部，在南山路上，是独处的一座别墅小院。当天晚饭时，巴老说，你的任务别着急，我是来休养的，你也休整一下，逛逛西湖，看看朋友。

第二天上午，我去看望老作家陈学昭。前两年我和李小林一同去看过她，小林一见面就代巴老致候。学昭同志也非常惦念巴老。她在1982年7月14日给我的信中说："上次小林同志伉俪陪了巴金同志来杭，留杭日子很少，巴金同志身体不大好。我正在发烧，吃坏了，引起肠炎，没能去看他们。他们托省文联的李秉宏同志带来给我书及补品，实在使我受之有愧！书是巴金同志的译作，我很高兴！"

省里对巴老的生活、活动安排十分周到，派了司机，身边有一位工作人员。但巴老不希望安排更多的应酬活动，他喜欢在住处吃饭，愿意到西湖附近几处风景点看看。同上回一样，文学界的人来看望的也不少，黄源仍是常来。巴老还饶有兴趣地去观看了一场职工业余演出。巴老早起，常常一人在凉台上或院子里散步。有几次我看他散步或陪他散步，还为他拍了几张照片。

10月14日早饭时，巴老说他的意见都对小林谈了，上午你们一起碰碰。在此之前，巴老已零星地谈了一些想法。根据我当时的笔记，李小林转达了写这份讲话稿的几层意思：一、先从1956年召开的全国青年作家会议谈起，二十年时光的流去，经验和教训都说明要爱惜人才。今天的气氛、创作环境来之不易，要珍惜，共同维护、创造一个更好的创作环境，促进文学事业更加发展，青年作家队伍要更扩大。二、强调作家是生活培养的。可以举点例子。三、现在的青年作者队伍变化快，一浪赶一浪，这是好事，文学队伍就是这样建立起来的。同时要提出，学习的重要，作家要多读书。四、作为一名文坛老兵，期望并相信，中青年作家超过我们，对中国作家队伍的未来非常乐观。

10月16日，在返回上海的列车上，我将冲洗出来的在杭州拍摄的照片给巴老看。他一张张看，说这张还好，这张把我拍老了。他说，看来你的摄影技术有了进步。讲话草稿后来经巴老亲自修改定稿，这就是1986年12月31日全国青年文学创作会议开幕式上宣读的巴金的书面贺词《致青年作家》。

巴金在贺词中热情肯定了新时期青年作家的成长，他说："我始终想念那句老话：生活培养作家。生活本身（不是别的）培育了一代又一代的新人。不过这不是说生活会自然而然地造就出作家，作家必须对自己熟悉的生活进行深入的思考，要善于从生活中挖掘和发现。要用自己的脑子指挥拿笔的手，说自己想说的话，写自己真实的感受。不要人云亦云，违背自己的良心，说自己不愿说的假话。"他深有体会地对青年作家说："每个作家从不同的道路接近文学，都是为了寻找到一个机会接近人民；划时代的巨著不是靠个人的聪明才智编造出来的，它是作家和人民心贴心之后用作家的心血写成的；要做一个好作家，首先要做一个真诚的人。文品和人品是分不开的。"他殷切希望"青年作家必须不断学习，提高修养，继承我国文化遗产，学习外国的各方面的成就"，"我们的文学事业会大放光芒，一代一代的作家将为它作出自己的贡献，更大的希望还是在你们的身上"。

《致青年作家》刊于1987年1月3日《文艺报》头版。1987年3月13日，巴老在寓所对我说，《致青年作家》是他写的最后一篇长文章了。

2003年11月

巴金这个人……

确切地描述一个人谈何容易，尤其是巴老……我说难，不仅他在我的印象中如同一个世界，他的读者洒在世界各地。他写了那么多动人的书，自己也是无数令人沉思和落泪的故事的主人公。

这么一位思想和情感都十分深沉的大师，经常给我的感觉却是一块纯净的水晶……我从哪里下笔？

犹豫……思索……是不是给我自己设置的这个描写课题，过于艰难了。

同样是这事，对于冰心老太太来说就容易得多了。我素来钦佩冰心描写人物的机智。不经心的几笔，人物就活起来了。我读过她那本冒充男人名义发表的《关于女人》的散文集，真写绝了。可是，关键还不是冰心写人物的本领，她和巴金是友情笃厚的朋友，平时以姊弟相称。她对巴金的人品了解透彻。去年冰心听人从上海回来说，巴老常一人坐着看电视，便说巴老心境压抑，不痛快。冰心老太太正在写一组《关于男人》的系列散文，首篇已给《中国作家》创刊号。她常笑着说：老巴就是我这组散文里的"候选人物"，我肯定要把他写进去。

我想，她能写好，没错，因为我常常从冰心关于巴金的片言只语的闲谈里，觉醒或加深了自己对巴老的了解和认识。冰心说，她第一次见巴金，是巴金和靳以一道来看她的，靳以又说又笑，巴金一言不语。冰心说，巴金的这种性格几十年还是这样，内向，忧郁，但心里有团火，有时爆发出极大的热情，敢讲真话。是啊！巴老使我们激动的，不是常常把留在我们心里的某一句话，痛痛快快讲出来吗？

今年10月，巴老赴港接受香港中文大学文学博士荣誉前夕，我和几个中青年作家约好给巴老去贺电，11月25日又是他八十寿辰，我们怕他应酬多一时滞留回不来，打算提前给他老人家祝寿。

恰巧这是个星期天，一个相当暖和的初冬天。我们家附近新开了一个邮局，我信步走去。这些年进邮局寄邮件、替儿子买纪念邮票，都是在挤中进行的。而这三源里邮局还真有点现代化的派头，宽敞，明亮。我花一分钱买了张电报稿纸，正在填写，突然发现一个电话间是空着的，不是长途，是市内公用电话，真难得。何不利用这珍贵的机会，问候一下多日没见的冰心老太太呢？我高兴地走进去，将门关严。我要痛痛快快地给她打个电话，长长的电话。“吴青在吗？”我叫通电话，立即报出冰心老太

1978年3月巴金在冰心寓所前（图片陈恕提供）

太女儿的名字。“不，我是吴青的娘！你在哪儿打电话?”近两年，我在想念她时，就给她打电话致候，但又怕这样反而打扰了她。有时在她家看见她手持拐杖不大轻松地走路时，我下决心以后万不得已不给她打电话。有事就写信。一次冰心听说我从上海回来，来信问我去看了巴金没有，近况如何？我当即回信禀告。不几天，收到老太太回信，开头就批评我字写得潦草，辨认不出。叫我以后有事还是打电话。从此，我就心安理得地与她通话了，而常常谈到的是关于巴金的事。这次她问我，老巴胃口怎样，我说见他与家人一道吃，吃得蛮好。冰心说：老巴对别人无所要求，安排他吃什么，他都满意，他吃食简单，总怕费事麻烦人。有次冰心在电话里小声地问我，最近她才听来人说，老巴几十年从不拿工资，是不是有这事。我说我听说是这样。我还告诉她一件小事。有回巴金来京参加中国作家协会主席团会议，中国作协秘书长张僖同志说巴老的飞机票别忘了替他报销，叫我代办一下。后来听巴老的女儿李小林说，巴老意下还是不报为好。冰心听了这些情况，笑着说：“巴金这个人……”

“巴金这个人……”这句话里包含了多少东西，随你想去吧！

前年 11 月，张洁、冯骥才和我三人，正在新侨饭店参加一个文艺座谈会，突然听说巴老摔跤骨折住院了，我们急忙下楼拍了一封慰问电。我们虽是一片真情，但电文却是几句公文式的套话。谁知那封电报竟给巴老带来了一些慰藉。后来听小林说，巴老当天住在医院，挤在一个三人一间的病房里，疼痛，心情不好。这是他接到的第一份慰问电。巴老就把电报放在枕边，一会儿拿起来看一看。这次不一样了，我们决心联名给巴老拍一个有趣的能逗他发笑哪怕让他只笑一秒钟的电报。请冰心老太太出个词儿。她称赞我们的这番心意，说“巴金准高兴”，“让他高高兴兴地上飞机”。她说，电文越随便就越亲切。巴金这人辛苦一辈子，勤奋一辈子，认真一辈子，这次去香港，叫他好好休息，尽情享受，别累了，别苦了，住得习惯就多住几天。我提醒说，万一巴老 11 月赶不回来，这份电报是否可以预先祝寿，冰心笑我太心急，“到时如回不来，我再领衔专发贺电！”她要我加上她的女儿吴青,说这回你们小字辈出面。

我得意地将电报递给译电员,他看了电文,又望了望我,笑着说:"'好好休息,尽情享受',真有意思!"

"好好休息,尽情享受"这是我们真心的祝愿。

我朝译电员笑着点了点头。这点头又是很认真的。他似乎明白了什么,他为了叫我放心,连声说:"上海,巴金,三小时准收到。"

今年2月,我到上海华东医院七楼看望巴老,他正在来回练习走步。时序推移,想不到他身体恢复得这般快。5月去了日本,这次又去香港。我有大半年没有见到他老人家了,我仿佛又见到他在自家住所院中独踽的身影,在日落黄昏、光影迷离的时刻。前几年,在他这场病疾之前,偶有机会在绿草地上陪他散步,我便趁机向他求教一些问题。记得有次谈起评论,他说:文艺评论主要是为了扶植繁荣创作,而不是堵塞,批评也是一种疏导。他说:作家与评论家是平等的关系,是相互促进的关系。他强调评论文章要讲道理,重分析,态度平等。千万别再板起面孔教训人……他一口气讲出这些话,虽然他是不太喜欢多说话的。去年初夏,巴老长期住院后回到家里,还是那条小路,那块草地,巴老恢复散步的习惯,不过要人搀扶着,陪伴着。他缓慢地、无声地走着,走着。我再也不敢打破这宁静。我盼望巴老尽早恢复健康,有机会多听到他率直亲切的教诲。

我特别爱听巴老谈论中青年作家的作品。巴老在现代文坛活跃了六十年,他家里经常聚集几代作家。历史在这里交汇。上海许多老作家就近,走动勤。曹禺长住上海,更是巴老病房或客厅里的常客。去年除夕,曹禺夫妇、罗荪夫妇都提出要陪巴老在医院里守岁。巴老年轻时就有一颗火热的心,他爱护青年,帮助青年,青年也尊敬他,信任他。他在长期出版编辑工作中培养了众多的文学青年。他虽然八十高龄了,但心不老,比年轻人还年轻。近几年新文学浪潮中涌现出了和正在涌现出一批有才华的中青年作家,其中有些成了巴老小字辈的朋友,巴老关心他们的创作,阅读他们的作品。中国作家协会主办过两届全国优秀中篇小说奖,巴老是这两届中篇评奖委员会的主任。第一次获奖的作品,他基本都读了。

我曾在一个下午，听了他关于这些作品意见的谈话，谈话进行了两个小时，谈兴正浓时传来了茅盾辞世的不幸消息，他默默地站起来，接过电话，走向花园了。这次谈话就这样意外地中断了。他站在花园的草地上，默默望着远处。那么静，我却仿佛听得他内心深处的惊涛与雷鸣。

巴老读作品之仔细，见解之深刻、精辟，使我大获教益。去年第二届中篇小说评奖时，巴老的精力明显不如以前了。在病房里，他也谈了对他零星阅读过作品的意见。他很希望通过评奖多出点新人，希望作品内容、艺术更丰富多样些。不主张搞题材决定论。从这个意义上，他说有些作品评奖时应当考虑。巴老一再说，近年他看的作品不如以前多，希望评委会广泛听取意见，充分讨论，尽可能评出佳作。遗珠是难免的，没有评上的作品中，显然还会有不少佳作，他对当时有争议的几部作品，都有自己的看法，但他说这是个人的意见，不要影响评奖。有次我问巴老冯骥才的短篇《高女人和她的矮丈夫》写得怎样？他反问我的意见，我说看了很喜欢，他说这篇小说写得不错，受俄罗斯文学的影响，有契诃夫小说的味道。听常年陪伴巴老的亲人说，巴老视力还好，晚上能躺在床上看书，现在多看些友人赠送的散文杂著，但影响大的小说，他也还是要找来看。

巴老的生活有规律，早起从楼上卧室下来，早餐后散步，约八时半上楼工作。这些年巴老除翻译、准备写长篇外，一年写一本随想录，就是充分利用上午这两个小时的结果。现在他只能半天干事，写几百字。在他住院期间，除治疗手脚行动不便时，一般他都坚持每天写。他的近著随想录之四《在病中》就真实地记录了他一年多来艰难时日中的点滴感受。茅公逝世消息传来的当天，《文艺报》编辑部来长途嘱我约请巴老撰写纪念文章。当我向他提出这个请求时，他说想一想再说。第二天上午小林来电话说，爸爸给你们的文章已写好了。今年2月，巴老在医院赶写纪念老舍那篇动人肺腑、感人至深的文章。他起早，用复写纸写，突破了一天几百字的控制，一两个早晨就完成了两千字左右的文章。当他将文稿交给我时，望着一行行清秀的字体，我感动得落下了泪。

巴老办事严谨、认真。曹禺同志当时也在上海，也在带病赶写纪念老舍的文章。曹禺同志的文章感情饱满，潇洒自如。他脱稿后，来到巴老病房，大声朗诵给在场的人听，巴老点头称赞。为了一个细节的描述准确，他与曹禺认真回忆核对。巴老非常重视回忆录的真实性。他不止一次说起，要尊重历史，不要用今天的眼光去改变历史。

巴老很念旧，对亡友的子女关心惦记，有的待如亲人。对叶圣老一直怀着深厚的敬意，一有机会就表示潜流在内心的感激之情。叶老说巴金每次来北京再忙都要来看他，实在没有时间也要来个电话问候。有次叶老在自家庭院里散步，欣赏缀满枝头的海棠花，突然问起巴金从国外回来了没有？今年春天，叶老因病住院，大夫决定做胆囊手术，巴老在病中听到了这个消息。有天小林为公务从上海打来电话，提到叶老快做手术了，托我快去医院代他爸爸送束鲜花给叶老。那天下午正好可以探视。我在崇文门花店买了一束水灵灵的鲜花（可惜我叫不上花的名字），叶老很高兴，忙叫护理人员找花瓶插上。叶老说自己感觉还好，院长大夫治疗精心，叫小林转告巴老，释念。当他知道巴老准备5月赴日本参加世界国际笔会时说："巴金还是年轻，恢复得快，叫他走路千万小心，再不要摔跤了！"那天叶老情绪好，戴上助听器，坐在沙发上。家人给我泡了一杯绿茶，叶老自己也要了一杯，叶老说这是家乡茶。我看着这娇艳的鲜花，喝着这清香的碧绿春茶，心里的北京、苏州、上海，千里之遥突然缩短了。很久很久以后，才听说叶老没过几天便向巴老赠诗酬谢。现经叶老同意并标点，将全诗抄录于后，足见九十与八十两位文坛泰斗间的情谊。

巴金闻我居病房，选赠鲜花烦泰昌。
苍冬马蹄莲兴囊，插瓶红装兼素装。
对花感深何日忘，道谢莫表中心藏。
知君五月下扶桑，敬颂此行乐且康。
笔会群彦聚一堂，寿君八十尚南强。
归来将降京机场，迎候高轩蓬门旁。

巴金兄托泰昌携花问疾作此奉酬

1984年4月12日于北京医院

可惜巴老从日本回国时没有绕道北京，这次他去香港又是从上海直接往返的。两位老人近两年没有见面了。又是冬天了。暖房的鲜花依旧娇艳，碧绿的春茶也在悄悄地生长。今年这两位老人都适逢大寿，全国的文艺界和广大读者用各种方式，在纸上，在心里表达自己的良好祝愿。我还得写几句冰心老人。她比叶老小六岁，比巴老大四岁，她对巴老视如小弟，对叶老视如兄长。她自己也是行动不便的病人。她关照病人时的那副劲头哪像是足不出户的八旬老人、病号？她在惦念巴老的同时，对叶老也频频问候。在巴老送鲜花给叶老致候之际，她除多次电话托人关照叶老的治疗，还违例去医院看望了叶老。冰心老人几年前骨折后就杜绝了所有社交活动，用她自己的话说，"偷偷地去看了一下"。除此之外，我真不知冰心老太太还去过哪儿……

巴老时时关切文艺界的大小新老朋友，文艺界大小新老朋友也在时时惦念他。一年多，病中的巴金牵动了多少人的心。去年五月，法国总统密特朗访华，亲自到上海向巴金授予荣誉勋章。张光年同志代表中国作家协会前往祝贺。光年同志夜航抵沪，次日上午就急忙去医院看望巴老，巴老正卧床，光年同志带来了周扬、夏衍等同志的问候，巴老一一问询他心中惦念着的许多朋友的近况。光年同志怕多谈巴金激动，影响他明天出席授勋仪式，有意将心里的话留下。约定巴老日内出院后在家里畅谈。这天上午，8时多，光年同志去巴老家，房子是新粉刷的，花木也修剪整齐，巴老因刚理发，神采奕奕。他和光年同志在二楼书房里愉快地开怀畅谈了两三小时。光年同志次日将去南京，他向巴老辞行，巴老激动地说：请代向大家问好！问候周扬同志，望他善自保重，问夏公好。光年说：大家都希望您保重，下届作家代表大会上见。巴老说：我现在走路也方便多了，会更好。他突然朝光年同志说：你也是病人，你忙，更要多加保重。在返回住处的途中，光年同志感慨地说：巴老在许多问题上比我们这些在作协工作多年的人想得还细，考虑得还周到。他远在上海，在病中，还时刻惦记在北京的一位老友的住房问题。他的这位老朋友，也是我们的老朋友。看来作家写小说，要熟悉生活，了解人心，关心人，做人的工作。

巴老本来有一个心爱的外孙女端端，现在又有了一个心爱的孙女，他对天公赏赐给他的这份乐趣看来很满意。每天睡前爱和小端端摆摆龙门阵。不足半岁的孙女爱听电话，那专注新奇的神情，常引出巴老的微笑。巴老生活节奏紧张，一切都在悄悄地有成效地进行。巴老是个不知疲倦，不习惯于静养的人。他闲不住，新近从香港回来，疲劳还没有完全消除，又开始忙起来了。他插空又在清理书刊手稿，清理好一批，就捐赠给中国现代文学馆。每年一本的随想录，他决心继续写下去。新的更加活跃的社会主义文艺大繁荣的局面定会来到。在新的一年里，海内外广大读者，将会愈加关心巴老的身心健康，同时也盼望早日读到他的长篇巨著，我们的巴老决不会使人们的这一愿望落空的！

我打心眼里希望巴老写作之余，注意休息，更多饱尝一点生活乐趣。我不知道他平日的专心写作，读书，散步，乃至沉思，是在工作还是在休息。前年，不，大前年，我曾与小林夫妇随巴老去杭州。春天，真正的江南春天，车窗外一片菜花金黄。我离开江南水乡快三十年了，童年、少年时期记忆中储存的青山绿水菜花……已成了一幅幅剥落的油画。猛然见到野外这春的喧闹，我惊喜得失禁了。我拿起随身携带的傻瓜照相机，连向玻璃窗外拍去，不知拍下的是那几分厚的车窗玻璃，还是那玻璃之外的鲜活的世界。巴老看我这股傻劲笑了，他又凝思着窗外。我抢着为他拍摄了一张最最自然的旅行生活照。我看着这张缺乏层次感的照片，望着巴老那凝眸沉思状，我猜想当时他正在想些什么呢？啊，我想起来了，当我替他拍完照片后，他转过脸来，同我谈起我国现代文学史上的一些趣事，有些是我知道的，有些是第一次听说的。他说现代文坛很复杂，需要很好的清理和研究。首先要摸清，摸准史实情况，再加以细致的分析，否则得不出合理的符合事实的评价，他还具体说到一位老作家创作前后的情况。巴老知道我平日喜欢现代文学，也知道我喜欢购买收藏这类图书，也在写点这方面的文章。他的这番话，对我太有针对性了……每当我回想起巴老的这番话，我就想起我抢拍的那张巴老凝思的照片。他思索着什么？谁说？谁又能说出他那广阔恢宏的思想，那博大深沉的爱啊！

我异常喜爱、珍惜巴老用他那颤抖的手写下的这两段话：

火不灭，心不死，永不搁笔！

巴　金

1981 年 3 月 27 日

我活了八十年，也许还要活下去，但估计不会太久了。我空着两手来到人间，不能白白地撒手而去。我的心燃烧了几十年，即使有一天它同骨头一道化为灰烬，灰堆中的火星也不会给倾盆大雨浇灭。这热灰将同泥土掺和在一起，让前进者的脚带到我不曾到过的地方。我说："温暖的脚印"，因为烧成灰的心还在喷火，化成泥土它也可能为前进者"暖脚"。奋勇前进吧，我把心献给你们。

巴　金

1984 年 3 月 16 日

亲爱的朋友，也许你读到这些真实的、片断的、没有任何加工的记载，会感到巴老与你更加亲近。这亲近，不正因为他与时代一起前进，与人民共苦乐，与生活共呼吸，与你一同思考吗？八十年，他依旧是一团火，永远是一团不熄的火！

我不是小说家，我只能记实，加点自己的感受，也许将来有人能够描述出这位文学大师独特的火一样的心灵来，也许永远不会有人做到。我现在仅仅能够借用冰心老太太这句意味深长的话来说：

"巴金这个人……"

1984 年 12 月

巴金与沈从文的最后晤面

巴金与沈从文是挚友。1974 年，沈从文、张兆和夫妇在上海看望过巴金，巴金其时尚未结束“审查”。

就我的记忆，巴老“文革”结束后来京，曾四次去看沈从文，一次是在臧克家家中，一次夜访未遇，四次文代会期间又去小羊宜宾相访未遇，最后一次是在沈家。

1978 年 2 月 24 日，巴金到达北京出席第五届全国人民代表大会，住西苑饭店。在会议上，巴金见到茅盾、冰心、叶圣陶、胡愈之、曹禺等老友，都是十多年不见了。会议结束后，他想看看朋友，将李小林叫来陪他。3 月 8 日，经周而复安排，巴老父女迁到前门饭店三五七号，一个套间房。次日便开始了频繁的访友活动。小林与我商量，有几处也请我陪陪。11 日下午，巴老去臧克家家。巴金与克家 1977 年 4 月起已恢复了书信联系，巴老还代为小林他们的《浙江文艺》向克家要过两首诗。10 日晚，我专门去了克家家，转告他明天下午巴金来看他。克家和夫人郑曼当即决定明晚请他吃饭，克家说，主要是叙叙，就在家里吃吧，再约上当时在京的萧涤非、徐迟。山东大学教授萧涤非是克家的老乡，克家任《诗刊》主编时，徐迟任副主编。小林约好，当天下午我在《人民文学》办公室等她的电话。约 3 时多，突然接到沙汀电话，说巴老在张天翼家，叫我用车去接。天翼时因脑血栓半身不遂，行动谈吐不便，靠打手势交流。我同天翼在干校同在一个连队。回京后，又同住大佛寺一所宅院，他住正房，我住厕所隔壁一间厢房。他夫人沈承宽是《文艺报》的同仁。我坐《人民文学》的车到天翼家，巴老、沙汀正要起身。按计划，从天翼家出来，先去夏衍家。也是头天晚上，我从克家家出来骑车到夏公家告诉了他。夏公问我巴金能待多久？我说从您家再到克家处，他说这样我就不准备留他吃饭了。巴金在夏公家坐了不到一小时，他们彼此问候，夏公问了上海一些朋友的近况。夏公拄着拐杖送巴金到大门口。在去克家处的路上，巴老突然问我，从文家离克家家远不远？我说很近，几百米。我知道巴老想见沈先生，是在克家家见，还是从克家家出来再去沈家，巴老没说什么。

到克家家，已是傍晚了。萧涤非、徐迟已至。巴老坐下，他们就畅谈起来。郑曼在厨房里忙。我同她谈起，巴老想见沈从文夫妇。郑曼说，很近，赶快去请。正好他们的小女儿苏伊下班在家，郑曼去和克家悄悄说了一下，即叫苏伊去接。约十几分钟，沈先生和夫人缓步到了。巴老很惊喜。他们晚饭后又闲聊了许久，近9时才离开。在送他回饭店途中，巴老说聊得很痛快。

巴老第二次专门去看望沈先生，是在1979年4月。巴金将率中国作家代表团访问法国，10日抵京，住王府井金鱼胡同和平宾馆二〇七室。4月26日起程，5月14日返回北京，住和平宾馆四〇七室。巴老这次出访前后在京停留时间不短，20日才回上海。出访前为准备会议，他随时抽空去友人家里或医院看望。巴老从法国回京后，有天晚上，他活动应酬之后，近8时了，突然问起从文新近搬的家离这里远不远，我说很近，走过去十来分钟。巴老说，出去散散步，到从文家去看看。我陪他和小林从东堂子胡同走，我指着一座小门说这是上次你来时沈老住的地方。走到赵堂子胡同又告他这是克家家，正巧在克家家门口，遇到他的家人，我说巴老临时决定去沈从文家看看，怕晚了，影响克家休息，所以看过沈先生后我就直接送巴老回宾馆。再往前走就是小羊宜宾胡同三号，中国作协的一处宿舍。院子很深，巴老上台阶，下台阶，跨了两道门槛，在昏暗中走进一间东厢房。事先没约，沈老外出了，沈夫人连声抱歉地说：真不巧，从文晚上很少出去。房间很小，布满了东西，一个稍宽敞的坐处也没有。巴老同兆和谈了一会儿就告辞了。

在送巴老回饭店的路上，他说沈家的住房条件太需要改善了，从此常听他谈起沈从文住房问题。据我确切知道，他同胡乔木同志当面谈过，为此事也专门给乔木同志写过信，还向胡耀邦同志谈过、写过信。1986年沈从文的住房问题终于得到妥善解决。据1986年6月14日《文艺报》记者报道："最近，在中央领导同志的亲自关怀过问下，著名老作家沈从文的生活待遇问题得以妥善解决。不久前，胡耀邦同志曾向中国社会科学院有关方面了解沈老的生活和工作情况，随后，中组部即下达了文件。文件规定：沈老的住房、医疗和工资按中央副部长级待遇解决。就这样，这对老夫妇终于在晚年搬进了一套五间的新居。此外，沈老获得了近三十多年来的第一次晋级调资，工资由每月的二百元增为三百多元。社科院还为沈老配备了专车，但沈老的夫人张兆和说：'目前因为电话一时安不上，所以叫车仍很不方便。'"

巴老在路上还谈到，沈从文已多年不参加文学界的活动，有机会应该请他出来见见朋友，相互谈谈。我记住了巴老的这个提醒。1981年11月13日，《文艺报》编辑部在京召开"散文创作座谈会"，编辑部叫我们登门去请沈先生。11月10日下午，我去沈家，兆和说已收到请柬，从文答应参加会议。兆和还问请了哪些人，沈老高兴地提前到会并在会上发了言。参加这次会议的还有夏衍、季羡林、臧克家、李健吾、吴伯箫、吴组缃、萧乾、严文井、郭风等，叶圣陶、冰心等写来了书面发言。

1982年，沈老中风过一次。巴金很挂念他的健康。小林多次打电话叫我抽空去看看。每次去后均将沈老的近况告诉她。沈夫人也多次托我转告巴金他们的近况。1983年兆和在转交朱光潜老师送我的《悲剧心理学》一书时附了一封短信："泰昌同志：昨得朱老太太寄来朱先生赠书，特寄来。从文目前所患系小中风，已见好。特告，即致敬礼。兆和，4月11日。"接信后，当晚电话告诉小林沈老的病况。

巴金在京第四次看望沈从文，是 1985 年 3 月 28 日，他来京出席全国政协会议期间，这是他们最后的晤面。

巴金(左)和沈从文(右)握别，这是他们最后的晤面(左二为笔者)

我提前去沈家打个招呼。27 日下午，我去沈家，沈老正坐在沙发上，他向我招招手，说了句什么，我没听清楚。我同兆和使个眼色，她将我拉到厨房，告她明天上午巴老来看你们。她说我作点准备，先不告诉从文，省得他激动晚上睡不好。兆和问我几点来，我说大约 10 时左右到，中饭巴老要赶回去。兆和说那我只好准备点水果、点心。约 9 点半，巴老从北京饭店动身，去崇文门西大街沈老家。小林、小棠和我陪同。关于这次巴老看望沈老的情景，1988 年 11 月沈老逝世后我在为《收获》写的《紧含眼中的泪》文中写着：

正赶上四五级大风，巴老全副武装：黑呢大衣，花格子呢帽子和围巾。车子在宿舍楼大门口停下,小林扶着行动不便的巴老顶着风走了二三百米路。兆和已在楼门口等候,乘电梯到五楼。巴老是头一次到沈老新居,他进屋后直奔在客厅等候的沈老。沈老从沙发上站起来,紧紧地握着巴老的手,脸上泛起微笑,舒展的微笑。巴老连声说:"你好,你好!"沈老吐词不清地说:"好,你好!"兆和准备了好几样点心,她一直在忙着招待,一直挂着笑容。两位老友面对面地开始了交谈。巴老说了些问候的话,由于沈老说话不便,嘴唇很吃力地颤动。巴老突然沉默了。在场的人都为两位老友难得相见又不能随意倾谈难受,兆和只好代沈老说了许多话。巴老仔细地问了沈老饮食健康近况。巴老怕影响沈老休息,待了一个多小时就起身了。告别时,兆和陪巴老参观了新居的各处。巴老和沈老紧紧握手,巴老说:"下次再来看你,多多保重!"巴老出房门时,沈老还在招手。兆和送巴老下电梯,汽车开动之后她还顶风站在那里招手。在回住处的途中,巴老说沈老身体、精神都不错,比他想象得要好。住房也有了改善。

巴金和沈从文友情长久深厚。巴金与沈从文的初次见面是1932年。那年巴金二十八岁,沈从文自青岛来沪,《南京月刊》主编汪曼铎请二位在一家俄国餐馆吃午饭。巴金不善应酬,却与年长两岁的沈从文有缘,相谈甚欢。饭后同往沈从文借宿的西藏路一品香旅社小坐。下午,巴金还陪着他去闸北的新中华书局,找到出版家朋友,帮沈从文卖出了短篇小说集《虎雏》的手稿。当晚,沈从文去了南京,分手时两人从此成了好友。不久,巴金接受沈从文的邀请去青岛游玩。那年9月,沈从文让出自己的房间,给巴金住了一周。

"一·二八"事变中,巴金在闸北宝光里的寓所被日寇炸毁,两年中他数次搬迁,居无定所。1933年沈从文与张兆和成婚,请柬寄到在开明书店供职的巴金朋友索非转交。巴金接到喜讯,发电报祝贺"幸福无量"。不久,沈从文请巴金去北平的新家做客。巴金来到北平后,被安顿于达子营沈家小书房内，一住两三个月，以至于后来巴金多次戏称自己是沈家的食客。

1934年，巴金主办的《文学季刊》创刊时，沈夫人张兆和为创刊号写了她的第一个短篇小说《湖畔》，而她唯一的短篇小说集，后来也收入巴金主编的“文学丛刊”。1940年，巴金去昆明看望在西南联大念书的萧珊，也看了在联大教书的沈从文，彼此都很珍惜战乱中的重逢。他们结伴同游西山龙门，一起跑警报避炸弹……1989年，巴金在《怀念从文》中，记叙了他们绵长挚厚的友情。

在战争的颠沛流离中，巴金离开上海经历了数度迁徙，先后到过昆明、桂林、重庆等地，新中国成立后又遭遇了历次政治运动，而那张1933年寄自北平沈从文和张兆和的结婚请柬侥幸在“文革”中逃脱了浩劫，始终没有丢失，这也是风雨人生中难得的温暖记忆。

1988年11月5日，沈从文病逝。巴老委托李小林专程从上海来京向沈先生遗体告别。

含泪忆沈从文

沈从文先生的遗体告别仪式是我这些年参加过的同类活动中最简单不过的。没有要员,文艺官员也少见,都是他的学生和亲友。每人挑选一支白色的或紫红色的鲜花轻轻地献在沈老的身旁。沈老生前爱听的外国古典名曲柴可夫斯基《悲怆》的旋律舒缓地在回响。许多人的眼睛里都含有泪珠,但没有人放声大哭。沈夫人张兆和出奇的冷静,当我走到她的身边,一位亲属抑制不住低声哭泣了,只听她刚毅地说:别哭,他是不喜欢人哭的。

兆和是最了解沈老的。也许湘西苗族人生来就讨厌哭泣,也许沈老长年在内心哭泣,眼泪流尽了。当人永远辞世时,他的意愿是应当受到生者充分尊重的。我望了望在鲜花丛中沈老那副安详的面容,紧紧地含住了眼中的泪。

在众多的文学后辈中,我谈不上和沈老熟悉。我知道这位大作家的名字很早,读到和欣赏他的作品也很早,但见到他却很晚,去看望他并随意地进行交谈,更是近十年的事。作为读者,我也不是一个忠实的读者。1983 年他送我一套十二卷文集,珍惜地放在书橱里,其中部分作品至今我尚未拜读。

我满以为能当上沈老的学生,听他讲授中国小说史。我的一位中学语文老师是老北大的，他常讲起北大中文系有沈从文、杨振声、冯文炳几位教授。当1955年我真的成为北大中文系的学生，才知道沈先生和另外两位已离开学校。这很使我失望。记得在初中时读过沈老写水上文学的一篇文章，谈家乡的河流如何启迪了他的文学幻想，我曾多次傍晚落日未尽时去城边姑溪河畔散步，也想河水给自己的心田滋润些灵感。事后多年，当听到汪曾祺得意地谈起在西南联大时如何幸运地听沈老的课，我真有点羡慕甚至忌妒他。

严文井是不轻易开口称赞作家同行的，虽然他是一位正直忠厚的人。不管什么年月，他谈起沈老，都怀着深深的敬意。他特别称赞沈老作品的语言文笔和情调，他常开玩笑颇有几分得意地说：我虽说不上是沈从文的嫡传弟子，但我开始写小说是受了他很大的影响。文井责怪我说：既然你想听沈先生的课，为什么那么老实不去主动上门求教？20世纪50年代沈老很寂寞，有时间，单独面谈，比听大课受益多。

20世纪50年代的中国，还不是信息的社会。大学几年我就不知道打电话，更不习惯于毛遂自荐拜望名人。大学快毕业时，才知道沈老在历史博物馆工作，住在东城一条胡同里。不知从哪里来的印象，我想象他的住宅庭院里准有株高大的槐树。

1963年，本来有可能见到沈老。那时我已认识了阿英先生。他知道我崇敬沈老。有次我刚踏进他家门，他就乐呵呵地说：过几天沈从文先生要来看我，你也来，我介绍你认识。那时阿英先生在故宫筹备纪念曹雪芹逝世二百周年展览会，文物服饰方面一些问题要请教沈先生。沈先生正在做中国古代服饰研究，有些资料也要请阿英帮忙，他俩时有来往。我那时住西郊，临时通知困难，我没能赶上在阿英先生家里见到沈先生。不过，我却意外地得到一帧沈先生的墨迹。阿英先生递给我一张小纸片，他笑着说："这是沈先生前些天留下的便条，你留着吧！"这是一封用毛笔写的短柬："阿英先生，昨托傅杨同志一达，拟特来拜访。顷因得通知，本星期将为突击一新陈列而忙，一连七天，恐都得在馆中库房和陈列室工作，因特来一致歉意。俟将突击工作完成后，当再谋一访请教也。沈从文，8

日下午2时"。当时我还不懂珍藏名人的手迹。因想见沈老久久不能如愿,看了他的墨迹,觉得和他似乎也亲近了一些。我高兴地将它夹入阿英先生送我的一本《晚清文学丛钞》中,想不到,几经波折,前两年居然在书堆中冒出了这本书,沈老的信也居然还安然无恙地躺在里面。

我第一次见到沈老,介绍人是沈夫人。1964年春天我到《文艺报》工作,已听说沈夫人张兆和在《人民文学》杂志社,和我在同一幢大楼里。我认识她,她并不认识我。1965年我去京郊参加社会主义教育运动,同兆和在一个生产队。开始有了接触。她知道我是安徽老乡,又是北大的,渐渐交谈起来。因工作关系,个把月我能回趟北京。有次我正走出村口,她在后面叫我,匆匆地递给我一封信,请我去她家,看望一下沈先生,捎回来一点茶叶。看了信封上的地址,心里一愣,原来沈先生家离我住处很近。当天晚上,在浴室里洗了个痛快澡,就去东堂子胡同沈老家。原以为是座独居的四合院,找到门牌,进了狭窄的小门,才知道是座大杂院,一排排小平房,问了几家,走了很长一段才进了沈老的家。开门的是一位年轻的姑娘,非常漂亮的姑娘,至今我还弄不清是沈老的外甥女还是侄女,看样子她在陪伴着沈老。沈老看完信后,才想起请我坐。一间不超过十五平方米的房子,地上堆满了书刊。沈老问我们的伙食怎样,兆和的牙病犯了没有,他说郊区晚上比城里凉,劝我晚上要加件衣服。他知道我也是安徽人后,微笑着说:你们安徽人就是离不了茶。他说明天去买茶,送给我。我说后天走,走前我来取。在近大半年里,我为了给兆和捎茶叶,去看望沈老两三次。每次他送我到房门口,那位留着长辫子的姑娘送我到大门口。那时我还没有喝茶的习惯,否则我准向兆和要点茶,品尝品尝沈老给她准备的茶叶。那个年代,文艺界已开始明显不安宁了。沈老完全超脱于文坛,我也无心向他请教关于文学的事。我能记住的只是一位和蔼宁静老人略带微笑的面容。

近十年我见到沈老的次数比以前多一些。其中一个重要原因,是我尊敬的几位文学前辈和沈老都有着深厚的情谊,他们对沈老的惦念和关切时时感染着我。

1982 年笔者在沈从文家中和沈先生合影

每次见到朱光潜老师，他都要问起沈先生的近况。朱先生出版了新著，怕邮寄丢失或损坏，几次嘱我送给沈先生。有次他要我转送一本《诗论》给沈先生，我说前不久您送给他了，他说这本是新到的精装本。这些年，沈先生几乎都在病中，虽然房门上贴了“遵医嘱谢绝会客”的字条，每次我去沈夫人都是欢迎的。大约五年前，沈老为我写了一张条幅，兆和来信叫我去取。那时沈老不像后来那样，还能清晰地言谈。我是下午 3 时去的，谈到 4 点多，兆和为我们准备了点心，沈老吃着吃着突然心脏病发作，坐在沙发上，吓慌了我们，兆和忙拿药，又用凉手巾敷在他的额上，等稳定后，我才悄声离去。第二天才知道，当天夜里沈老就住院了。从那之后，我就不大敢去看望他，有时去也是默默地坐一会就走。崇文门三居室比起东堂子胡同斗室来，总算有个狭小拥挤多功能的客厅可以安定地坐下来，即使不谈话，也能从容地观察到沈老神情的变化，他仍然常含微笑，但不总是微笑，有时沉默得有点气愤，有时激动得有点紧张。他虽多年自觉地躲离文坛，但文坛的干扰却不断地烦扰他。

1980年，一天上午，当时的《诗刊》副主编邵燕祥来电话给我，我顺便谈起马上要去看沈老。燕祥说，正好，请你转告沈老，《诗刊》最近发表了一篇文章，其中谈到沈老新中国成立前写的《记丁玲》一书不真实等等（至今我还不曾拜读过这篇文章），他说，他们已听到一些反映，请我代他们作点解释。沈老有不同意见请写文章给《诗刊》。我见到沈老，就转告了燕祥的口信。我估计沈老和兆和已看过这篇文章了。沈老沉默不语，神情严肃，严肃中带有几分压抑。这是我从来没有见过的。兆和在一旁连忙激动地说："没有什么好说，没有什么好写。"在这压抑的氛围里，我坐了十分钟。到我自己也感到异常压抑时，我忘了礼貌，也忘了谈事先想请教的问题，突然起身开门离去。我没乘电梯，从五楼急促促地跑下来。

1983年，湖南一家文学杂志以醒目的标题发表了朱光潜的《沈从文的文学地位必须重新评价》一文。湖南是沈老的家乡，沈从文的创作当时已在研究界重新估价，发表这篇文章本是很平常的。但由于作者本人的特殊身份，文章中个别提法确有片面之处，文章流传后引起注意，有些不同意见。加上当时文艺界气氛比较紧，有人认为朱文代表一种思潮，否定现代革命文艺传统。我工作的单位当时就准备发表一篇批评文章，这个任务恰恰落到我的头上，拖延了一阵后，我不得不认真考虑这篇文章如何做。我去朱先生那里问了问该文的写作情况。据朱先生说，是在一次全国政协会上，沈先生说一家出版社要出他一本选集，希望朱先生写篇序。朱先生当时正集中精力翻译维柯的《新科学》，身体又不好，但数十年交情的老友提出的这个要求，他绝不能谢绝。而且他长期感觉沈从文的文学成就很有必要重新评价，所以他草就了一篇短文，请沈先生看看是否合适。待沈先生看后，再斟酌定稿。他拿到那期刊物后，重看一遍，发觉个别提法（如海外现在只认定沈从文和老舍）的不妥。他说他只是希望正确评价沈从文的文学地位，决不想否定或贬低其他作家的地位，这不符合他对中国现代文学的一贯看法，但他这样引述海外人士的意见，客观上容易造成这种印象，他为此深感不安。那段时间，我为他在编选一本集子，交谈较多,他常常谈到一些作家的成就,如郁达夫、田汉的旧体诗词写得很好,巴金的随想录使他想起鲁迅的杂文,作用、价值不能低估。他笑着说,人老了,有时词不达意,文章拿出去之前要多看两遍,这是个教训。他写的一篇自传,前后有矛盾的地方,我告诉他。他说现在写作思想不像以前集中,写着写着就跑了。那天谈话,他最关心的是不要因为这篇文章给沈先生带来压力,他说他可以写文章公开自我批评,但不希望影响对沈从文创作正常的评价。我说《文艺报》可能发表不同意见的文章,他说这很好。临走时,他又叮嘱我最近去看望沈先生。过了几天,我去看沈先生。关于朱文的反响他可能已听说了,坐定不久,他就说这篇文章发表给朱先生带来了麻烦,他很不安。他有点激动,激动中有点紧张。兆和把我叫到另一间小屋,说湖南来人要稿子,拿去之前原说暂不发表的。她说沈先生听说报纸要发文章批评,觉得对不起朱先生。我说前些天我去看了朱先生,朱先生知道这事了,他欢迎有不同意见的文章,说给沈先生带来了麻烦,他不安。兆和叹道:他们俩……之后,我向《文艺报》领导谈了自己的看法,同意从引用海外人士意见要慎重的角度,指出朱文的不足。我化名写了篇千字文。朱先生、沈先生都看了,不过当时我并没有说明是我写的。

1985年3月,巴老来北京参加全国政协会议。刚在北京饭店住定,和冰心通了一次电话,就急切地提出要安排去看望叶圣老、周扬和沈从文。叶圣老和周扬同在北京医院住院。沈老家当时没有电话,我只好先去和兆和打个招呼,兆和听说巴老要到家里来很高兴,沈老言语已不太清楚,他说了句什么,向我点了点头,招了招手。

巴老上午9时多离开饭店,正赶上四五级大风,巴老全副武装:黑呢大衣,花格子呢帽子和围巾。车子在宿舍楼大门口停下,小林扶着行动不便的巴老顶着风走了一二百米路。兆和已在楼门口等候,乘电梯到五楼。巴老是头一次到沈老新居,他进屋后直奔在客厅等候的沈老。沈老从沙发上站起来,紧紧地握着巴老的手,脸上泛起微笑,舒展的微笑。巴老连声说:“你好,你好!”沈老吐词不清地说:“好,你好!”兆和准备了好几样点心,她一直在忙着招待,一直挂着笑容。两位老友面对面地开始了交谈。

巴老说了些问候的话，由于沈老说话不便，嘴唇很吃力地颤动。巴老突然沉默了。在场的人都为两位老友难得相见又不能随意倾谈难受，兆和只好代沈老说了许多话，巴老仔细地问了沈老饮食健康近况。巴老怕影响沈老休息，待了一个多小时，告别时，他们又紧紧握手，巴老说："下次再来看你，多多保重！"巴老走出房门时，沈老还在招手。兆和送巴老下电梯，汽车开动之后她还顶风站在那里招手。在回住处的途中，巴老说沈老身体、精神都不错，比他想象的要好。

多么希望如巴老所祝愿的那样，沈老的身心愈来愈好。有多少话等待他说，有多少文章等待他写。他却突然走了。望着他安详的遗容，内心震荡的却是长久的不平静。

1988 年 11 月

我与钱锺书的交谊

初次踏进钱宅

我见到钱锺书先生很晚，但记住他的大名并不晚。上世纪50年代中期我进入北大中文系，常听到老师闲谈时称赞他才学惊人，是个了不起的人物。1958年人民文学出版社出版的《宋诗选注》和1962年在第一期《文学评论》发表的《通感》，是朱光潜老师推荐给我的“不可不读之作”。记得朱先生说过，《通感》比《谈艺录》好读，只有钱锺书写得出。于是我对钱锺书先生的崇敬，由此在心底升起。

初次见到钱先生和他的夫人杨绛先生是在1977年。当时《文艺报》尚未复刊，我在《人民文学》杂志待了一段时间。为了支撑复刊不久的刊物，主编要我们千方百计约些名家的稿子。我先去求叶圣陶先生，上班或下班前后不时去看望他，磨到了叶老好几篇大作，叶老还介绍我去向俞平伯先生求援。后来有一次叶老从开明书店出版《谈艺录》谈到了钱先生，他问我为什么不去找钱锺书还有杨绛，我说一直想去拜访他们，但听说钱先生正潜心于巨制，不愿为报刊赶写应时之作，去了怕碰钉子。叶老听了我的顾虑大笑着说：“别怕碰钉子，他们待人很好，钱锺书有学问，人也健谈，拿不到稿子，听他们聊聊也长见识。”经叶老的鼓气，我决定贸然去看

笔者第一次与钱锺书、杨绛夫妇合影，地点为北京三里河钱宅凉台（1980 年，黄俊东摄）

望钱先生夫妇。

在一个金色秋天的下午，我来到三里河南沙沟他们的新居。来开门的是杨先生，当自我介绍并说明来意后，她微笑着轻声叫我稍等，并很快将我引进客厅。只见客厅东头书桌有人在伏案写作，清瘦的脸，戴一副黑宽边眼镜，我知道这就是钱锺书先生。他抬头见我站立着，连忙起身走过来：欢迎，欢迎！我在客厅西头靠近杨先生书桌的一张沙发上坐下，杨先生给我一杯清茶，钱先生在我正对面的一张转椅上坐下了。客厅宽大、明亮，秋阳投照在一排深黄色的书橱上，色调和谐，给人以温馨的感觉。正当我端杯喝茶时，钱先生突然起身摆着手大声地说："写文章的事今天不谈。"碰钉子我已有思想准备，但没想到碰得这么快、这么干脆。还是杨先生观察细腻，见我有点局促，茶杯在手中欲放不能，便主动岔开话题，问我最近到过哪些地方，知道我刚从上海回来，便急切地问："见到巴金先生、柯灵先生没有？他们身体好吗？"我将所见所闻一一告知，气氛顿时活跃起来，钱先生的谈兴也上来了。我静心地听他谈，杨先生在一旁也听着，偶尔插话。钱先生关心地问起了阿英先生身后的状况，此外，他还谈了中外文学史上一些名著和中国近现代文坛的趣事。他饱学中西，使我大长见识，他的睿智、幽默、诙谐、风趣的谈话，使我获得少有的轻松和愉悦。当室内阳光渐渐黯淡时，我才意识到该告辞了。作为一名编辑，在钱先生面前，初次，不，之后多次，我都是个不称职者，我记不起从他和杨先生那里约到过哪篇大作，但是他们的谈话对我素质修养的提高大有教益，对我具体的编辑业务也有许多宝贵的提示。

初见钱先生之后，一年多与他们没有多少联系。没想到体衰多病的钱先生还在惦记我这个晚辈新朋友，1978 年 12 月我突然接到钱先生的信，信中说："去秋承惠过快晤，后来，听说您身体不好，极念。我年老多病，渐渐体验到生病的味道，不像年轻时缺乏切身境界，对朋友健康不甚关心。奉劝你注意劳逸结合，虽然是句空话，心情是郑重的。"钱先生的这句"空话"，却沉甸甸地流入我心底。

十多年来，我同钱先生夫妇有着不间断的往来，不频繁，也不稀疏。或书信，或电话，或登门，在春天，在夏天，在秋天，在冬天。最初想去看他们，都是先写信预约。仅有一次我是明知钱先生不情愿而硬着头皮前往的，那是 1985 年，当时任中国新闻社香港分社记者的林湄小姐来北京，很想采访钱先生。林小姐在香港和北京采访过大陆不少文坛名将，唯独没有机会见钱先生。她知道钱先生不愿接受记者采访，便托我帮忙。我将她的希望在电话中转告了钱先生，钱先生警觉地说：这不分明是引蛇出洞吗？谢谢她的好意，这次免了。林小姐见难而上，非见不可。逼得我只好建议她采用"突然袭击"的战术，但我又怕钱先生生气，当场让客人下不了台。关于这次"突击"，林小姐以《"瓮中捉鳖"记》为题发表了专访。不妨抄录一段："那天下午，我们这两个不速之客突然出现在钱老家门口。一见面，钱老哈哈笑着说：'泰昌，你没有引蛇出洞，又来瓮中捉鳖了……'他见我是个陌生人，又是女性，没有再说下去，便客气地招呼我们就座。说来奇怪，一见之下，钱老的这两句话，一下子改变了他在我脑海中设想的形象。他并非那样冷傲，相反是如此幽默，如此和蔼可亲。”我是这场“捉鳖”戏的目睹者。林小姐单刀直入，抢先发起进攻，平时大声谈笑、旁若无人的钱先生用沉默来抵挡，在林小姐不断的进攻下，他出现了窘态，最后只好无奈而又认真地一一回答。关于《围城》，林小姐问：“钱老，你自己是留学生，小说写的也是留学生，那么小说里一定有你的影子！”钱先生说：“没有，是虚构的。当然，那要看你对虚构作何理解。我在另一部书里曾引康德的话‘知识必自经验始，而不尽自经验出’，说那句话也可以应用在文艺创作想象上。我认为这应该是评论家的常识。”《围城》中主人公读过叔本华的著作，林记者借此又问：“钱老，你对哲学有精深研究，您认为叔本华的悲观论可取吗？”钱先生微笑中又带几分严肃地回答：“人既然活着，就本能地要活得更好，更有意义。从这点说，悲观也不完全可取。但是，懂得悲观的人，至少可以说他是对生活有感受、发生疑问的人。有人混混沌沌，嘻嘻哈哈，也许还不意识到人生有可悲的方面呢。”

这台“捉鳖”戏演了近一小时，此外还有不少精彩的答问。事后我也没有听到过钱先生对这次被“捉”的任何不快的话。这次采访的顺利，使我加深了对钱先生为人的了解，更多地看到了他通情达理的一面。

1980 年 6 月 24 日上午，一个偶然的机会，钱先生引我参观他的寓所各处，我目睹了这位大学者的书房。

这天早上 8 时，我赶到北京市委党校听报告，约 10 点会议休息期间我偷偷去了钱家。那天贸然去看钱先生，我怀有一点私心。赵丹在“文革”期间以《红楼梦》中的人物画了十二幅咏菊图，白杨以诗相配，他们将这本诗画册赠送给了上海书画收藏家魏绍昌先生。绍昌先生在沪请了一些文化名人为这本诗画册题词，他又诚恳地拜托我在北京替他请一些文化名人关照。为此事白杨来京开会时又专门约我谈过。我在当时所能求助的前辈中，自然想到了钱先生。早听说钱先生平素不大愿意为人写字题词，我已作好遭拒绝的思想准备。我还有一点私心，也想趁这个机会开口请钱先生为我写几句勉励的话。我带上了绍昌先生留给我的按一定规格制作好的宣纸，和我自己备用的一张日本出的画卡上了钱先生家。

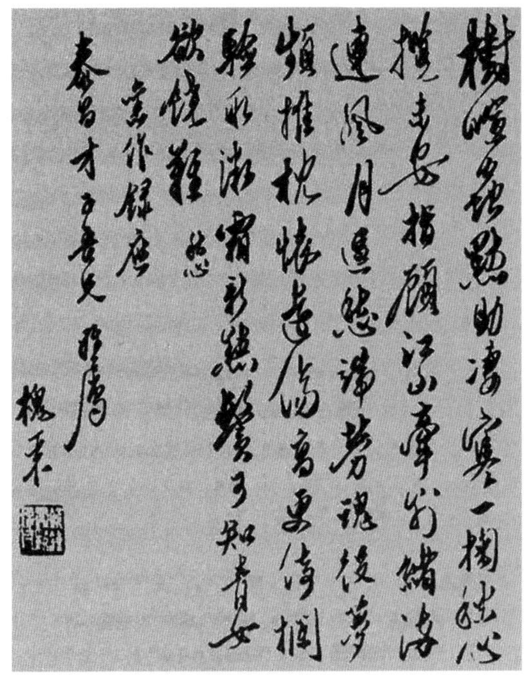

笔者喜获钱锺书墨宝(1980 年)

发现时针已过了 11 点,我十分不自信地向钱先生开口,我想如果他不当场拒绝,就将纸留下,先告辞。岂料钱先生听了我的请求后叫我别着急,再坐坐,他说:今天留你吃个便饭,季康(杨绛)去安排了,我们再聊聊。他将宣纸和画卡放在书桌上,即刻在我的画卡上书写了一首 1961 年写的旧诗《秋心》:“树喧虫默助凄寒,一掬秋心揽未安。指顾江山牵别绪,流连风月逗忧端。劳魂役梦频推枕,怀远伤高更倚栏。验取微霜新点鬓,可知青女欲饶难。”我接到钱先生为我写的墨宝,非常高兴,连声说谢谢!钱先生说,那张今天不写了,纸先留在这儿。在杨先生叫我们吃饭前一会儿,我胆怯地向钱先生提出希望参观一下他的书房,钱先生愣了一下,看了看他书桌后的两个书柜,笑笑说:好,今天让你开开眼,看看我的书房。他领我去里屋,看了他的卧室,女儿钱瑗的房间,还有一间作为餐室的小房间。每个房间都堆放了一些书,但并不多。十之七八是外文新书,据说大部分是外国友人赠送的,小部分是钱先生和杨先生在香港《广角镜》月刊发表了作品,托该社用稿费在香港订购的。在钱先生的卧室里,有一小堆刚出版的《旧文四篇》,想是准备送人用的。

钱锺书学贯中西,会通古今,博闻强记,他在著作中挥洒自如地旁征博引。一般人都以为他藏书丰厚,今天我实地参观了他的书房,才具体清晰地感受到他惊人的记忆力。在与钱先生杨先生用餐时,我说别人都说你过目不忘,钱先生摆摆手,他说:怎么可能做到过目不忘呢? 我只是没有藏书的习惯,看了书尽可能将有用的东西用脑子记下来,用手抄下来。我对自己的著作不断修改,除改正误排的,补充新发现的材料外,也有改正自己发现或别人指出的误引或不恰当引用的。我说,过目不忘你不认可,那说过目难忘总还可以吧。他还是摆摆手,不作回答。

钱锺书从小就爱书,广泛涉猎,“没有书就不好过日子”——这是杨先生也是钱先生的肺腑之言。

钱锺书在一篇文章里曾写道:“我不喜欢藏书,不断地处理书,虽然经常把看完的书送人,还是堆积得太多了。”

杨先生曾同我谈起钱先生的饮食习惯。她说:“锺书吃食简单素净,但爱吃点虾,小的对虾,每次吃二三段。晚上喝粥吃菜。”而她自己爱吃素食。他们留我午餐那天餐桌上有两样肉蛋之类的菜,杨先生一边替钱先生剥虾,一边指着其中一盘说,多吃点,这是为你做的。几天后,我收到钱先生一封信,他在信中风趣地将留我吃的那顿精致可口午餐比作吃忆苦饭:“过谈甚畅,而以吃忆苦饭结束,未免扫兴。歉甚,歉甚!”

与钱老最后一次闲聊

1994 年 2 月 3 日晚上,杨绛先生给我电话,说近日有空过来坐坐,锺书和我都在家。我预感到可能他们有什么事,因为以前我要看他们,多是我提前问他们有没有空。

我告诉杨先生，明天下午冰心老人约我去一下，如果时间不晚，我去他们家。

下午 3 点 10 分左右敲门，是钱先生开的门，见是我，笑着说你来了！转身叫杨先生："泰昌来了！"杨先生从过道那头走来，笑着说我去拿拖鞋。我习惯地走进客厅，习惯地坐在固定坐的沙发上。在钱先生进里屋倒茶时，杨先生问我近来怎样，我说刚去广州、深圳几天，那边有个会，顺便休息了两天。

钱先生坐在自己的书桌前，听说我去广州一带休息了几天，幽默地说，西方也有冷冻进冰箱里的说法。

关于我写钱先生的书，杨先生问准备得怎么样了。我说正在准备。钱先生说："你不值得花这么多精力去准备，我不愿你写这个难题。"我说："你是社会财富；写不好你有批评权。"杨先生一语不发地笑。

钱先生劝我要注意身体。他说我提醒过你几次，看你这两年很劳累，头发不该这么早白。生活要有规律。外国人早饭前、晚 10 点后不写作。10 点后可以听听音乐，翻翻闲书。不能看小说，尤其侦探小说，一上手就得看下去。他说杨绛昨天晚上看韦君宜送的一本书，因书里涉及清华大学的一些熟人，到下半夜两点多他起床时见她还未睡。钱先生、杨先生问起我吃安眠药情况，我说听你们的话，现在每晚一片海洛神、两片安定，睡前强行吃。钱先生说，吃安眠药不好，但他自己也吃十几年了。他现在睡前先吃一瓶同仁堂出的枣泥安神液，再吃安定片。我说钱先生气色比上次见时好些，他说略好。我说喜欢晚上喝咖啡，喝茶，再看书，写作，钱先生说，这等于慢性自杀。由此他们说起包天笑，办报写文章是下半夜，第二天从早上睡到下午。何其芳下半夜写文章，下午要睡足一觉。钱先生说开亚太会议时，他连夜起草文件，第二天睡一天，那时他才四十多岁。他们说我白天上班、应酬，晚上再这么干，吃不消。人的精力、体力如同钱，不能预支，超量了不好，年岁到了，病了就难退下去，不要以为体质好没事。钱先生说写东西不必赶、拼命，要细水长流，一年写不完，两三年也行。杨先生说，写一个短篇可以赶一赶，写作要从容，养成动手写又放得下的习惯。正说得有兴味时，突然有人敲门，杨先生去开门，钱先生问怎么回事，杨说一份电报，拆开看是郑朝宗从厦门拍来的贺节电报，钱说这就说明他平安。杨先生说郑病重，他们连写了三封信去，叫他不必回信，所以有电报来。

又来了几位客人，杨先生安排他们到里屋去坐，又来陪我聊。

钱先生进里屋取一本书，说这本是抢手书，现在难买到，今天送你。他递给我，是《管锥编》第五册。

他到书桌前签名，又亲自盖章。钱先生说：年岁大了，我和季康相依为命。

钱先生问我抽不抽烟，喝不喝酒，因我近两年到他家都不敢抽烟，只好当面撒谎说不抽了，也不喝酒。我反问他抽过烟吗？他说从不抽烟。抽烟喝酒对身体很不好，容易得哮喘、肺气肿，特别是人到中年。

杨先生突然问我："锺书有没有给你写过字？"钱先生望着我笑，等我回答。我只能如实相告：钱先生十几年前曾为我写过。钱先生记性真好，他说不仅为我写过，我还替人求过。

即将告别时，我觉得今天他俩的情绪挺好，就壮着胆子提出希望合个影留念。钱先生痛快地说：好，好！我知道钱先生不大愿意照相，我和他几次合影，都是陪客人去看望他，经客人提出，钱先生同意的，我在场也难得有机会，而我本人从来没有开过这个口。杨先生说："你和锺书单独拍一张吧！"钱先生说："还是我们三个人。"我和钱先生有过的几次合影都是和杨先生在一起的。随身带的理光全自动傻瓜机在车上，我下楼去请开车来的《文艺报》年轻人小胡来拍。我们先站着在客厅里拍了一张，想不到钱先生主动提出，在凉台上再来一张。钱先生说，他好久没有拍照了。傍晚 6 时左右，钱先生、杨先生送我到楼梯口，突然钱先生叫我等一等，他回房又拿了一本书送我，是一本外文版的著作，钱先生说：上次你来忘了给你，这是法文版的《诗学五篇》。钱先生明知我的外文底细，于法文更是只字不识。他说：这本书我自存有限，很少送人，留作纪念吧！在回去的路上，我想起钱先生一件小事：1984 年在第四次全国作家代表大会代表登记“懂何种外语”一栏中，他填写着：“略通英、法、德、意语。”钱先生是公认的国内当代学者中屈指可数的精通外语的专家，他曾任《毛泽东选集》英译委员会委员，又参与了毛泽东诗词的英译定稿工作。他把自己对外语的精通说成“略通”，足见他治学的谦逊和虚心。

这是我最后一次在三里河看望钱先生，四个月后他就住院，再没有回到家中。

这是笔者和钱锺书、杨绛夫妇最后的合影。时间是1994年2月4日下午。四个月后钱锺书住院，再也没有回到三里河家里（胡文杰摄）

数次病中探望情景

1994年夏，有天晚上8时左右，钱锺书先生唯一的女儿钱瑗给我来电话。她说：母亲让我给你打个电话，告诉你父亲住医院了。这次病情不轻，她具体说了钱先生的病况。并告诉我钱先生住北京医院哪间病房，还说门口虽挂了“谢绝探望”的牌子，你若去可以找陪护人员进去看看。

1994年10月5日，我探望了在医院里卧床不起的钱先生。

钱先生住在北京医院北楼三一一室。这个病区我常去，李一氓、赵朴初等前辈都住过，而冰心老人住的时间更长。冰心住三〇四室，与钱先生在同一层。电梯上去，右边是三一一，左边进去是三〇四。10月5日是冰心老人九十五华诞，我与冰心小女儿吴青约好，今天下午去为老人暖寿。4时左右我到了医院，先到老太太房间，约6时去看钱先生。三一一室门紧闭，门上挂了“谢绝探望”的牌子，我敲敲门，出来一位女看护，她说杨阿姨上午来的，已回去，我将一束鲜花交给她，她问我姓名，我告诉她，她便打开门让我进去，我站在病床旁，钱先生仰卧着，闭目，正在打点滴。为了不惊动他，我站了一会悄悄地走出了病房。

1995年7月26日下午去看钱先生时，杨先生恰恰又不在。次日下午4时半小胡用车送我到杨绛先生家。杨先生开的门，她一见我就说，昨天你给锺书送了花。我们在客厅里坐下，我还是坐多年的老位子，杨先生也坐在她的书桌旁。我说钱先生好多了，她说，你去的那天下午最好，你走后晚上又发烧了。

1997年4月22日上午，我去医院看钱先生，开门的是杨先生。钱先生还是静心闭目仰卧着，杨先生告诉他我来了，他睁开了眼，望着我，一会又闭目静息。我同杨先生在小声谈话，我突然说出钱瑗的名字，杨先生立即向我使了个眼色，将我拉到病房外过道里，她说：阿瑗的事我还没告诉他，正在和大夫商量，看他能否承受得了。我原以为钱先生听不见这个小声谈话，杨先生说：他心里清楚，只是没有力气说话。钱瑗1995年冬住进医院，不想1997年早春竟然去世！2004年9月17日我去看望杨先生时，她还提起我当时的这个冒失，她说：后来经大夫同意，我才将阿瑗的事告诉了他。锺书是个很乐观的人，对生死自然规律看得很明白。锺书知道阿瑗的事后，心里很痛苦，但他坚强地挺过来了。

钱先生在得重病期间，想问题仍很周到。他和冰心在同一层楼住院五年，冰心老人每年生日，他和杨绛都不忘送花篮祝贺。1998年2月13日晚，杨先生给我电话，她知道我前些时又去看了钱先生，她说：锺书身体很不好，你忙，不必专门再去看他了。

钱先生住院四年多，一直在宁静安详中度过。1995 年 11 月 21 日，是钱先生八十五寿辰。中国作家协会领导去医院向他祝寿。大家手捧三只精致的花篮，其中有中国作协和远在上海的中国作协主席巴金先生特意委托中国作协工作人员代送的。

钱先生病重，住院期间进食是通过导管从鼻子进入，每天杨先生都在家里亲自准备好食物带去。1997 年 7 月 26 日，我去看钱先生，本想将鲜花交给看护，问问钱先生的近况就走。看护却说钱老精神好，可以待一会儿。我去时他刚躺下。我站在床边，他睁大着炯炯有神的眼睛，看着我。看护大声说：钱老，他是谁？钱先生很快叫出了我的名字，声音细弱但清晰，他说：你怎么又来了？钱先生比上次见时略胖，我说，钱先生你很精神，年轻。他微笑着摇摇头说：还说年轻？他问我还吃不吃药，我知道是指我每晚必吃安眠药的积习，我说不吃了，改用喝啤酒催眠。他点点头，又摇摇头。那天同钱先生聊了二十分钟，他睁大眼看着我离开。

钱锺书先生最后还是走了。得知钱先生离去的消息稍迟，我不知道怎样向杨绛先生表达哀悼之情。不过钱先生是个对人生看得透彻的人，他一向认为人生在世不必惊动他人，惊动社会更大可不必；杨先生也是个明白人，她与钱先生相濡以沫六十多年，最了解钱先生的心迹。

1998 年 12 月 24 日，我去花店买了一个大花篮，挑了钱先生平素最喜爱的花，匆匆送到三里河。杨先生平静地对我说，21 日就办完后事了，你没有看报纸、电视？我说刚从郊区回来，她叫人把我敬献给钱先生的花篮放在书柜前。客厅的陈设如同往常一样，也没有挂钱先生的遗像。

回到家里，翻开堆放着的好几天的各种报纸，才知道钱先生丧事一切从简的遗嘱。

2005 年 6 月

琐忆钱老

一

钱先生很少为他人作序，1984年他为钟叔河《走向世界——近代知识分子考察西方的历史》一书写了序。前不久，读到钟叔河先生《感恩知己廿年前》，才具体了解钱先生因作序与他往来的一些情况，特别是他在文中披露了2003年杨绛先生给他信中的一句话："他生平主动愿为作序者，唯先生一人耳。"杨先生的这句话，勾起了我二十年前有关"走向世界丛书"的零星回忆。

钱先生为《走向世界》作序，序文在1984年5月8日《人民日报》上发表。他在序言中说："叔河同志正确地识别了这部分史料的重要，唤起了读者的注意，而且采访发掘，找到了极有价值而久被湮没的著作，辑成'走向世界丛书'，给研究者以便利。这是很大的劳绩。李一氓同志和我谈起'走向世界丛书'的序文，表示赞许；晚清文献也属于一氓同志的博学的范围，他的意见非同泛泛。对中外文化交流史素有研究的李侃同志也很重视叔河同志的文章和他为湖南人民出版社所制订的规划。我相信，由于他们两位的鼓励，叔河同志虽然工作条件不很顺利，身体情况更为恶劣，而搜辑，校订，一篇篇写出有分量的序文(就是收集在这本书里的文章)，不过三年，竟大功告成了。”钱先生没有同我谈起为该丛书作序的事，是李一氓先生告诉我的。

“走向世界丛书”的编辑工作始于1979年，叔河先生当时在湖南人民出版社工作。第一种《环游地球新录》于1980年8月由该社出版。丛书第一辑三十六种于1986年出齐，这套书是一项庞大的出版工程，编者计划收录一百本清末中国知识分子考察西方（也包括日本）的著作。书是陆陆续续出版的，我当时与叔河先生在工作上、书稿上有点联系，他送过我已出版的这套丛书中的几本。我们曾在京见过一次面，他给我留下的印象是位资深有远见做学问的出版家。据他回忆说，他本来并不认识钱锺书，是钱先生看了他编辑出版的这套丛书中的几本，看了他在《读书》杂志上发表了的丛书序文和分册导言之后，主动约他见面的。他说：“丛书前几种出版后，钱锺书先生要董秀玉女士领我去他家见面，建议我将总序和各篇叙论（导言）印成一册，并破例为之作序。”

大约也就在此期间，叔河先生认识了李一氓先生。一氓老时任中央顾问委员会常委、国务院古籍整理出版规划小组组长。我同一氓老认识较早，20世纪80年代初曾为他在北京三联书店出版的《一氓题跋》做过辑录工作。有次他向我推荐“走向世界丛书”，他认为这套书有价值，对推动我国的改革开放事业有帮助，他应编者之请，为该丛书叙论集写了序言。他在序言中对这套丛书及编者的劳动作了充分评价：“钟叔河同志以远大的眼光，孜孜不倦，搜集1840到1911的七十年间的这类著述约百种，编为《走向世界丛书》，现已出齐第一辑，计三十余种，十大巨册。这是近年出版界一巨大业绩。叔河同志在主编此丛书时，费力既勤且精：凡重要段落都在书页旁加注要点，每种书后又增附《人名索引》和《译名简释》，对原书人名、地名的异译都加注原文和今译。这都是麻烦费力的笨功夫，实堪佩服。特别是他在每种书前，还精心撰写一篇对作者及其著作的详尽的评论，这确实是我近年来所见到的整理古文献中最富有思想性、科学性和创造性的一套丛书。在这方面，推而广之，可称为整理古籍的模范。”1986年，一氓老主动向《文艺报》推荐了钟叔河写的评介这套丛书的一篇文章，他在给我的信中说:“我推荐这篇文章在《文艺报》发表,对提倡改革大有好处。《文艺报》的文章,似可以花样多一点,无论如何,这是一部好书,值得介绍。钟叔河的文字、内容都很明白清楚。我希望你们不要拒绝我这个推荐。”几乎同时,一氓老也给叔河先生去信,说:“这套书一弄,真可以传之万世了。你写的那些导言尤有意义。可惜搞改革的、搞近代史的,多没有注意及此,是否再搞些宣传工作?”一氓老多次谈到,钱锺书十分赞赏、推崇这套丛书,并为它作了序。读了钱先生的序文后,才得知为这套丛书钱先生曾和一氓老等商议过,共同促成这套书出版、出好、宣传好。钱锺书序文中还有一段有趣的文字,是把改革开放比作打开门窗,他说:“门窗洞开,难保屋子里的老弱不伤风着凉;门窗牢闭,又怕屋子里人多会气闷窒息;门窗半开半掩,也许在效果上反而像男女‘搞对象’的半推半就。”

钱先生不仅主动为《走向世界丛书》写了序,还多次写信给编者,认真对这套书提出了许多宝贵意见,我想,其良苦用心就绝不仅仅止于对某个人的劳绩、某套丛书的出版了。

二

《文艺报》在55年生涯中,得到过几代作家、艺术家、文艺工作者的关心和支持,钱锺书是其中一位。

1986年,《文艺报》为了以更多的版面介绍外国文学优秀成果,开辟了“世界文坛”专刊。报社理论部的同志,在“专刊”创刊前夕,去请钱先生为“专刊”题写刊头。“专刊”的责任编辑李维永是李健吾的女儿,她同钱伯伯、杨伯母自然是熟悉不过的。钱先生听了他们创办“世界文坛”的设想后,立即表示赞同,并欣然题写了横竖两张刊头,供挑选。此后不久我去看他时,他也谈起开设这个专刊目前很有必要,他说:“外国还有许多真正有价值的著作,不论古代的,还是现代的,没有介绍进来,真正的研究做得更不够。”“世界文坛”专刊第一期出版后,我曾去看望钱先生,他回忆地说起,四十年前他曾用英语写过关于清末我国引进西洋文学的片断。他强

20 世纪 80 年代中期钱锺书在家中(笔者摄)

调介绍外国的东西要有自己的观点,自己的眼光。他曾说过:“开放的政策有两种:一种是殖民地式的,另一种是有主见的。所谓殖民地式的开放政策,就是外国说什么都好,就跟着人家说什么好。我们要实施的开放政策要有气魄,有自己的观点。”1989 年 2 月“世界文坛”在纪念专刊出满百期时,许多外国文学研究者对“专刊”做出的努力给予了热情的肯定并提出了不少宝贵建议。钱先生希望这个专刊坚持办下去,办得更好,他还专门为“世界文坛”题写了贺词:“敬祝世界文坛一百期。”

三

1988 年春,有次听钱先生说起,他最近在看电视连续剧《西游记》。钱先生对《西游记》非常熟悉,据说读过十几遍。他谈话时不时脱口而出《西游记》中的妙语,在给我的信中也多次引述《西游记》中的典故。但没料到，他在看完电视剧《西游记》后主动写了一篇短文，以《也来“聒噪几句”》为题，用“中枢”的笔名，寄给上海《新民晚报》“夜光杯”副刊。

我读到1988年3月18日的《新民晚报》上刊登的这篇文章时，从内容、文风及“中枢”与“锺书”“中书君”的谐音方面，推测这很可能出自钱先生之手。事后我问过钱先生，他不作回答，只是默然而笑。后来我又查阅了几份有关钱先生的著作目录索引，也未见有人将此文列入钱先生的著作篇目。我的推测一直未能落实。

《也来“聒噪几句”》不长，仅四百二十二字，不妨抄录如下：

> 电视剧《西游记》是我爱看的节目，物难全美，当然也有些漏洞。《新民晚报》3月7日鲁兵《莫把袈裟当便衣》中肯定地指出两个过错。我学样另举两个可供商榷的例子。
>
> 第十五集《斗法降三怪》里孙行者把“社稷袄”和“地理裙”变成“一口钟”。“一口钟”就是长外衣或斗篷，《西游记》本书三十六回也提起宝林寺有些和尚“穿着一口钟的直缀”；把贵重衣裙变作破烂衣服，顺理成章。电视剧中却把它变成一座铜钟，似乎编剧者对词义缺乏理解。
>
> 第十六集《趣经女儿国》里国王把唐僧引入卧榻之旁，不恤以肉体色相诱惑。原书情节是否需要那样重大的窜改，佛经里也确有魔女以“六百种色”“三十二种媚”等引诱释迦的故事，这些不必讨论。电视剧中唐僧对女王说今生无望，因缘留待来世，这就是根本破坏了唐僧这一角色应有的形象，抵触了佛教超出轮回的基本原则。唐僧许那个愿，表示他道力不坚，凡心已动，只比猪八戒略胜一筹；凭此一念之差，他领导去西天取经的资格就成问题了，而且必然堕入轮回了。

钱先生逝世后，在1998年12月26日的《新民晚报》“夜光杯”副刊上看到了沈毓刚先生写的《钱锺书先生与晚报》一文，才落实了我心中悬了多时的这个推测。沈文回忆“文革”结束后《晚报》恢复了与钱先生的联系，钱先生对《晚报》的关心和支持：“我请报社赠送一份《晚报》给钱先生。过了一阵，钱先生陆续寄了几首诗来，声明却酬，我想这是情义稿钱，先生是很重视情义的，后来还寄来一篇看电视剧《西游记》的观感，这说明钱先生还是看晚报的，知道需要什么样稿件。可能他从未写过这种短文。起初每年年初，钱先生还来函，表示对赠报的感谢。杨先生也写过一封，还代她的邻居感谢。两位老人，对这种小事也很认真。”

四

1986年，我应邀去安徽全椒县参加吴敬梓纪念馆开馆仪式。在馆内陈列的有关吴敬梓资料中，偶然见到1954年华东作家协会资料室编印的一本《儒林外史资料汇编》，内有钱锺书的一篇文章《小说识小》。我好奇地匆忙翻阅了一下，回京后据载出处查到1947年4—6月的《联合晚报》，原题是《小说识小续》，《资料汇编》中所收有关《儒林外史》部分是从这篇文章中摘取出来的一段。

钱锺书在文中说：“吾国旧小说巨构中，《儒林外史》蹈袭依傍处最多”，他列举数处为例，“以见有人拈出，则不复也”，如：

> 第七回陈和甫讲李梦阳扶乩：“那乩半日也不动，后来忽然大动起来，写了一首诗，后头两句说道：‘梦到江南省宗庙，不知谁是旧京人！’又如飞写了几个字道：‘朕乃建文皇帝是也。’”按周草窗《齐东野语》云：“李知父云：向尝于贵家观降仙，扣其姓名，不答。忽作薛稷体，大书一诗云：‘猩袍玉带落边尘，几见东风好作春。因过江南省宗庙，眼前谁是旧京人！’捧箕者皆惊散，知为渊圣（宋钦宗）之灵。”《外史》以此为蓝本也。
>
> 《儒林外史》第十四回马二先生游西湖：“到城隍山一名吴山，进片石居，见几个人围一张桌子请仙。一个人道：‘请了一个才女来了！’马二先生暗笑。又一会说道：‘可是李清照？’又说道：‘可是苏若

兰?'又听得拍手道:'原来是朱淑贞!"按陆次云《湖壖杂记》"片石居"一条略云:"顺治辛卯,有云间客扶乩于片石居。一士以休咎问,乩曰:'非余所知。'问:'仙来何处?'书曰:'儿家原住古钱塘,曾有诗编号断肠。'士问:'仙为何氏?'书曰:'犹传小字在词场。'士曰:'仙得非苏小小乎?'书曰:'漫把若兰方淑女——'士曰:'然则李易安乎?'书曰:'须知清照异真娘,朱颜说与任君详。'士方悟为朱淑贞。"《外史》全本此。

第七回蘧景玉道:"数年前有一位老先生,点了四川学差,在何景明先生寓处吃酒。景明先生醉后大声道:'四川如苏轼的文章,是该考六等的了。'这位老先生记在心里,到后典了三年学差回来,会见何老先生,说:'学生在四川三年,对处细查,并不见苏轼来考,想是临场规避了。'"按钱牧斋《列朝诗集》丁集六汪道昆传有云:"广陵陆弼记一事云:'嘉靖间,汪伯玉以襄阳守迁臬副,丹阳姜宝以翰林提学四川,道经楚省,会饮于黄鹤楼。伯玉举杯大言曰:蜀人如苏轼者,文章一字不通!此等秀才,当以劣等处之。后数日会饯,伯玉又大言如彻。姜笑而应之曰:访问蜀中胥吏,秀才中并无此人,想是临考畏避耳。周栎园《书影》所载有明文人轶事,皆本之《列朝诗集》,此则亦在采摭中。《外史》蹈袭之迹显然。

在列举了数则"蹈袭依傍"处后,钱锺书就此发议论:

《外史》中其他承袭处如:杨执中绝句乃《辍耕录》载吕思诚《戏作》下半首,杨执中室联乃《随园诗话》载鲁亮侪联(《阅微草堂笔记》载此联而下联不同,谓是张晴岚门联;《楞园销夏录》谓是铁撑石门联),杜慎卿隔屋闻女人臭气乃《周书》卷四十八萧詧语,杜慎卿访来霞士事本之《枣林杂俎》,张铁臂存猪头事本之《桂苑丛谈》,不待覼缕。据德国人许戴泼林格(Stemplinger)所著书(*Das Plagiat inder griechischen Literatur*),古希腊时论文,已追究蹈袭。麦格罗弼士

(Macrobius)《冬夜谈》(*Saturnalia*)中有二卷专论桓吉尔剽窃古人处(Furta Vergiliana)。近世比较文学大盛,渊源学(chronology)更卓尔自成门类。虽每失之琐屑,而有裨于作者与评者皆不浅。作者玩古人之点铁成金,脱胎换骨,会心不远,往往悟人,未始非他山之助。评者观古人依傍沿袭之多少,可以论定其才力之大小,意匠之为因为创。近人论吴敬梓者,颇多过情之誉;余故发凡引绪,以资谈艺者之参考。

从这段议论中,可见钱先生对《儒林外史》作者吴敬梓才力大小之评判。

钱先生从1930年在清华大学学习时,就发表了一系列谈中国旧小说的文章,如《小说琐微》《小说识小》《小说识小续》《读小说偶忆》等,对我国多部旧小说均有议论。为何我特别留意他对《儒林外史》的看法?其中一个主要原因,是因为《围城》问世时就有人将它比作新《儒林外史》,嗣后又有文章研究《围城》从讽刺手法上对《儒林外史》的继承和发展。有次,我问过钱先生,他说《儒林外史》他读过几遍。至于他的创作,特别是《围城》,是否受《儒林外史》的影响,他明确地说:一般人喜欢从作者描写什么和采用何种笔调上去寻找作家接受过什么作品的影响,其实作家受影响是个很复杂难以说清的问题。看过某部作品,多次看过,也很难说会受到什么影响。我提到,有位熟悉他的学者著文,说他的创作受英国小说家菲尔丁的影响,钱先生对此说表示不以为然。

五

1986年1月19日下午,我去三里河看望钱锺书先生。想法很简单,明天中国社科院文学研究所要召开庆贺俞平伯先生从事学术活动六十五周年纪念会,听说钱先生要出席,由于工作需要,我想从钱先生那里提前知道一点会议的内容。元旦前夕我去看过钱先生,今天突然造访,钱先生猜到了我的心思。杨绛先生刚给我一杯茶,钱先生就说:明天的会我去,胡绳同志代表社科院会有一个讲话。钱先生嘴很严，讲话内容一点没透露，他只是笑嘻嘻地说：这个讲话你们会感兴趣的。他告诉我，明天来的人不少，你北大的几位老师肯定会见到。

1986 年 1 月 20 日，中国社会科学院副院长钱锺书（右）出席社科院文学所召开的纪念俞平伯（中）从事学术活动六十五周年庆祝会，左为中国社会科学院院长胡绳

我追问他，俞先生在会上会讲话吗？他说，会有一个表示，明天一听你就知道了。

纪念会是在王府大街北口中国社科院近代史研究所小礼堂举行的。出席大会的有俞平伯的同事、学生、亲友和中央及首都有关报刊负责人、记者约一二百人。

中国社科院院长胡绳和副院长钱锺书在主席台上分别坐在俞先生的右侧和左侧。会议主持人、文学研究所所长刘再复宣布大会开始后，胡绳讲话。胡绳首先代表中国社科院对今天的大会表示祝贺，他怀着深深的敬意说:“俞平伯先生是一位有学术贡献的爱国者。他早年积极参加‘五四’新文化运动,是白话新体诗最早的作者之一,也是有独特风格的散文家。他对中国古典文学的研究,包括对小说、戏曲、诗词的研究,都有许多有价值的、为学术界重视的成果。”胡绳着重指出,俞平伯在《红楼梦》研究上的建树,“具有开拓性的意义”。胡绳在讲话中,首次对1954年围绕《红楼梦》研究对俞平伯的错误批判作了明确的表态,他指出,1954年下半年,围绕《红楼梦》研究对俞平伯展开的围攻式的政治批判,违背了党的双百方针,是不正确的。他说,对这一类学术问题可以自由讨论,这是受宪法保护的,党不需要也不应该对它们做出裁决。胡绳的讲话,虽简短,却很有分量。他的讲话,不时引起与会者的热烈掌声。我想,它不仅仅是为俞平伯蒙冤长达三十二年正式平了反,而且对我国学术研究进一步健康地发展有着重要的现实意义。

会议结束后,我去看了吴组缃老师。他和王瑶老师在一起。组缃老师说,俞先生是“五四”新文化运动初期著名的诗人、散文家,后来又成了《红楼梦》研究专家,同时他又是一位老资格、德高望重的教授。他1919年从北大国文科毕业后,长期在北大、清华、燕京等校执教,20世纪30年代组缃老师在清华就听过他讲授中国小说史,俞先生的学生很多。新中国成立后,钱锺书和俞先生在一起共事时间很长。

解放时,俞平伯先生在北大中文系,钱先生在清华大学外文系,1952年后,他们都调到北大文学研究所,并同在古典文学组。“文革”期间,他们同赴河南一所五七干校,曾在一起劳动,搓麻绳。1977年他们又先后迁居三里河南沙沟,俞住十一号楼,钱住六号楼,成了邻居,走动增多。1978年11月13日上午由中国科学院安排,钱锺书、余冠英在俞平伯寓所一起接待了由余英时任团长的美国科学院汉代研究观察团四人来访。1981年11月12日,钱锺书介绍俞先生为西德鲁尔大学教授马汉茂翻译的我国清代小说《浮生六记》作序。1981年12月,钱先生介绍香港《广角镜》月刊记者马力采访俞平伯。1982年2月22日,钱锺书、杨绛夫妇下午到俞先生寓所看望,因家人未通报,以致未晤。钱先生走后,我恰巧去俞家。俞先生谈起此事很生气，埋怨家人为何不去里屋叫他，他嘱咐女儿俞成赶快去钱家代为致歉。

20世纪80年代初，我在叶圣陶先生家与俞先生喝过酒，后与他有联系。俞先生曾数次写信约我去他寓所。有次他谈起，正在看林纾翻译的小说，他说钱锺书送他的《旧文四篇》中有《林纾的翻译》。他认为该文很有见地。过去他觉得由于林纾不懂外文，是由别人口述给他，他再译成中文，不时会有讹译的地方，而钱锺书在文章中指出，林译小说，前期的质量比后期好，俞先生说他比较了几本，认为钱锺书的这个判断是正确的，前人没有指出过这点。

钱锺书平日极少参加学术界、文艺界的一些活动。而他却精神饱满地出席了这个纪念会，在会上，他虽然没有讲话，为了开好这次会，他在会下做了许多工作。这除了作为副院长的责任，同时，还渗透了钱锺书对前贤的一片尊敬和情谊。

六

高莽是文艺圈子里的多面手。他原本是学俄语的，口译、笔译都在行，又以乌兰汗的笔名写诗作文。但他又善画，早期画漫画，后来画人物速写。他同文艺界一些知名前辈很熟，又是有心人，常有机会捕捉到一些珍贵的场景。1979年第四次全国文代会期间，茅盾和巴金在一个会议休息室里交谈，他见到当场就画了一张速写。1964年我来《文艺报》工作时，他在《世界文学》杂志社，这两个报刊当时都属中国作家协

高莽速写钱锺书、杨绛夫妇，钱锺书、杨绛在画上题了名（高莽供稿）

会系统,“文革”期间,我们住所很近,我常常去他家玩。20世纪80年代后期,有次他拿出一批文化名人的速写给我看,其中就有钱锺书和杨绛在一起的。钱先生平日不爱照相,“入画”他更是不愿意的。高莽对我谈起速写钱、杨二位的缘由。他说:“杨先生在外国文学研究所工作期间,我在《世界文学》杂志编辑部工作,为了处理一些稿件,有时需要请教杨先生。钱先生在中国文学研究所任职,那时,他经常来看望杨先生。两位学者总在一起,形影不离,令人羡慕与赞叹。我一直想把他们画出来,不是画单独一个人,而是两个人在一起。可惜总也没有机会。‘文革’期间,从事社会科学的研究人员纷纷被赶到河南信阳去走‘五七’道路。那一阵晚饭后,接受改造的知识分子们三三两两地到干校附近的野外去散步。活动天地也不大,迎面总会遇见熟人。我常常看到钱、杨二老的身影。在众人当中只有他们显得无比亲密,因为大多数人的感情在当时那种环境中已被扼杀了。他们二人的影像深深地刻在我的脑海中。有一天,我在自己的床铺上,兴致所至,默画了他们的背影。夸大了钱先生的笨拙可笑的体态和杨先生亲昵的娇小身姿。二人并肩漫步,满身人情味。朋友们传看,说这是漫画,抓住了他们的特点。不知何人把那幅漫画拿给了钱、杨二位。我得知后真有些害怕,怕惹得二老不高兴,怕说我丑化了他们,更怕别人上纲上线说我宣扬资产阶级爱情观,给自己惹来新的麻烦。我心中犯嘀咕,心有余悸。后来栾贵民告诉我,二老看后不但没有生气,反而称赞了几句。”

“我的胆子大了些。到了20世纪80年代,我又给钱杨先生画了几幅速写像和漫画像。我将自己画的几位文学前辈的漫画送给二老听取意见。杨先生告诉我:何其芳的画像最好,其次是俞平伯,她的画像比钱锺书的好。她还指出:画的她和钱先生都‘偏向美化’,绊住了我的画笔。这里需要作一点说明。自从我20世纪50年代因漫画挨批以后,再不敢画漫画。随着一场又一场政治斗争的开展,我学乖了,只美化不丑化。有一次,我妈妈对我说:‘你画男人时,画得年轻一点;画女人时,画得漂亮一点。’她的话甚灵,每次按她的信条作画时往往博得被画人的肯定和赞美。这话传到了钱、杨二老耳中。有一天，栾贵民告诉我：'有人说，按你妈妈的话画下去，画不出真正的艺术作品来。'他没有指明有人是谁。”高莽说他能想象这话出自何人之口。这也正是为什么二老肯定他的漫画而否定他的美化的原因。高莽多次说他很感激二老一针见血的批评。

七

1992年12月，周而复先生约我去他寓所。我和而复先生是较为熟悉的，他虽出生于南京，祖籍是安徽广德，在文坛他是我的前辈，也算得上是老乡。那天他同我谈的内容，主要是有关刚刚在京召开的系列长篇小说《长城万里图》研讨会的一些情况，他希望《文艺报》能反映一下这次研讨会的成果。

周而复是一位阅历丰富、修养深厚的老作家，他的报告文学《白求恩大夫》和长篇小说《上海的早晨》，颇负盛名。晚年，他历时十六载，完成了全面反映伟大的中华民族解放战争的系列长篇小说《长城万里图》。共分为六部：《南京的陷落》《长江还在奔腾》《逆流与暗流》《太平洋的拂晓》《黎明前的夜色》和《雾重庆》。共计三百六十多万字，陆续出版。是我国当代作品中第一部如此规模反映抗日战争全过程的历史画卷，引起文坛的注意。

而复先生在介绍一些老友给他的书信、贺词时，特意谈到钱锺书先生对这部小说的评价，他拿出了钱先生1990年给他的两封信给我看。第一封信的全文是：

而复学兄文几：

忽奉手札，并惠赐巨著三种，惊喜交并。如许撼九州垂千古之大题目，必须扛九鼎扫千军之大手笔，可谓函盖相称矣。弟虽老眼安障，诵读半废，当从容以此为娱目醒心之编也。贱躯四年前大病以来，衰疾相因，诸患集身，尤苦心力剧减，稍一构思，便通宵鱼目长开，已成剩朽。五十五载前沪西共学，今则足下尚才藻横溢，愚则性灵如废井石田矣，可叹可叹！先此报谢。

即颂

暑安

钟书上　杨绛同叩

7月10日

我在看钱先生信时，而复先生不时对信的内容作些解释。他说，送给锺书先生这部书时，只出了三本(《南京的陷落》《长江还在奔腾》《逆流与暗流》)，即钱氏信中云“忽奉手札，并惠赐巨著三种，惊喜交并”。钱先生对这部小说的赞赏，而复先生说只能看作是对他顽强的创作毅力的鼓励。“五十五载前沪西共学”语，而复先生说，锺书先生太谦虚了，实际上是1935年我在上海光华大学学习，钱先生在该校任教，我听过他的课。虽然他比我大四岁，但我是他的学生。锺书先生不好为人师，所以我一直不敢尊他为“师”，只称谓“先生”。

而复先生在收到钱先生信后，即复信，引来了钱先生给他的第二封信。而复先生在信中坦诚了自己结构、写作《长城万里图》的心迹：“拙作《长城万里图》，经之营之，忽焉十余载；若论构思，则早在半世纪以前。抗日战争中华民族生死存亡之大事，奋战八载，终于获胜，一雪百年帝国主义者入侵之耻辱，于今已四十五秋，而无一全面反映与描绘此一艰苦历程之作品，实为极大憾事！故不揣谫陋，不惜一切，勉力为之。承蒙过誉，感愧交并。”而复先生出示钱先生给他的第二封信，信的全文是：

而复学兄文几：

价来，奉惠帖并厚赐花旗珍参，感刻之至。贱躯据北京医院李甫仁大夫言，与人参洋参皆不相宜，故三年来日服其方，只用太子参、玄参等物。弟又患前列腺，夜起四五次，更眠不安席。故人情重，良药相遗，宝藏以备不时之需，谢谢。历史小说虚虚实实，最难恰到好处，弟尝戏改《红楼梦》中联语为此体说法云：“假作真时真不假，无生有处有非无。”

足下深识个中三昧，当不以为河汉也。羊城刊拙选，前五册皆无足观，第六册尚有杂文数首不经见者，俟寄到时呈政。专复。

即叩

暑安

锺书上　杨绛同叩

7月23日

而复先生对我强调，信中所云：“历史小说虚虚实实，最难恰到好处，弟尝戏改《红楼梦》中联语为此体说法云：‘假作真时真不假，无生有处有非无。’”他说，锺书先生这句话，不仅对他的创作，对整个历史小说创作均有深刻的启迪意义。

那天而复先生还谈起，锺书先生只送了他《钱锺书论学文选》第六卷一册。舒展先生编选的《钱锺书论学文选》共六卷六册，广东花城出版社出版。他问我锺书先生给了我这套书没有。我说也只送了我第六卷一册，并告诉他，钱先生在给我这本书时说：“这册还有点意思，可以看看。”而复先生说：从他对你说的这句话，再联系信中所说为何只送我第六卷一册，可见锺书先生的谦逊了。

忆谦和细致的杨绛先生

一

《梦的记忆》这个集子收入我的三十来篇散文，都是写人抒情的。多半写的是一些令人难忘的文坛前辈，也有几篇是写自己逝去了的年华。开头一篇写于 1977 年，最后两篇写于 1987 年 2 月，前后共十年。

1987 年春天，有次去看望钱锺书和杨绛先生。钱先生开玩笑问我最近又有什么新著问世，我说正在编一本小书，书名叫《梦的记忆》，他听了微笑不语。我请他为我题签，他当即用毛笔写了。可惜，后来不慎丢失了。酷暑过去，心境也凉下来，我想起这个集子该交稿了。在一次电话问候钱先生安康时，顺便向杨绛先生提起了这个“不幸”。杨先生说钱先生正在病中，待精神稍好后再替我补写。可没两天就收到杨先生的信，附来了钱先生重题的书名，信中说：“锺书还没有全好，医院回来，上床之

杨绛在客厅一角自己的小书桌上写作(1983 年，笔者摄)

前，为你写了‘梦的记忆’四字。”

集子1990年3月由广东花城出版社出版了，收到样书，即时呈送给钱先生和杨先生。杨先生在电话中先说谢谢、道贺之类鼓励的话，并说我后记中称谓他们为老师，“我和锺书担当不起，以后称我们先生吧……”不几天，我收到钱先生的信，写道：“泰昌兄：奉到惠赠新著，见拙书赫然在封面上，十分惭愧……先此报谢，必将细读。”钱先生又在信末加了一段话：“‘师’称谨璧。《西游记》唐僧在玉华国被九头狮子咬去，广目天王对孙猴儿说，只因你们欲为人师，所以惹出一穷狮子来也！我愚夫妇记牢那个教训。一笑。”

看了钱先生后加的这段话，又回想起杨先生的电话，多少了解谦虚的他们为何长期乐于接受他人给予的“先生”称谓了。这本是他们不愿自诩为“人师”的谦逊。杨先生病逝后，网上有许多疑问：为何称杨绛为杨先生？我的这点亲历说出来但愿对寻求答案的读者有点帮助。

二

钱锺书先生在学术界名声很大，是真正的大师，在文学界也是位德高望重、有杰出成就的作家。他的作品以少而精著称。他的长篇小说《围城》、短篇小说集《人·兽·鬼》、散文集《写在人生边上》、诗集《槐聚诗存》等都在中国现代文学史上留下了光彩的一笔，特别是长篇小说《围城》，赢得了广大读者喜爱，已翻译成多种外国文字出版。杨绛亦是著名的文学翻译家、研究者和著名的散文家、小说家，她的散文集《干校六记》先在香港《广角镜》上连载，经过细心校改，后在三联书店出版。杨先生还特别说明，不是人家有排误，是她斟酌后的些许改动。该书甫一出版，在社会上和文学界引起强烈反响，广受称赞。时任《文艺报》副主编的唐因（后任鲁迅文学院院长）即刻以“于晴”的笔名在《文艺报》“新收获”栏目著文称赞，热情推荐。杨绛为之感动，曾嘱我代向唐因致谢。1989年中国作协举办首届新时期（1978—1988年）全国优秀散文集评奖，十年仅评二十五部，冰心和唐弢任评委会主任，1989年评出结果，杨绛的《干校六记》荣登榜首，冰心老人曾向杨绛道贺。

钱先生1994年6月住院后，文学界与学术界都十分挂念他的安康。他也十分惦念他的前辈、同辈和晚辈朋友。1996年12月，中国作协第五次全国代表大会在北京隆重召开，这是继第四次全国代表大会十一年之后召开的一次文学界大团结的盛会。文学界的一些老人因病不能出席。《文艺报》通过杨绛先生，请她和钱锺书先生联合向这次盛会说几句，时在病中的钱先生同意了。他通过《文艺报》"文坛前辈寄语五次作代会"专版，和杨绛先生联名题词："向大家问好！祝大会成功！"这短短的两句话，是杨先生拟的，去医院念给钱先生听，钱先生首肯了，杨先生才来电话让我们去取。与会作家对钱先生的关心深为感动，想去看望他而又不敢惊动他，只能在心中默默祝愿他早日康复。在新选出的中国作协全国委员会第一次会议上，决定推举"德高望重，曾对我国文学发展作出重大贡献，在我国文坛享有盛誉的老一辈作家"担任中国作协各项名誉职务，钱锺书先生被推举为中国作协顾问。

钱先生去世后，再去南沙沟，从来都是三人欢谈的情形永不再有，只有杨先生自己接待我，虽然她依旧豁达，甚至留下了爽朗大笑的镜头，但总觉伤感。大约在2010年，又去拜访过一次杨先生，后因她年事已高，不便烦扰，那次相见就成了最后一面。

我与叶老的交往

拜读叶圣陶先生的作品，是三十多年前的事了。中学课本上几乎年年都有他的散文或童话。可亲眼见到这位慈祥的老人，却很晚。1975年，我曾在《人民文学》杂志社工作过一段，我们的办公室正在他家的对面。每天清晨推开窗户，便能见到他家那幢深邃的四合院，看不见什么，庭院中几棵树梢老是那么挺立着，有时光秃，有时覆盖着各种颜色。

记不清头一次推开这扇黝黑沉重的大门是谁介绍的，反正我一直朝院子的里层走，那时他家还没有那只狮子狗，一切都静悄悄的。

本来我可以早十五年踏进叶家大院，一个突然的电话，推迟了。还是在上大学时，我们同学合伙在编著一部中国小说史，我负责撰写清末民初部分。我想求教于叶圣老，冒昧地给他写了信。一封潦草简约的信，却得到了他老人家一封工整的亲笔信，他满足了我的请求，答应约我谈谈，我高兴激动了好些天。约定的那天中午，我胡乱地吃了饭，打算提前进城。想不到，我刚要动身时，传来系里的电话，是叶老秘书打来的，说叶老临时有会，今天下午没有时间谈了，以后再约。当时我比现在老实，想不到再写信或打电话催问，只会干等着"另约"，直至以后再没有下文。

我坐在北屋客厅的沙发上，恳请叶老赐稿。他听我讲，不时地点头，满子大嫂及时地递了一杯热茶。叶老先不回答写文章的事，喜欢问问这，问问那。至善在家，有时也从他的卧室里出来一同聊聊。气氛是亲切随意的。往往在我告辞时，叶老会问我稿子最晚几号要。看着他那副认真劲，我不好意思虚着说了。叶老答应了的稿子总会提前写好，信封装着，或由家人送给我，或我自己来取。每次稿子里，几乎都夹有一封短信。客气地说有不妥处请贵刊酌处，还有叶老对版面格式的要求。当然也有约不到的时候。他说这个内容刚给某家报纸写了，重复再写没有必要，答应有合适的题目另给我们写。接着又是亲切随意地闲谈，我手中同样能得到一杯热腾腾的清茶。去叶家次数多了，有时竟忘了面对的是一位现代中国文坛德高望重的大作家。有公事没公事，只要是时间合适，不影响老人休息，我就爱进去坐坐。我做文学期刊编辑的年头也不算短，像叶老对晚辈那般认真、热情的极少见。1964 年我来《文艺报》不久，去约一位名家的稿，下午 3 点半打电话去，电话铃响了，好久没人接，突然电话里发出一阵责骂："你是谁?"我吓得不敢说名字，"你不知道我每天下午 4 时才接电话?"我赶忙挂上了电话，这是我第一次约稿。还有一次，编辑部叫我约一位老诗人的稿，因为我和这位诗人同住在一幢小楼里，他在一层，我在三层腰都伸不直的一间阁楼房里，每天能见面。晚饭后我想闯进他家的客厅，那时他准坐在沙发上听唱机。但当我去了一趟合用的厕所，见到这位诗人也算书法家贴在墙上的一张告示，吓得我小便都差点失禁。原来同住在这幢小楼一间小屋里的一位新分来的农村长大的大学生，蹲在抽水马桶上大便，惹起这位名人大怒，告示上写道："你们这些有教养有文化的大学生……"虽然此事与我无关，但不是"你"，而是"你们"，我想自己在他的眼中也是有教养的这些大学生了。上完厕所，路过他家客厅时，也顾不得开过道灯，蹑手蹑脚地爬上了阁楼。着急明天如何回复编辑部。初入文坛这两起约稿的遭遇，渐渐已淡忘了，只是我每次从叶老家约稿回来，有时会想起。

这些年，说不上去过叶老家多少次，和这座大四合院以及大四合院里的主人渐渐熟悉起来。可我却没有认真地参观过庭院里的东房、西房、前院、后院。有次我猛然见到大门墙上挂有文物保护单位的牌子，才知道叶

叶圣陶在客厅闭目养神(吴泰昌 1981 年摄)

家大院是座有来历的保存得完好葆有北京古色古香风韵的四合院。我去后进阿姨家住处看了看,那幽静的氛围,使我强烈地感到阿姨和主人全家的和谐融洽。阿姨照料叶老已几十年了,叶家大院就是她自己的家,她能做出叶老爱吃的多种下酒菜。叶家大院里流淌的就是这人与人之间纯真的情意。

上个月去看望冰心老太太。家里人告诉我,老太太知道叶老去世后很伤心,看到电视上的消息,顿时就哭了。提醒我千万别同老人提起叶老。她躺在床上,我坐旁边,同她谈天。是她主动谈起了叶老。她说:在她熟悉的作家中,叶老做事是最认真的,为人是最可信赖的。她谈了一些切身的感受。冰心对叶老的了解自然是我们这些晚辈不能相比的,但她这种印象我是从心底里赞许的。1984 年我为《文汇报》开了"书山偶涉"专栏,头一篇《最早评论〈子夜〉的文字》,介绍 1933 年 1 月出版的《中学生》杂志上关于《子夜》的一则提要。我在文中说提要"很可能出自开明书店的主要编辑，也是当时《中学生》杂志的主要编辑叶圣陶之手”。这篇短文发表后家里人念给叶老听了，有次我去看他，还没坐定，还没得到一杯热茶，他从卧室里走出来，头一句话就对我说：我想了想，关于《子夜》的介绍，不一定是我写的，很可能是徐调孚先生写的。徐先生已过世，你下次写文章说明一下。叶老近年数次住院，时间最长的一次有三四个月。怕打扰他，我很少去看他，每次去看他，我总想送点鲜花。听说他最近心情烦躁，视力听觉均不好，我急忙从崇文门花店买了一束鲜花。他明显消瘦疲倦，但声音仍洪亮，问我这花是谁送的？我说是我送的，他说谢谢。我知道他问这话的意思，因为远在上海的巴金先生，有次听说他住院了，曾嘱我代他送过一束鲜花，叶老说巴金自己身体也不好，还惦念他，高兴得当日写诗“巴金兄托泰昌携花问疾作此奉酬”。1987 年，叶老青年时执教过的江苏吴县甪直镇小学要为他建立一个纪念室，他不同意，说当初的事是和几位朋友一起做的，成绩不能全归到他身上。我记得至善曾给我一份叶老写的声明，说如果纪念室真建立了，就发表。

我为叶老拍过好些照片。最后一张是去年 5 月 28 日我访问港澳回来，恰巧至诚从南京来了，我们在院子里拍了四五张。我的摄影技术不高，但每次都能将给我印象最深的叶老那一双浓重的眉毛清晰地拍下来。我特别喜爱老人眉梢上雪白的两片。我靠近他时常常久久地盯住那洁白如云的两片。

去年腊月三十中午，当我得悉叶老谢世的噩耗赶到叶家大院，一切都静悄悄的。我坐在往常坐惯了的沙发上，手中依然有一杯热腾腾的清茶。我忘了该向至善等说些安慰的话，我在回想，回想，眼前飘浮着那片白云……

1988 年 4 月

听朱光潜老师闲谈

朱光潜老师八十四岁时曾说过:“我一直是写通俗文章和读者道家常谈心来的。”读过这位名教授百万言译著的人,无不感到他的文章,即便是阐述艰深费解的美学问题和哲学问题,也都是以极其晓畅通俗的笔调在和读者谈心。接触过他的人,也同样感到,在生活中,他十分喜爱和朋友、学生谈心。他的这种亲切随和的谈心,汩汩地流出了他露珠似的深邃的思想和为人为文的品格。可惜,他的这种闲谈,其中许多并未形诸文字,真是一种稍纵即逝的闲谈。

晚年的朱光潜教授(潘德润摄)

20 世纪 50 年代末,我在燕园生活了四五年,还没有机会与先生说过一句话,别说交谈、谈心了。50 年代中期,北大一度学术空气活跃,记得当时全校开过两门热闹一时的擂台课,一门是《红楼梦》,吴组缃先生和何其芳先生分别讲授;另一门是《美学》,由朱光潜先生和蔡仪先生分别讲授。那年我上大二,年轻好学,这些名教授的课,对我极有吸引力,堂堂不落。

课余休息忙从这个教室转战到那个教室,连上厕所也来不及。朱先生的美学课常安排在大礼堂,从教室楼跑去,快也要十分钟。常常是当我气喘吁吁地坐定,朱先生已开始讲了。他是一位清瘦的弱老头,操着一口安徽桐城口音,说话缓慢,常瞪着一双大眼,这就是赫赫有名的美学大师。朱先生最初留给我的就是这使人容易接受的略带某种神秘感的印象。当时美学界正在热烈论争美是什么?是主观?客观?……朱先生是论争的重要一方。他的观点有人不同意,甚至遭到批评。讲授同一课题的老师在讲课时,就时不时点名批评他。朱先生讲课态度从容,好像激烈的课堂内外的争论与他很远。他谈笑风生,只管从古到今,从西方到中国引经据典地论证自己的观点。他讲得条理清晰,知识性强,每次听课的除本校的,还有外校和研究单位的人员,不下五六百人。下课以后,人群渐渐流散,只见他提着一个草包,里面总有那个小热水瓶和水杯,精神抖擞地沿着未名湖边水泥小径走去。几次我在路上等他,想向他请教听课时积存的一些疑问,可当时缺乏这种胆量。20 世纪 60 年代初,他仍在西方语言文学系任教,特为美学教研室和文艺理论教研室的教师和研究生讲授西方美学史。我们及时拿到了讲义,后来这些讲义也成为高校教材正式出版了。也许因为听课的人只有一二十位,房间也变小了,或许也因为我们这些学生年龄增大了,在朱先生的眼中我们算得上是大学生了,他讲课时常停下来,用眼神向我们发问。逼得我在每次听课前必须认真预习,听课时全神贯注,以防他的突然提问。后来渐渐熟了,他主动约我们去他家辅导,要我们将问题先写好,头两天送去,一般是下午 3 时约我们去他的寓所。那时他还住在燕东园,怕迟到,我们总是提前去,有时走到未名湖发现才两点,只好放慢脚步观赏一番湖光塔影,消磨时间,一会儿,只一会儿,又急匆匆地赶去。星散在花园里的一座座小洋楼似乎是一个个寂静筒,静谧得连一点声音也没有。我们悄声地上了二楼,只见朱先生已在伏案工作。桌面上摊开了大大小小长短不一的西文书,桌旁小书架上堆放了积木似的外文辞典。他听见我们的脚步声近了才放下笔,抬起头来看我们。他辅导的语调仍然是随和的,但我并没有太感到他的亲切,只顾低着头,迅速一字一字一句一句记。我们提多少问题，他答多少，有的答得详细，有的巧妙地绕开。他事先没有写成文字，连一页简单的提纲都没有。他说得有条不紊，记下来就是一段段干净的文字。每次走回校园，晚饭都快收摊了，一碗白菜汤，两个馒头，内心也感到充实。晚上就着微弱昏暗的灯光再细读他的谈话记录。他谈的问题，往往两三句，只点题，思索的柴扉就顿开了。

我曾以为永远听不到他的讲课了，听不到他的谈话了。“文革”期间不断听到有关他受难的消息。其实，这二三十年他就是在长久的逆境中熬过来的，遭难对他来说是正常的待遇，他的许多译著，比如翻译黑格尔《美学》三卷四册，这一卓越贡献，国内其他学者难以替代的贡献，就是在他多次挨整、心绪不佳的情况下意志顽强地完成的。如果说，中国几亿人，在这场“十年浩劫”中，几乎每一个家庭，每一个人都有不可弥补的损失，对于我来说，一个难说很大但实在是不可弥补的损失，就是我做研究生期间记录杨晦老师、朱光潜老师辅导谈话的一册厚厚的笔记本被北大专案组作为“罪证”拿走丢失了。好在我的大脑活动正常，我常常在心里亲切地回想起朱先生当年所说的一切。

1980 年，由于一个非常偶然的机会，使我和朱先生有了较多的接触。这种接触比听他的课、听他的辅导、师生之间的交谈更为亲切、透彻。作为一位老师，他的说话语气再随和，在课堂上，在辅导时，总还带有某种严肃性。二十年前我们在他的书房里听他两三小时的谈话，他连一杯茶水也不会想起喝，当然也不会想起问他的学生是否口渴。现在，当我在客厅沙发上刚坐下，他就会微笑着问我：“喝点酒消消疲劳吧！中国白酒，外国白兰地、威士忌都有，一起喝点！”我们的谈话就常常这样开始，就这样进行，就这样结束。他喝了一辈子的酒，酒与他身影不离。他常开玩笑说：“酒是我一生最长久的伴侣，一天也离不开它。”我常觉得他写字时那颤抖的手是为酒的神魔所驱使。酒菜很简单，常是一碟水煮的五香花生米，他说：“你什么时候见我不提喝酒，也就快回老家了。”在他逝世前，有一段时间医生制止他抽烟、喝酒。我问他想不想酒，他坐在沙发上闭上眼睛摇摇头。去年冬天我见他又含上烟斗了，我问他想不想喝酒，他睁大眼睛说："春天吧，不是和叶圣老早约好了吗？"

我记得我1980年再一次见到他，并不是在他的客厅里，朱师母说朱先生刚去校园散步了。我按照他惯走的路线在临湖轩那条竹丛摇曳的小路上追上了他。朱先生几十年来，养成了散步的习惯，清晨和下午，一天两次，风雨无阻，先是散步，后来增加打太极拳。我叫他："朱老师！"他从遥远的想象中回转头来，定了定神，突然高兴地说："你怎么这么快就来了？"

夕阳将周围涂上了一片金黄。我告诉他昨天就想来。他说："安徽人民出版社要我出一本书，家乡出版社不好推却，但我现在手头上正在翻译《新科学》，一时又写不出什么，只好炒冷饭，答应编一本有关文学和美学欣赏的短文章选本，这类文章我写过不少，有些收过集子，有些还散见在报刊上。也许这本书，青年人会爱读的。前几天出版社来人谈妥此事，我想请你帮忙，替我编选一下。"我说："您别分神，这事我能干，就怕做不好。"他说："相信你能做好，有些具体想法再和你细谈。走，回家去。"在路上，他仔细问我的生活起居，当听说我晚上常失眠，吃安眠药，他批评说，文人的生活一定要有规律，早睡早起，千万别养成开夜车的习惯。下半夜写作很伤神！他说写作主要是能做到每天坚持，哪怕一天写一千字，几百字，一年下来几十万字，就很可观了，一辈子至少留下几百万字，也就对得起历史了。他说起北大好几位教授不注意身体，五十岁一过就写不了东西，开不了课。这很可惜。他说，写作最怕养成一种惰性，有些人开笔展露了才华，后来懒了，笔头疏了，眼高手低，越来越写不出。脑子这东西越用越活，笔头也是越写越灵，这是他几十年的一点体会。五十年前他写谈美十二封信，很顺手，一气呵成，自己也满意。最近写《谈美书简》，问题思考得可能要成熟些，但文章的气势远不如以前了。这二三十年他很少写这种轻松活泼的文章。他开玩笑地说，写轻松活泼的文章，作者自己的心情也要轻松愉快呵！在希腊、罗马和中国春秋战国时代政治和学术空气自由，所以才涌现出了那么多的大思想家、大哲学家、大文学家，文体也锋利，自如活泼。他的这番谈话使我想起，1978 年《文艺报》复刊时，我曾写信给朱先生，请他对复刊后的《文艺报》提点希望，他在两三百字的复信中，主要谈了评论、理论要真正做到百家争鸣，以理服人，平等讨论，不要轻率做结论。他说："学术繁荣必须要有这种生动活泼，心情舒畅的局面。"

我谛听朱先生的多次谈话，强烈地感到他的真知灼见是在极其坦率的形式下流露出来的。他把他写的一份《自传》的原稿给我看。这是一本作家小传的编者请他写的。我一边看，他顺手点起了烟斗。他备了好几个烟斗，楼上书房，楼下客厅里随处放着，他想抽烟就能顺手摸到。朱先生平日生活自理能力极差，而多备烟斗这个细节，却反映了他洒脱马虎之中也有精细之处。他想抽烟，就能摸到烟斗，比他随身带烟斗，或上下楼去取烟斗要节省时间。

我看完《自传》没有说话，他先说了："这篇如你觉得可以就收进《艺文杂谈》里，让读者了解我。"这是一篇真实的自传，我觉得原稿中有些自我批评的谦辞过了，便建议有几处要加以删改。他想了一会，勉强同意，"不过，"他说，"我这人一生值得批判的地方太多，学术上的观点也常引起争论和批评，有些批评确实给了我帮助。一个人的缺点是客观存在，自己不说，生前别人客气，死后还是要被人说的。自传就要如实地写。"时下人们写回忆录，写悼念文章，写自传成风，我阅读到的溢美的多，像朱先生这样恳切地暴露自己弱点的实在鲜见。我钦佩他正直的为人，难怪冰心听到他逝世消息时脱口说出他是位真正的学者。最近作家出版社约我编《十年(1976—1986)散文选》，我特意选了朱先生这篇《自传》。读着他这篇优美的散文，我看到了，也愿意更多的朋友看到他瘦小身躯里鼓荡着的宽阔的胸怀。

在我的记忆里，朱先生的闲谈从来是温和的，缓慢的，有停顿的。但有一次，说到争鸣的态度时，他先平静地说到批评需要有平等的态度，不是人为的语气上的所谓平等，重要的是正确理解对方的意思，在需要争论的地方开展正常的讨论。说着说着，他突然有点激动地谈起自己的一篇文章被争鸣的例子。他有篇文章发表了对马克思主义关于上层建筑与经济基础关系论述的一些理解。他说之所以提出这个问题,就是为了引起更多人的研究,他期待有认真的不同意他的观点的文章发表。他说后来读到一篇批评文章很使他失望。这篇文章并没有说清多少他的意见为什么不对,应该如何理解,主要的论据是说关于这个问题某个权威早就这样那样说过了。朱先生说,这样方式的论争,别人就很难再说话了。过去许多本来可以自由讨论的学术问题、理论问题用这种方式批评,结果变成了政治问题。朱先生希望中青年理论家要敏锐地发现问题,敢于形成并发表自己的见解。

有次他提出要我替他找一本浙江出版的《郁达夫诗词抄》。他说他从广告上见到出版了这本书。恰巧不久我去杭州和郁达夫家乡富阳,回来送他一本。他很高兴,说达夫的旧体诗词写得好,过去读过一些,想多读点。过后不久,有次我去,他主动告诉我这本书他已全读了,证实了他长久以来的一种印象:中国现代作家中,旧体诗词写得最好的是郁达夫。他说他有空想写一篇文章。我说给《文艺报》吧。他笑着说:肯定又要引火烧身。不是已有定论,某某、某某某的旧体诗词是典范吗?他说郁达夫可能没有别人伟大,但他的旧体诗词确实比有的伟大作家的旧体诗词写得好,这有什么奇怪?他强调对人对作品的评价一切都要从实际出发,千万不要因人的地位而定。顺此他又谈到民初杰出的教育家李叔同,他认为李在我国近代普及美育教育方面贡献很大,一直没有得到充分的评价。他说李后来成了弘一法师,当了和尚,但并不妨碍他曾经是一位了不起的音乐家、美术家、书法家。他说现在有些文学史评价某某人时总爱用"第一次"的字眼,有些真正称得上第一次,有些则因为编者无知而被误认为是第一次的。他说很需要有人多做些历史真实面貌的调查研究。我在《文汇月刊》发表了一篇《引进西方艺术的第一人——李叔同》,朱先生看后建议我为北大出版社美学丛书写一本小册子,专门介绍李叔同在美学上的贡献。我答应试试。为此还请教过叶圣老,他亦鼓励我完成这本书。朱先生这几年多次问起这件事。他说:"历史不该忘记任何一位不应被遗忘的人。”

朱先生虽然长期执教于高等学府，但他主张读书、研究不要脱离活泼生动的实际。他很欣赏朱熹的一首诗：“半亩方塘一鉴开，天光云影共徘徊。问渠哪得清如许，为有源头活水来。”他多次熟练地吟诵起这首诗。1981年我请朱先生为我写几句勉励的话，他录写的就是这首诗。他在递给我时又说起这首诗的末句写得好，意味无穷。有次他谈起读书的问题，他强调要活读书。他说现在出书太多，连同过去出的，浩如烟海，一个人一生不干别的，光读书这一辈子也读不完。这里有个如何读和见效益的问题。他认为认真读书不等于死读书。他说，要从自己的兴趣和研究范围出发，一般的书就一般浏览，重点的书或特别有价值的书就仔细读，解剖几本，基础就打牢了，二十多年前他曾建议我们至少将《柏拉图文艺对话录》读三遍。他举例说，黑格尔的《美学》是搞文艺理论、评论的人必须钻研的一部名著。但三卷四册的读法也可以有区别，重头书里面还要抓重点，他说《美学》第三卷谈文学的部分就比其他部分更要下工夫读。他说搞文艺理论研究的人，必须对文学中某一样式有深入的了解和欣赏。他个人认为诗是最能体现文学特性的一种样式。他喜欢诗。他最早写的有关文学和美学欣赏的文字，多举诗词为例。新中国成立后他为《中国青年》杂志写过一组赏析介绍中国古典诗词的文章。20世纪40年代他在北大讲授“诗论”，先印讲义后出书，影响很大，前年三联书店又增订出版。他在后记中说：“我在过去的写作中，自认为用功较多，比较有点独到见解的，还是这本《诗论》。我在这里试图用西方诗论来解释中国古典诗歌，用中国诗论来印证西方诗论；对中国诗的音律为什么后来走上律诗的道路，也作了探索分析。”他说我们研究文学可以以诗为突破口，为重点，也可以以小说、戏剧为重点。总之，必须对文学某一样式有较全面、历史的把握。否则，写文艺理论和写文艺评论文章容易流于空泛。

这几年，每次看望朱先生，他都要谈起翻译维柯《新科学》的事。这是他晚年从事的一项浩繁的工程。他似乎认定，这部书非译不可，非由他来译不可。他毫无怨言地付出了晚年本来就不旺盛的精力。他是扑在《新科学》的封面上辞世的。他对作为启蒙运动时期的一位重要的美学代表维柯，评价甚高。早在《西方美学史》中就辟有专章介绍。他在八十三岁高龄时，动手翻译这部近四十万字的巨著。起先每天译一二千字，以后因病情不断，每天只能译几百字。前后共三年。去年第一卷付梓后，他考虑这部分涉及的知识既广又深，怕一般读者阅读困难，决定编写一份注释，待再版时附在书末。家里人和朋友都劝他，这件事先放一放，或者委托给年轻得力的助手去做，他现在迫切需要的是休息，精力好了，抓紧写些最需要他写的文章。他考虑过这个意见，最后还是坚持由他来亲自编写。他说，换人接手，困难更多，不如累我一个人。有次在病中，他说希望尽快从《新科学》中解脱出来。他想去家乡有条件疗养休息的中等城市埋名隐姓安静地住一段。但是，对事业的挚爱已系住了他的魂魄。在他最需要静静地休息的时刻，他又在不安静地工作。他逝世前三天，趁人不备，艰难地顺楼梯向二楼书房爬去，家人发现后急忙赶去搀扶，他嗫嚅着说："要赶在见上帝前把《新科学》注释编写完。"他在和生命抢时间。他在1981年9月10日写给笔者的信中说："现在仍续译维柯的《自传》，大约两三万字，不久即可付钞。接着想就将《新科学》的第一个草稿仔细校改一遍，设法解决原来搁下的一些疑难处，年老事多，工作效率极低，如明年能定稿，那就算是好事了。"花了整整三年，终于定稿了，是件叫人高兴的大事。我见过该书的原稿，满眼晃动的是密密麻麻、歪歪斜斜的字迹。

朱先生做事的认真，在一些本来可以不惊动他的杂事上也表现出来。这几年，他在悉心翻译《新科学》的同时，又为大百科全书外国文学卷审稿。我在替他编选《艺文杂谈》时遇到的一些问题，他都一一及时作口头或书面答复。入集的文章，不管是旧作还是新作，他都重新看过，大到标题的另拟，小到印刷误排的改正，他都一丝不苟地去做。他1948年写过《游仙诗》一文，刊在他主编的《文学杂志》三卷四期上。他说这篇文章提出了一些见解，叫我有时间可以一读，同时又说写得较匆忙，材料引用有不确之处，他趁这次入集的机会，修改了一番。标题改为《楚辞和游仙诗》，删去了开头的一大段。他怕引诗有误，嘱我用新版本再核对一次。

我在北大图书馆旧期刊里发现了一些连他本人也一时想不起来的文章，他每篇都看，有几篇他觉得意思浅，不同意再收集子。他说，有些文章发表了，不一定有价值再扩大流传，纸张紧，还是多印些好文章。

朱先生很讨厌盲目吹捧，包括别人对他的盲目吹捧。他希望读到有分析哪怕有尖锐批评的文章。香港《新晚报》曾发表曾澍基先生的《新美学掠影》一文，我看到了将剪报寄给朱先生看，不久他回信说该文“有见地，不是一味捧场，我觉得写得好”。他常谈到美学界出现的新人，说他们的文章有思想，有锋芒，有文采，他现在是写不出的。他感叹岁月无情，人老了，思维也渐渐迟钝了，文笔也渐渐滞板了，他说不承认这个事实是不行的。

朱先生的记忆力近一二年明显有衰退。有几件小事弄得他自己啼笑皆非。有次他送书给画家黄苗子和郁风。分别给每人签名送一本。郁风开玩笑叫我捎信去：一本签两人名就行了。朱先生说原来晓得他们是一对，后来有点记不准，怕弄错了，不如每人送一本。过了一阵，他又出了一本书，还是给黄苗子、郁风每人一本，我又提醒他，他笑着说：“我忘了郁风是和黄苗子还是黄永玉……拿不准，所以干脆一人一本。”小事上他闹出的笑话不止这一桩。但奇怪的是，谈起学问来，他的记忆力却不坏。许多事，只要稍稍提醒，就会想起，回答清楚。1983年秋天，他在楼前散步，躲地震时临时搭起的那间小木屋还没有拆除，他看看花草，又看看这间小屋，突然问我：最近忙不忙？我一时摸不清他的意思，没有回答。他说你有时间，我们合作搞一个长篇对话。你提一百个问题，我有空就回答，对着录音机讲，你整理出来我抽空再改定。我说安排一下可以，但不知问题如何提？他说：可以从他过去的文章里发掘出一批题目，再考虑一些有关美学文艺欣赏、诗歌、文体等方面的问题。每个问题所谈可长可短，平均两千字一篇。他当场谈起上海同济大学教授陈从周写了有关园林艺术的专著，很有价值。他说，从园林艺术研究美学是一个角度。他说，外国有一部美学辞典，关于“美”的条目就列举了中国圆明园艺术的例子。答应空些时翻译出来给我看。那天，我还问起朱先生为什么写文艺评论、随笔喜欢用对话体和书信体？他说你这不就提了两个问题？你再提九十八个题目便成了。他又说，你还问过我，亚里士多德的《诗学》和柏拉图的文艺对话录对后来的文艺发展究竟谁的影响大？这又是一个题目。我在一篇文章中说《红楼梦》是散文名篇，有人认为“散文名篇”应改为“著名小说”，我不同意，为什么？这里涉及中国古代散文的概念问题。他笑着说：题目不少，你好好清理一下，联系实际，想些新鲜活泼有趣的题目。我们约好冬天开始，叫我一周去一次。后来由于他翻译维柯《新科学》没有间歇，我又忙于本职编辑工作，出一趟城也不容易。就这样，一拖再拖终于告吹。朱师母说：朱先生生前有两个未了的心愿，一是未见到《新科学》出书，一是未能践约春天去看望老友叶圣陶、沈从文。我想，这个闲谈记录未能实现，也该是朱先生又一桩未了的心愿吧！

1986 年 5 月

走进叶家大院

前不久，我们北大同学相聚，在西城一位同学家里，约定中午 11 时。大家陆续汇齐，已近 13 时了，不是交通堵塞，而是他的居处周围新楼耸立，原来熟悉的小道也拓宽了。明明知道那小院在哪里，偏偏就是难以走近它。大家在刺骨的寒风中，深切地感到北京的快速变化。

但也有些城市角落变化的足迹极小，还是我半个世纪前来京时的印象，就像东四一带那十几条胡同里一座座幽深的四合院。

东四八条，是我跑得较勤留下记忆较多的一条胡同。1975 年秋天，《人民文学》杂志复刊，我从河北调回北京，就是先到这家刊物工作，编辑部就在八条一幢小楼里。楼的对面，是一座大宅院。这座四合大院是东城区旧居保护单位，可想它的年头，和它主人的名声。这些我从未探询过，至今也不明晰。我只知道 1958 年叶圣陶先生就住在这里。当时我们北大中文系 1955 级同学正在集体编著《中国文学史》《中国小说史》，我参加近现代部分的写作，曾冒昧地写信向叶老请教。叶老很快回了我一封信，约定了时间在东四八条七十一号接见我。后来因叶老临时有事取消了这次接见。但八条七十一号我却牢牢地记住了。当我第一天到《人民文学》杂志社上班时，自行车刚放下，转身就见到了门牌上的“71”，我暗自欣喜。二十年后，我准会有机会见到他——我崇敬的叶老，准会有机会听取他的指教。

北京东四八条胡同叶圣陶寓所，从 1949 年至今这里住过叶家六代人

新中国成立后，叶老长期担任教育部副部长兼人民教育出版社社长。我有几位师弟在他手下做编辑工作，多次提醒我叶老对编辑出版工作要求极为严格，他的工作作风是一贯的严谨、认真。

我带着这点心理准备登门去向叶老求稿了。中国作家协会所属的《文艺报》《人民文学》《诗刊》，在“文化大革命”初期就被迫停刊了。《人民文学》是最早复刊的，中国作协当时尚未恢复，刊物归出版局管辖。编辑人员多半是《人民文学》原班底的，我是原《文艺报》的，又外调了一些人员。在那个年代，在那个特殊的环境里，《人民文学》的复刊，给文艺界带来一些希望。刊物领导动员我们积极组织一些可以亮相的名人的稿件。副主编严文井一再催促我，赶快去向叶老求援。

我勇敢地敲开了大门，径直走向后院。我知道叶老有早起的习惯。最初我多选择清晨上班前去，经常见到的是，叶老戴耳机在听广播，至善在伏案工作。叶老几乎每次都满足我们的请求。我常常带着庭院里的那棵时而茂盛，时而光秃的海棠树的印记兴冲冲地跑回编辑部。

1976年10月24日，首都人民在天安门举行庆祝粉碎“四人帮”盛会，我请叶老为刊物写首词。第三天上班时，我就收到他送来的大作，并附了一封给我的信：“泰昌同志：承嘱写稿，勉成《满江红》一阕，今送上请同志们审阅。排版时希望照此式样，校样来时，让我看一下，想都能办到。即请刻安。叶圣陶10月29日上午。收到时希来一电话，我处电话号码为四四二四八八。”

读着叶老的这封信，既感动又不安。感动的是，德高望重的叶老字斟句酌之作，还要请“同志们审阅”，足见他对晚辈编辑工作的尊重。“排版时希望照此式样，校样来时，让我看一下。”足见叶老办事之认真，为人着想。作为一名合格的编辑，叶老这些要求，理应主动去做的，为什么叶老要强调说明他这些要求“想都能办到”，就因为，我们曾编发叶老大作时没有做到。

在此之前不久，叶老曾给我一封信，他在这信中说：“刚才接到《人民文学》9月号，看了目录，十页魏作，三十四页晓星作，五十八页拙作，题下都加括弧，内排‘诗’。这三题都标明词牌，是‘词’不是‘诗’显然可知。现在看报上文章，听人口头说话，我从而知道有些人已经不分‘诗’和‘词’了。《人民文学》在目录里这样写，将会推进不分‘诗’和‘词’的趋势。这好不好，似乎可以考虑。我懒得去查以前各期，不知道以前在目录里对于‘词’怎么处理的。还有三十三页光未然之作是‘诗’，目录里没有标明。叶圣陶10月6日下午。”

说实话，如果不是我当时已感受叶老为人的大度宽容，对晚辈的爱护，读了他这封信后，我是绝没有脸面再去请他赐稿。叶老自己的作品发表前反复斟酌。1976年11月1日上班时，我刚收到他家里人送来的一篇文章，不到一小时，又收到他送来给我的一封短信，“拙稿匆促送上，经重新斟酌，有好几个字需要改动。因此，待排样送到时，务希交下，容我自己校毕。不胜盼祷。顺请刻安。叶圣陶11月1日上午”。我记住他常说的这句话，写作、编辑，为的就是读者。在日常交谈时，叶老的言语也是十分认真的。有次我听他谈文坛新发生的一些事，我前脚回办公室，刚沏上茶，就收到他派人送来的一封信，告诉我刚刚他谈的某个情况人名记错了，叫我别再外传。至善长期与叶老生活在一起，他的工作、写作，为人的严谨、认真，深受其父的影响。1983 年，至善、至诚兄弟编辑出版了《叶圣陶散文》(甲集)，校刊之精细不说，内容之丰富令人对散文大家叶老有了更充实新鲜的认识。编者花了很大工夫，查找到了叶老建国前用各种笔名发表的散文有五十多万字，又经叶老本人和编者筛选，甲集里收录了近四十万字。江苏教育出版社出版的多卷本《叶圣陶集》，是叶至善、叶至美、叶至诚编选的，在我阅读近些年各地出版的诸多《全集》《文集》中，我以为《叶圣陶集》至少在注释交代之翔实、说明扼要准确方面是突出的。

叶老是位非常念旧、重感情且爱憎分明的长者。他与长篇小说《风雷》的作者陈登科，估计没有太多的往来。但他知道陈登科在“文化大革命”中因《风雷》遭难，这个“难”还殃及该书责编江晓天，非常气愤。1978 年 5 月，登科从安徽来京，要我向叶老代求墨宝。叶老很快就写了《书赠陈登科》:“诬指风雷是谤书，到今魑魅竟如何？料因皖境新猷富，正喜挥毫绰有余。”叶老在当天的日记中点出“新猷”系指万里同志。万里时任安徽省省委书记。上海魏绍昌先生，是位对文艺史料痴迷的收藏家。上世纪 70 年代后期，赵丹和白杨书画合作，为他搞了本《红楼梦咏菊诗意图》，赵丹画菊花，白杨录书中诸人之诗。魏先生请京沪文化界一些名人为该图册题诗词或跋文。1979 年 5 月，当图册传到叶老处，他很快题了诗：

舞台联璧群称久，文苑交辉我见初。
老眼晴窗洵一乐，赵丹画与白杨书。

红楼分咏菊花诗，诗与其人才性宜。
此是雪芹高手笔，不徒对话耐寻思。

1980 年 10 月 10 日凌晨，人民艺术家赵丹同志病逝。为了纪念他，文化部、中国文联于10月20日下午在首都剧场举行悼念赵丹同志大会，请叶老出席，叶老时在病中，他执意要去。那天上午至善正好另有会议必须参加，因这个纪念大会也请了我，至善请我陪叶老去。会进行一半时，叶老发烧了，得赶快回家。上车前，叶老还嘱咐我同会议主持人说明，他请假先走了。

1978年《文艺报》复刊后，我又回到《文艺报》工作。办公地点离叶老家稍远，但骑自行车还顺路。复刊之后的《文艺报》，急需一些有分量的文学大评论。促使我想去请叶老写评论，是因为叶老写过大量的现代名著的评论。最直接的因素是，1962年我的北大同级同学孙幼军出版了童话《小布头奇遇记》，受到叶老赏识，并发表《谈谈〈小布头奇遇记〉》，我决心去试试。当时作家于敏刚出版了长篇小说《第一个回合》，是写解放初期经济恢复时期，东北某个钢铁基地的故事，《文艺报》想评论一下。我向叶老提出这个请求，叶老说现在眼睛越来越不管用，看书报戴了老花眼镜还得加个放大镜。听了他的话，我顿然感到我这个请求太不近情理，虽然叶老当场并未拒绝。回报社谈起，都说太难为叶老了，别再催。此后我几次去叶家，都不再提及此事。5月下旬，全国文联在西苑饭店开会，我在大会做会务工作，突然收到叶老通过大会办公室转寄给我的信："泰昌同志：我参加出外参观学习，未能出席文联的会。你嘱我写《第一个回合》的介绍，已经勉力写成，请驾临我寓取去。为陈登科同志写的字，可以同时取去。下月中旬末回来，届时希望来谈谈，即问近佳。叶圣陶5月26日。"取回介绍《第一个回合》的文章，才知道叶老是从收音机里陆续听完这部小说的，一天半小时，听了三个来月。所以用的题目是《我听了〈第一个回合〉》。文章不短，数千言。叶老对小说中的情节、人物、描述均有细致的分析。可以想见，他每天听半小时，一边听，一边记。为何叶老那般有毅力有热情地评论这部小说呢？他在文中写道："这部小说写的是国民经济恢复时期，题目叫《第一个回合》，也很有意思。现在，咱们正面临着一个前所未有的更大的回合，这就是实现四个现代化，把咱们中国建设成为伟大的社会主义强国。在这个时候，回顾一下新中国成立后'第一个回合'，回顾一下‘第一个回合’的胜利是怎么得来的，将会鼓舞咱们的斗志，坚定咱们的信心。所以我几乎逢人就介绍这部小说，现在写这篇文章的目的也在于此。”

1979 年《文艺报》约请一些作家写创作谈。江苏方之的短篇小说《内奸》荣获 1979 年中国作协主办的全国优秀短篇小说奖。我清楚他和叶至诚志同道合、私交甚笃，写信给同在南京的至诚，请他们俩分别或联名为我们写一篇。第十期《文艺报》发表了方之、叶至诚的《也算经验》。不久，方之因病去世了。听到这个不幸的消息，编辑部叫我物色一位合适的作者写篇纪念文章，我想到了至诚。我写信给至诚，很快他就寄来了《方之的死》。他在随文章同寄给我的信中说：“《方之的死》我也以为在《文艺报》上发表的好，与《也算经验》相响应，向读者交代上世纪 50 年代初露头角的一位有才华、有良心的青年作者的结局。写这篇短文，心中有一种愤慨，谁说十七年的文艺路线完全正确呢？把事实摆出来看看。”《方之的死》在 1980 年第一期的《文艺报》刊发后反应很好。这不仅是至诚散文创作中的佳作，也是 1980 年散文创作中的硕果。

有次我去叶老家，同他谈起至诚的这篇文章，他说，好文章不在长短，重要的是要有感而发。由此我联想起，叶老的挚友夏丏尊先生 1946 年怀着满腔忧愤去世，叶老写了三百多字的短文：《从此不再听见他的声音》。1988 年，叶老去世后，每当我走进七十一号大院，叶老那洪亮的声音依然在耳边回荡。

在向阳湖初见冰心

冰心是文坛祖母，她的作品影响了几代广大读者。许多我的前辈或师长都自称自己是冰心作品的“小读者”，那我更是小小的读者了。

我在读初中时就读到并喜欢上了冰心的作品。我的家乡安徽省当涂县，是长江下游江南的一座古城，李白就归终在这里。当涂中学也是座有百年历史的学校，校图书馆里存有不少图书，清代人的集子，还有现代作家的正版和盗版的本子，其中有冰心早期的《春水》《繁星》和《寄小读者》等，我常常去借阅《繁星》，将其中优美的诗句抄下来，还能背诵多首。

1955 年我从县城中学考入北京大学中文系，开始实现自己的文学梦。听老师讲授中国文学史是从先秦开始的，听到王瑶老师讲现代文学史已是两年以后的事了。但我们几位要好的同系同班同学晚上或假日，常在燕园未名湖石舫上相约畅谈文学，背诵自己喜爱的中外作家的作品。冰心的《繁星》里短小的诗句是被我们背诵最多的现代作家作品之一。“大海呵，哪一颗星没有光？哪一朵花没有香？哪一次我的思潮里，没有你波涛的清响？”好似我们面前平静的未名湖是汹涌澎湃的大海。

我进校的那个时期，北大常请一些文学大家来校作报告或座谈，如郭沫若、叶圣陶就来过。可我见到冰心，近距离地见到，还和她说上几句，那却是很晚很晚了。是在一个特殊的年代，在一个特殊的场合，因为“特殊”,它给我留下的印象也就特别的清晰、深刻。

1964 年春天,我从北大研究生毕业后,被分到中国作家协会《文艺报》工作。

1966 年,“文革”开始,中国作家协会首当其冲被砸烂。工宣队、军宣队进驻,然后,斗、批、走。走毛主席指引的五七道路——下放到湖北咸宁五七干校劳动改造。我当时不到三十岁,单身一人,自然要去。而一批老作家,也难幸免,真是“一锅端”。

中国作协和中国文联共同组成的先遣组二十九人,1969 年 4 月 12 日出发,开赴咸宁县的向阳湖,大队人马于国庆节前夕(9 月 28 日)坐火车离开北京。

中国作家协会下放咸宁五七干校的人员中,包括谢冰心、臧克家、张天翼、陈白尘、张光年、严文井、李季、郭小川、侯金镜、冯牧、葛洛、黄秋耘等全国知名作家。陈白尘“文革”前就已调回江苏,黄秋耘也回了广州,郭小川也调离了中国作协,这回又集中到作协,一起下咸宁干校。

冰心比大队人马去得略晚些,因治牙病,请了假,于 1970 年元旦后赶去的。郭小川因在接受中央周扬专案组调查写材料,也晚去的,大略比冰心早去几天。冰心和郭小川都有牙病,他们曾一起请假去武汉医院里治过牙,这是连里公开的事,有人戏称他们是“无齿之人”。

冰心在咸宁干校待的时间很短,大约个把月多点,她就被调到湖北沙洋中央民族学院干校去了,冰心的爱人吴文藻教授在那里。

我之所以能在咸宁干校近距离见到仰慕已久的冰心并有点接触,完全是因为我当时干的活种。我去了不久就被分到伙房当挑夫,任务是上午挑水,中午奔向阳湖给围湖造田的大批人送饭,下午再到分散各处有人干活的地方送一次开水,间或去附近集镇和咸宁县城买鱼、肉、豆腐,还有连部交办的要跑的一些杂事,每天几乎都能匆匆见到各处干活的人。

冰心一来就在后勤一摊,她当时已是七十岁的老人了。她先在饲养班,与年轻人一起抬过粪桶,抬的是干牛粪,据说连粪桶在一起也有二三十斤。喂过猪,更多的时间是在菜班,看守菜地,防猪牛和野放的鸡鸭弄坏菜地。沈从文的夫人张兆和，也在菜班，但她干的活是开辟菜地、种菜，冰心的活比她相对轻一些。冰心和张天翼是看菜地的固定人员，缺了一个，临时补一个人，张光年、侯金镜也被补过看菜地。我和张天翼较熟，他爱人就在《文艺报》工作，他和北大吴组缃很好，组缃老师嘱我到了《文艺报》就去看天翼，天翼原是《人民文学》杂志主编，家就住在小羊宜宾胡同中国作协机关老址。

我和冰心说上话，也是在她和天翼看菜地时。我去送开水，天翼向冰心介绍了我：他是从北大刚来的，在《文艺报》。冰心望着我说：还年轻，现在的北大燕园就是以前的燕京大学，我待过，未名湖你也常去吧！我记不清第一次见冰心时是怎么称呼她的，当时连部会议上或公开场合都称她“谢冰心”，后来同她有过几次接触，有一次我在菜地脱口而出叫她“冰心同志”，她瞪着眼盯住我。我在 1987 年写的怀念天翼的文章《难忘的微笑》中说：“他和冰心一起看过菜地，冰心是坐在田头吆喝着赶鸡，天翼却是用散步去赶鸡，带着微笑散步……”冰心看过我的这篇陋作，她开玩笑说：你把我入画了……

我想起了在咸宁干校与冰心极少接触的点滴印象。

1995 年《收获》杂志发表了冰心在咸宁和沙洋干校时期给家里人的一组信。我初次看到这些信的内容。有人在研究这组信，听说日本也有人在研究，并翻译出版了这组信。回想起来，我似乎见到过冰心在看菜地时插空在膝盖上写信的样子，也猜想这些信写好后是先交连部有关人员看后才寄出的。当时地方上的邮路还不畅通，天气不好，常几天没人来送信、取信。所以每当我要进城办事，连部秘书会叫我代发一些已封好贴好邮票的信，这位秘书原是《人民文学》的编辑，交信给我时点数要我签字，回来再向她汇报是否已投县邮局了。后读张光年出版的《向阳日记》1970 年 2 月 15 日中的记载：“晚饭后（班长）孙一珍同志交给我阿蕙（系张光年夫人黄叶绿——笔者注）来信一件，我看是组织上没有拆阅过的，我当场交还她，说明政工组看后再给我。”在连里这些在接受“审查”的人，发出去的信先要给连部看，来的信件也是连部的人先看。我不知冰心当时寄信、收信是否也享受这种“待遇”。

另一件小事，我记得大约是 1970 年 2 月中旬，冰心很快离开咸宁干校转到湖北沙洋中央民族学院干校去了。冰心临走的前一天，连长叫我去问问谢冰心，有没有什么东西需要帮她代买的。我那时常去附近甘棠等较大的集镇，冰心叫我如有柑橘就代买几个，说路上带着。

冰心离开咸宁干校，是先回北京再去湖北沙洋的。她走时的火车票本来该干校中转站代办，但冰心这么大年纪了，总不能让她坐硬座或站着回北京，一定要买张卧铺票，连部派我直接去咸宁火车站，带上连里开的介绍信去说明冰心的身份。因为咸宁火车站是个三等站，要通知始发站长沙或前方二等站蒲圻才能预订上卧铺，而路过咸宁的从广州、长沙开过来的特快是不停靠的，只有普通快车停靠。连部交代一定弄张卧铺，最好是下铺的。连部秘书写的介绍信上称“著名作家谢冰心”，原中国作协秘书长张僖有经验，他一看信，说这样写不行，咸宁人都知道我们来干校是接受改造和教育的，越“著名”越容易被他们感觉问题越多，反而办不成事。他向连长李季建议，不如给冰心戴上全国人大代表头衔，他说下面人是买这个头衔账的。李季说这样好，我带着重开的这张介绍信到了咸宁火车站，找到值班站长，他对作家冰心并不太了解，见到“全国人大代表”头衔很重视，痛快地答应立即电话与蒲圻站联系，说卧铺难有，座票一定保证。我又去干校中转站向买票的人作了交代说明。后来冰心返京的火车票是“卧的”还是“坐的”“站的”，我就不知道了。冰心走的那天，连里没有派我去咸宁送行。我只是在她离开连队时远远地向她招招手，记住她行前对我说过的话：“北京见，欢迎你到家里来玩。”冰心不只对我说过，还对同她一起干过活的几位年轻人也说过。

“北京见……”冰心这句极普通的话给我以极大的温暖，她对当时的处境比我们想得乐观。我当时以为这一辈子就在向阳湖待下去了，没敢想过回京，更没敢想继续做文学编辑工作。我们下干校前，军宣队一位政委就公开说：“你们要明白，作协是砸烂单位，你们去的干校——文化部干校属于安置性质，你们就在那儿劳动，改造，安置，不要再幻想回北京。能去的人，包括老弱病残、家属、小孩都去。当然不愿去的，也可以找个地方投亲靠友，我们放行。”

在咸宁干校待过的一些名作家事后有的写过回忆这段生活的作品。最早出版的是臧克家的诗集《忆向阳》，后来则有陈白尘的长篇散文《云梦断忆》和他的《牛棚日记》及张光年的《向阳日记》等等。

冰心写过怀念李季、郭小川、张天翼的文章，但极少涉及在咸宁干校生活的内容，冰心没有留下回忆向阳湖那段日子的专文。

1995年冰心在医院里，咸宁地方来人去医院拜望冰心老人，告以向阳湖今日的变化，鄂南正在开发向阳湖文化资源，筹建“向阳湖文化名人村”的消息。冰心老人不由得回想起自己在向阳湖的一些往事，抱病一口气写了“向阳湖”三个字寄去。

忆不尽的冰心

一

和冰心接触过的人，哪怕只是一次短暂的交谈，都能感到面对的是一位充满智慧、和蔼可亲的老人。她谈起大事小事都幽默风趣。在那幽默风趣有时夹有玩笑的话语中，你能真切地感受到她如海似的爱心，如钢似的风骨。

冰心有许多海外的朋友，他们来北京准去看望她。近二十年，我有多次在她家里碰上这种场合。她的老友梁实秋逝世后，梁夫人韩女士来看她，两人谈话持续了两个多小时。

我赶上一次，她接受外国记者正式采访。1987 年 8 月 11 日上午，时任中国作协外联部主任的金坚范先生陪同英国《泰晤士报》驻京记者葛理福先生来到冰心寓所。头一天冰心家里来电话，叫我参加一下。我提前去了，冰心老人说，万一她精力不济，有些问题，你替我回答一下。记者一坐下，刚上茶，对话就开始了。冰心时用流利的英语时用中文回答葛先生提出的问题。她抢先问：为什么要见我这样一个老太婆呀？葛：想见名作家。冰心：所谓的。葛：写作的目的是什么？您为什么要写？答：心中有事想说就想写。问：你说刚开始写作时，想写什么就写什么，现在是否仍是这样？答：也是这样，没有一天不写。问：你现在写作是自由的？答：自由。问：你认为应该是为了艺术而艺术呢，还是认为艺术应该反映社会？答：应该反映社会。当葛先生问她对美国的印象时，冰心说：1922 至 1926 年我在美国威斯利尔学院上学，1936 至 1937 年又去了一次美国，美国我有许多朋友。但我最恨的是种族歧视，中国就没有。中国有五十六个民族，我所住的中央民族学院，便是没有种族歧视的一个例证。当问起现在中国文坛活跃的中青年作家时，冰心特别例举了一串女作家的名字和她们的代表作，她说推荐年轻作家是老作家的责任。当问到冰心女士在中国文学史上的地位时，老人冲着我笑了笑，她特地用中文叫我回答时“不要替我吹”。

事后想来，老人那次叫我去，实际上是给了我一次难得的听她讲课的机会。姜还是老的辣。

二

冰心很爱整洁。她在用两个小书桌拼起来的一张大书桌上，整整齐齐地分类摆列着期刊，文房四宝。平时她穿着雅素，衣服、围巾色调配合得十分均称。花瓶里不断的是红玫瑰。我是个不修边幅的人，头发长了也不及时剪理。最初见到她时，她总先看看我的头，衣着，不说什么。后来熟了，有时我刚理了发去，她一见就说我今天挺精神。有时头发不整齐去，她就说我是名士风度，不好。在她最后住院时期，有次她躺在床上对我说：“你出医院赶快去理发店！”

此后，我每次去医院看她，都格外注意自己头发的整齐，衣着的整洁。1994 年 10 月 5 日，老人过九十四寿辰时，我去医院向她贺寿，她躺在床上，见我就说我今天很精神，提议我和二女吴青教授、女婿陈恕教授站在床边合影纪念。

冰心大量的文学作品是为儿童写的，核心内容是母爱。在日常生活中，她对待后辈的教育常用引导启发的方式。往往表扬就包含了提醒、批评。但有时她也会率直地批评。我有事除电话外，给她写信，有次收到她的回信，头一句就说，以后你别写信了，还是通电话，因为你的字迹太潦草，辨认费力。看了信后，我深深内疚。过后她有事打电话问我，我说了半天，她说听不清楚，说你还是写信来吧！这封信我真是下了工夫，一笔一画工工整整地抄了一遍。不久她在电话中说我字有进步，但也不必过于工整，注意笔画看得清就可以了。杨绛先生出版了自己的作品集三卷本，当时钱钟书先生和她都在病中，杨先生托我将书送给冰心，老人翻开扉页，指着杨先生写的“后辈杨绛敬呈”对我说，她称我前辈，记住杨绛可是你的前辈，辈分不能乱！她开玩笑地说：你随钢钢（冰心的外孙）叫我姥姥，你不也降了辈！

三

冰心自1980年腿摔骨折之后，极少出门。我印象中，看望她，先是民院和平楼寓所，1983年后在民院教授楼寓所或客厅或书房。后来几年就是在北京医院病房。难忘的一次，1980年，下午，我同吴青、陈恕陪她到楼下散步，在花坛前，陈恕还为我和老人摄影留念。老人说，她以前爱散步、爱出国，到国内各地走走，现在身体不行了。住楼房养花的地方也没有，现在家里四季不断的鲜花多是朋友送的。

据我所知，冰心晚年文艺界同辈朋友中，她去看望过夏衍，夏衍与她同龄，生日晚二十五天，姐弟相称。她去看过叶圣陶先生，叶老比她大，所以她称叶圣陶先生为叶老。她曾写过《我所钦佩的叶圣陶先生》，文中说：“叶圣陶先生是我在同时代的文艺界中，所最钦佩的一位前辈。”他们在文学、教育等方面的巨大贡献，在为爱护孩子，爱护祖国未来几十年如一日地奋斗方面有着共同之点。冰心对人处事热情认真，几乎来信必复，但她还谦虚地称赞叶老做事认真。她曾让我转告叶老长子叶至善，说她寄赠给叶老的著作，叶老收到后每次必回信致谢，她知道叶老晚年眼睛不好，说至善来个电话就可以了，千万别让叶老将这小事放在心上。

四

冰心眼疾手勤。她晚年除了住院卧床不起，常阅读各类期刊、友人赠送的著作，坚持每天写三至四小时。来访的客人又多，她安排得井井有条。我为《文艺报》约请过她写文章，只要她答应写，一般都提前写好。她常说：一个作家怎么能搁下手中的笔？她完成了许多写作计划，有些没完成。她了解中国现代文坛风风雨雨、奇闻轶事太多，她说可以写一部《儒林外史》，但不是小说，是纪实性的。

新中国成立后，冰心多次代表中国作家出国访问。她和巴金的深厚友谊多是在一同出国期间深谈结下的。1980 年她最后一次访问日本后，因病就再没有出访了。1989 年台湾有关方面请她和巴金去访问，冰心和巴金多次相商后，同意接受邀请，待天气暖和些时去。后因身体等原因未能成行。冰心老人很惦念在台湾的老友，很关心祖国的统一大业。她在 1989 年 2 月 3 日寄给台湾笔会文友们的信中写道："农历新年快到了！这是我们祖国几十年来最热闹的、传统的家族大团圆节日。脆响的爆竹的声音，使我痛苦地想到：好好的一个完整的祖国，被人为地分成两边，把我们十二亿骨肉同胞弄得如此隔膜！如此生分！""盈盈一水间，脉脉不得语"的日子，不能再延长下去了。我们海峡两岸的文艺工作者，永远是行进在人生道上的十二亿同胞的吹鼓手和拉拉队。让我们在海峡两边一同拿起手中的如椽大笔，写出真挚深刻的文艺作品，来提醒和引导海峡两岸十二亿同胞一同伸出爱国热情的双手，愈伸愈长，愈伸愈近，直到把美丽的台湾宝岛和祖国的伟大九百六十万平方公里河山连成一片。冰心老人对生死看得坦然，她常说人落地是默默无闻的，走了也该是默默无闻的，她的远行是平和的没有什么遗憾的，她经历了香港回归，得知澳门即将回归，她对祖国统一的惦念完全可以放下。安息吧，中华子孙引以为傲的世纪老人。

1999 年 3 月

朱光潜谈挚友朱自清

上世纪 20 年代的朱自清

1980 年夏，有次去看望朱光潜先生，他兴奋地告诉我，最近在清理旧稿、信件时，发现保存下来的朱自清在抗战时期写给他的一封信。他说佩弦（朱自清）先生给他的信不少，但几经波折能幸运留存下来一封真不容易。他希望《文艺报》能发表一下。当场他将信给我看了。他说，佩弦的这封信有实际内容，不是一般的应酬信，因为他最近手头事多，如发表，最好请一位了解该信内容的人写篇导读的短文。

我向主持《文艺报》编辑部工作的副主编唐因汇报了此事，他说很好，《文艺报》需要这方面的稿子，叫我物色一位合适的人来写。我考虑了一下，建议请叶至善写。唐因认为合适，叫我尽快去办一下。

不久，叶至善约我一起去看望朱先生。恰巧约定的那天我有会，我告诉他去时一定要看看朱自清先生给朱光潜先生的一封信，如他愿意，请他写篇阅读这封信的说明，他说看了信后再定。

朱自清给朱光潜的这封信，信末只注了“26 日”。我在 1980 年 12 月 22 日的日记中记载，叶圣陶先生明确地说该信是“1941 年 10 月 26 日”写的，“孟实那时在四川乐山武汉大学任教”。

1981 年第一期《文艺报》刊登了朱自清写给朱光潜的这封信和叶至善写的“跋”。至善在给我稿子时说，在写“跋”过程中，为了弄清一些事实，他多次询问过他父亲叶圣陶。

朱自清的信内容如下：

孟实兄：

在乐山承兄带着游乌尤大佛，又看了蛮洞龙泓寺。乌尤大佛固然久在梦想，但还不如蛮洞龙泓寺的意味厚。那晚又诸多打扰。旅行中得着这么一个好东道主人，真是不容易，感谢之至！

我们 16 日过干柏树，据说是匪窠，幸而平安过去。19 日到宜宾，街市繁华不亚于春熙路。18 日早过于碓窝，滩势很险。听了船夫的号子颇担心，幸而十几分钟也就过去了。当日到纳溪县。第二天“赶黄鱼”上叙永。天下雨，车没到站因油尽打住。摸黑进城，走了十多里泥泞的石子路，相当狼狈。一住就是一礼拜，车子还没消息。亏得主人好，不觉得在作客。

兄批评《新理学》的文字，弟在船上已细看。除“势”那一个观念当时也有些怀疑是多余的以外，别的都是未曾见到的。读了兄的文字，真有豁然开朗之乐，佩服佩服。芝生兄回答似乎很费力（若我是他的话），但我渴想看看他的答文。无论如何，他给我的信说兄指出的地方只是他措辞欠斟酌，似乎说得太轻易了。到这儿遇见李广田兄了，他也早想着兄这篇文字，我就给他看了。

叙永是个边城。永宁河曲折从城中流过，蜿蜒多姿态。河上有下上两桥。站在桥上看，似乎颇旷远；而山高水深，更有一种幽味。东城长街十多里，都用石板铺就，很宽阔，有气象。西城是马路，却石子像刀尖似的，一下雨，到处泥浆，两城都不好走。

我的主人很好客，住的地方也不错。第一晚到这儿，因为船上蜷曲久了，伸直了睡，舒服得很。那几天吃得过饱，一夜尽作些梦。梦境记不清楚，但可以当得“娱目畅怀”一语。第二天写成一诗，抄奉一粲。夫人和小姐已到否？并念。祝好！

石荪人楩二兄请致意。

弟自清顿首　26 日

好梦再叠何字韵

山阴道上一宵过，菜圃羊蹄乱睡魔。弱岁情怀偕日丽，承平风物殢人多。鱼龙曼衍欢无极，觉梦悬殊事有科。但恨此宵难再得，劳生敢计醒如何。

叶至善在“跋”中说：

10 月 11 日，我去燕南园看望朱光潜先生。朱先生给我看朱自清先生给他的一封信，说是无意中保存下来的。信纸已经发黄，是四川夹江产的竹帘纸，字是娟秀的行书。署名下面只写日期，是 26 日，这是 1941 年的 10 月 26 日。

抗战时期，朱自清先生在昆明西南联大教书。从 1940 年夏天起，他有一年的休假期，就带着家眷到成都，把家安顿在望江楼对岸的宋公桥。1941 年暑假后，他休假期满，10 月 8 日搭木船顺岷江而下，17 日(原信作“19 日”，疑误)过宜宾，折入长江，次日到纳溪，再走公路到叙永。在叙永耽搁了十天，才搭上去昆明的汽车。他给朱光潜先生的这封信，就是在叙永写的。

看了这封信，才知道朱自清先生在过乐山的时候耽搁了一天，探望了几位在武汉大学教书的老朋友，朱光潜先生、叶石荪先生和杨人楩先生。朱光潜先生还陪他游了乌尤寺、大佛寺(就是凌云寺)，还有蛮洞和龙泓寺。所谓“蛮洞”，据说是汉代人凿在石壁上的墓穴，乐山附近的山上都有，有的刻些图案和人物，不知道他们那天游的是哪个蛮洞。龙泓寺是一个石窟寺，规模很小。记得只有一排洞子，大多一人高，每个洞子里坐着一尊菩萨，只有一个洞子比较大，人可以进去。当时湮没在野草灌木之间，不知道现在整理了没有。

朱自清先生这次走水路一定有许多打算，一路上可以欣赏风景。过乐山可以看望老朋友。旅费可节省许多，在那个年头，大学教授也都学会了打算。还有个原因，就是乘长途汽车太麻烦，太辛苦。公路局的汽车少，车票还有人垄断；买不到票只好出高价跟司机商量。司机私下让搭的乘客有个外号，叫“黄鱼”。信上说的“赶黄鱼”，就是这么回事。西南联大在叙永有个分校。朱先生说的那位好客的主人是李铁夫，有赠给李铁夫的几首诗。

当时，冯友兰(就是信上的“芝生兄”)的所谓“贞元三书”之一的《新理学》已经问世。朱光潜先生写了一篇批评《新理学》的文章，刊登在《思想与时代》上，信的第三段说的就是这回事。

至于《好梦》那首诗，朱自清先生后来写过一则小序：“九月日夕，自成都抵叙永，甫得就榻酣眠。迩日饱饫肥甘，积食致梦，达旦不绝。梦境不能悉忆，只觉游目骋怀耳。”这里的“九月”可能是阴历。

朱自清先生的信，我看到的只有这一封。文笔清新，自不消说，读来感到亲切。凡是收信人朱光潜先生想要知道的事情，他只用了不到八百字，一件一件都说清楚了。为收信人着想，体会收信人的心思，是写好一封信的关键，朱自清先生的这封信是个好例子。

1980年10月

朱光潜和朱自清是友谊至深的老友。

1948年8月12日朱自清先生在北平病逝，朱光潜当月连续写了两篇怀念老友的文章。朱光潜先生在我替他编选《艺文杂谈》时，主动提出他的《记朱佩弦先生》和《敬悼朱佩弦先生》两篇中，可选《敬悼朱佩弦先生》这篇。他在文中说：

在文艺界的朋友中，我认识最早而且得益也最多的要算佩弦先生。那还是民国十三年(1924 年)夏季，吴淞中国公学中学部因江浙战事停顿，我在上海闲着，夏丏尊先生邀我到上虞春晖中学去教英文。当时佩弦先生正在那里教国文。学校范围不大，大家朝夕相处，宛如一家人。佩弦和丏尊、子恺诸人都爱好文艺，常以所作相传视。我于无形中受了他们的影响，开始学习写作。我的第一篇处女作《无言之美》，就是在丏尊、佩弦两位先生鼓励之下写成的。他们认为我可以作说理文，就劝我走这一条路。这二十余年来我始终抱着这一条路走，如果有些微的成绩，就不能不归功于他们两位的诱导。①

佩弦先生逝世的当月，朱光潜抓紧在自己任主编的《文学杂志》组织了"朱自清先生纪念特辑"，请北大、清华、燕京等大学的一些教授、学者撰写文章，他们多是佩弦先生的同事或学生，写得很积极。"特辑"中朱自清先生的遗像、遗墨和信札，除家属提供的，不少是佩弦先生的朋友主动提供的。翻阅《文学杂志》第三卷第五期"朱自清先生纪念特辑"目录，有浦江清的《朱自清先生传略》、朱光潜的《敬悼朱佩弦先生》、冯友兰的《回忆朱佩弦先生与闻一多先生》、俞平伯的《忆白马湖宁波旧游》、川岛的《不应该死的又死了一个》、余冠英的《佩弦先生的性情嗜好和他的病》、李广田的《哀念朱佩弦先生》、马君玠的《挽歌辞》、杨振声的《为追悼朱自清先生讲到中国文学系》、林庚的《朱自清先生的诗》、王瑶的《邂逅斋说诗缀忆》；朱自清先生遗著有《犹贤博弈斋诗钞选录》、散文《关于〈月夜蝉声〉〈沉默〉〈松堂游记〉》，信札有《寄俞平伯》《寄杨晦》。在 1948 年 9 月出版的《文学杂志》第三卷第四期上，编者将这个"纪念特辑"的目录作了醒目的预告。

朱光潜在主编《文学杂志》同时，1948 年 1 月起又主编天津《民国日报》"文艺"副刊。"文艺"系周刊，周一版，半个版面。

---

① 《朱光潜全集》第 9 卷，第 487 页。

“文艺”副刊有个编委会，朱自清先生是编委会成员之一。朱自清在1948年2月21日的日记中记载：“进城。访……从文等。至萃华楼参加《民国日报》的午餐会。”1948年5月17日：“上午读《民国日报》，下午开聘任委员会。”

“文艺”的固定作者阵容也可观，多为北平、天津一带的学者、教授，也有北方的青年作家，如胡适、沈从文、朱自清、俞平伯、废名、潘家洵、闻家驷、余冠英、常风、罗念生、程鹤西、林庚、袁可嘉、季羡林、汪曾祺、李瑛、马君玠、朱星、甘运衡、毕基初、冯健男等等。为纪念朱自清先生，“文艺”出了“追悼朱自清先生特刊”，刊有朱光潜的《记朱佩弦先生》、常风的《朱自清先生——作家、学者、教育家》、俞平伯的《佩弦兄挽辞》，还发表了少若的《〈诗言志辨〉——朱自清遗著》、萧望卿的《朱自清先生最近两年与文学》等纪念性的评论，评述朱自清对新文学的贡献，以及他的学术成就和完美人格。

朱光潜先生说，叶至善为朱自清这封信写的“跋”好，精确明白。他说书信也是值得关注的散文里的一个品种。

这期《文艺报》出来后，朱师母给我打电话，说朱先生手头只有你们每期赠送他的一本，他想分送几位老朋友，到学校和海淀书店没买到，能不能再给或买几本。

我去送《文艺报》给朱先生那天下午，先生情绪甚好，他同我讲起他和朱自清先生的一些交往。此后多次，他又同我谈起过朱自清先生。他的所谈，多为我之前不知或知之不详的。

1983年，湖南人民出版社将朱自清的《欧游杂记》和《伦敦杂记》两书合一出版，书名为《欧游杂记》(外一种)，系该出版社“现代中国人看世界”丛书一种，出版社约我在书的后面写了篇介绍性的短文：《朱自清的欧游二记》。书出来后，我去给朱光潜老师送一本，他笑着说他已有了，并问我怎么也喜欢佩弦先生的散文。他说，佩弦先生对新文学的贡献，除诗写得好，就算散文了。朱自清是现代散文一代大家，留下了不少名篇。他赞许朱自清散文的平淡质朴，至性至情，文字讲究。他说：

读过《背影》和《祭亡妻》那一类文章的人们，都会知道佩弦先生富于至性深情；可是这至性深情背后也隐藏着一种深沉的忧郁，压得他不能发扬蹈厉。①

他还提到朱自清1929年写的《白马湖》，说有的段落他以前能背下来：

白马湖的春日自然最好。山是青得要滴下来，水是满满的、软软的。小马路的两边，一株间一株地种着小桃与杨柳。小桃上各缀着几朵重瓣的红花，像夜空的疏星。杨柳在暖风里不住地摇曳。在这路上走着，时而听见锐而长的火车的笛声是别有风味的。在春天，不论是晴是雨，是月夜是黑夜，白马湖都好。雨中田里菜花的颜色最早鲜艳；黑夜虽什么不见，但可静静地受用春天的力量。夏夜也有好处，有月时可以在湖里划小船，四面满是青霭。船上望别的村庄，像是蜃楼海市，浮在水上，迷离惝恍的；有时听见人声或犬吠，大有世外之感。若没有月呢，便在田野里看萤火，那萤火不是一星半点的，如你们在城中所见；那是成千成百的萤火。一片儿飞出来，像金线网似的，又像耍着许多火绳似的。只有一层使我愤恨。那里水田多，蚊子太多，而且几乎全闪闪烁烁是疟蚊子。我们一家都染了疟疾，至今三四年了，还有未断根的。蚊子多足以减少露坐夜谈或划船夜游的兴致，这未免是美中不足了。②

朱光潜1924年在白马湖与朱自清一同生活、工作过几个月，他有这种经历，读起来就格外亲切，浮想联翩。他甚至对我说，没有白马湖那秀丽的景色，没有那段与朱自清等友人宛如家人一起的相处，没有那种欢愉的环境和心境，他的《无言之美》是难以写出来的。朱光潜在《谈文学选

---

① 《朱光潜全集》第9卷，第489页。

② 《朱自清全集》第4卷，江苏教育出版社1996年8月版，第285—286页。

本》文中说:“选某一时代文学作品就无异于对那时代文学加以批评,也就无异于替它写一部历史,同时,这也无异于选者替自己写一部精神生活的自传,叙述他自己与所选所弃的作品曾经发生过的姻缘。”他说,如果我选一本朱自清的散文,肯定会将这篇《白马湖》收进去。

朱先生多次谈起,从白马湖时代至朱自清去世的二十多年里,在思想、学术和友谊方面,他得到过朱自清先生许多切实的帮助、鼓励和温暖。

他着重谈到《文艺心理学》和《谈美》的写作。1931 年 8 月至 1932 年 5 月,朱自清在英国伦敦游学期间,仔细看了朱光潜的《文艺心理学》和《谈美》两部书的原稿,提了很多建设性的意见,《文艺心理学》“第六章《美感与联想》就是因为朱自清对于原稿不满意而改作的”。朱自清还替这两部书作了两篇序,称《文艺心理学》是一部“介绍西洋近代美学的书”,也是有作者特有的“主张”的书。他在《序》中说:

> 美学大约还得算是年轻的学问,给一般读者说法的书几乎没有;这可窘住了中国翻译介绍的人。据我所知,我们现在的几部关于艺术或美学的书,大抵以日文书为底本;往往薄得可怜,用语行文又太将就原作,像是西洋人说中国话,总不能够让我们十二分听进去。再则这类书里,只有哲学的话头,很少心理的解释,不用说生理的。像“高头讲章”一般,美学差不多变成了丑学了。奇怪的是“美育代宗教说”提倡在十来年前,到如今才有这部头头是道,醰醰有味的谈美的书。……这部《文艺心理学》写来自具一种“美”,不是“高头讲章”,不是教科书,不是咬文嚼字或繁征博引的推理与考据;它步步引你入胜,断不会教你索然释手。①

《谈美》写于 1932 年,是继《给青年的十二封信》之后的“第十三封

① 《朱光潜全集》第 1 卷,第 522—523 页。

信”。作者自称该书是“通俗叙述”《文艺心理学》的“缩写本”。但朱自清并不这么看，他在《序》中说：《谈美》并非《文艺心理学》的“节略”，“它自成一个完整的有机体；有些处是那部大书（《文艺心理学》）所不详的；有些是那里面没有的。——‘人生的艺术化’一章是著名的例子；这是孟实先生自己最重要的理论。”当时美学观念模糊、美学理论贫弱、爱好文艺的青年常苦于无所适从的现状，朱自清说《谈美》“这部小书”：

> 便是帮助你走出这些迷路的。它让你将那些杂牌军队改编为正式军队；裁汰冗弱，补充械弹，所谓“兵在精而不在多”。其次指给你一些简截不绕弯的道路让你走上前去，不至于彷徨在大野里，也不至于彷徨在牛角尖里。其次它告诉你怎样在咱们的旧环境中应用新战术；它自然只能给你一两个例子看，让你可以举一反三。它矫正你的错误，针砭你的缺失，鼓励你走向前去。①

朱先生说，佩弦先生对他写作《文艺心理学》有多方面的帮助，他在初版“作者的自白”中说：

> 这部书的完成靠许多朋友的帮助。第一是朱佩弦先生，他在欧洲旅途匆忙中替我仔细看过原稿，做了序，还给我许多谨慎的批评。第六章《美感与联想》就是因为他对于原稿不满意而改作的。

朱先生说现在回想起来，也还有可以补充的。他曾对我讲，《文艺心理学》的内容主要是介绍西方美学流派的，为了便于国内的读者理解，他采用阐述名画、名诗词的方法加以印证。初稿列举名画、名诗，西方和中国的都有。佩弦先生想到书的读者主要是中国的读者，建议举例时更多

---

① 《朱光潜全集》第 2 卷，第 99 页。

地列举些中国名诗、名画。朱先生在修改定稿时,考虑过吸收佩弦先生这个意见。朱光潜先生的这点"回想",原来准备在《敬悼朱佩弦先生》一文收入《艺文杂谈》时补充进去,他想了下又说:这次不动,以后在合适的地方再写进去。

1933年朱光潜从欧洲留学回国,不久就任了北京大学教授。佩弦先生作为清华大学中文系主任,主动邀他去清华为中文系研究生讲授了近一年的《文艺心理学》。朱先生在法国留学时的老友徐悲鸿时任中央艺术学院院长,得知了朱先生在清华授课的效果,也主动邀请他去中央艺术学院讲授《文艺心理学》,接着还有其他几所院校邀请他去授课。朱先生说与学生的直接交流,对修订出版《文艺心理学》多有受益。当时清华听朱先生讲文艺心理学的人除中文系的还有外语系的,北大吴组缃教授当年在清华研究院中文系研究班学习,1981年2月13日,他在家中对我说:"朱光潜也是我的老师,我听过他讲的文艺心理学。"1986年,北大季羡林教授在《他实现了生命的价值——悼念朱光潜先生》一文中追忆在清华听朱光潜先生讲授文艺心理学时的情景:

> 五十多年前,我在清华大学西洋文学系念书。我那时是二十岁上下。孟实先生是北京大学的教授,在清华大学兼课,年龄大概三十四五岁吧,他只教一门文艺心理学,实际上就是美学,这是一门选修课。我选了这一门课,认真地听了一年。当时我就感觉到,这一门课非同凡响,是我最满意的一门课,比那些英、美、法、德等国来的外籍教授所开的课好到不能比的程度。朱先生不是那种口若悬河的人,他的口才并不好,讲一口带安徽味的蓝青官话,听起来并不"美"。看来他不是一个演说家,讲课从来不看学生,两只眼向上翻,看的好像是天花板上或者窗户上的某一块地方。然而却没有废话,每一句话都清清楚楚。他介绍西方各国流行的文艺理论,有时候举一些中国旧诗词作例子,并不牵强附会,我们一听就懂。对那些古里古怪的理论,他确实能讲出一个道理来,我听起来津津有味。我觉得,他是一

个有学问的人，一个在学术上诚实的人，他不哗众取宠，他不用连自己都不懂的“洋玩意儿”去欺骗、吓唬年轻的中国学生。因此，在开课以后不久，我就爱上了这一门课，每周盼望上课，成为我的乐趣了。①

朱先生说佩弦先生治学严谨，但又虚心，给过他许多指教，也乐于听取他的一些意见和建议，相互平等切磋，多在私下交谈，偶尔也公开见诸文字。朱自清在《文学杂志》第一卷第二期发表了散文《房东太太》。朱光潜在该期“编辑后记”中说：“朱佩弦先生的《房东太太》是一篇‘画像’。他的风格朴质、清淡、简练，以亲切口吻道家常琐细，读之如见其人。”1940年夏，朱自清在重庆与魏建功、黎锦熙等六位国学名宿编写大学国文教材。《大学国文选目》出来后，朱光潜在1942年发表了《就部颁“大学国文选目”论大学国文教材》，表示了一点不同意见，认为“大学国文不是中国学术思想史，也还不能等于中国文学，它主要地是一种语文训练”，而《大学国文选目》中“就大体说，两汉以前的文章选得太多，唐宋以后的文章选得太少”，他主张“大学国文就应悬训练读和写作两种能力为标准”，认为“就大体说，姚姬传的《古文辞类纂》所示路径是很纯正而且便于初学的”。佩弦先生看了朱光潜先生的这点“微词”，写了《论大学国文选目》公开作答，表示了多方面的不同意见。他在文中说：

朱先生说：“大学国文不是中国学术思想，也还不能算是中国文学，它主要的是一种语文训练。”这句话代表大部分人对于大一国文的意见。作者却以为大学国文不但是一种语文训练，而且是一种文化训练。朱先生希望大学生的写作能够“辞明理达，文从字顺”；“文从字顺”是语文训练的事，“辞明理达”，便是文化训练的事。这似乎只将朱先生所谓语文训练分成两方面看，并无大不同处。但从此引

① 原载1986年3月14日《文汇报》。

中，我们的见解就颇为差异，所谓文化训练就是使学生对于物，对于我，对于今，更能明达，也就是朱先生所谓“深一层”的“立本”。这自然不是国文一科目的责任，但国文也该分担起这个责任。①

关于“选本”是重今还是重古，朱自清说：

朱先生主张多选近代文，以为“时代愈近，生活状况和思想形态愈与我们相同，愈易了解，也愈易引起兴趣”。据作者十余年担任大一国文的经验，这句话并不尽然。一般学生根本就不愿读古文；凡是古文，他们觉得隔着他们老远的，周秦如此，唐宋明清也一样。其中原因现在无暇讨论。作者曾见过抗战前国立山东大学的国文选目，入选的多是历代抗敌的文字，据说学生颇感兴趣。但这办法似乎太偏窄，而且其中文学古典太少。②

朱先生还谈起一个例子，他在1948年写的《朱佩弦先生的〈诗言志辨〉》中说：

前两年我写过一篇《陶渊明》就正于他，他回信说在大体上赞同我的看法，但是在一些枝节问题上他的结论不同，希望将来有机会详细说出，可是至今没有说出而就长辞人世了。这只是一个事例，他的像这样留着没有说出的话还不知凡几。③

《文学杂志》主编是朱光潜，朱先生说：“实际上朱自清和沈从文、杨金甫（杨振声）、冯君培（冯至）诸人撑持的力量最多。”朱光潜在《文学杂志》

---

① 《朱自清全集》第2卷，第18页。

② 《朱自清全集》第2卷，第21—22页。

③ 《朱光潜全集》第9卷，第493页。

创办和复刊过程中同佩弦先生商谈过多次，或面谈或书信，佩弦先生不仅自己赐稿，也推举他人的稿件，为办好刊物出了不少主意，一起商定了不少事。1997年江苏教育出版社出版的《朱自清全集》第九卷、第十卷中所收的不甚齐全的日记中留存了一些记载。如，1937年1月26日："中午在朱光潜家午膳，商谈《文学月刊》事，朱提议常风任助理之职，余赞成之。"同年4月11日："朱先生来访并约写文章。"1946年冬，朱光潜从四川回到北京大学，酝酿《文学杂志》复刊。1947年3月14日："参加《文学月刊》宴会。"1947年6月《文学杂志》复刊至1948年11月停刊，这期间，朱光潜与朱自清先生在北京的往来较多，朱光潜说："在北平文艺界朋友聚会讨论，有他就必有我。"除见面外，书信也频繁。如1947年2月4日："孟实来访。"同年4月20日："复孟实信。"9月11日："复孟实信。"12月13日："归家后访树棠，孟实和从文，疲倦。"1948年1月17日："复孟实信。"同年2月9日："复孟实信。"3月15日："复平伯、孟实、从文信。"3月26日："复孟实信。"4月20日："复孟实信。"4月10日："复孟实信。"7月23日，也就是朱自清8月12日逝世前夕还"复孟实信"。

朱先生在谈起《文学杂志》的刊名时说，最早酝酿时，梁思成先生曾建议过叫"大都"，表明是在北平办的，后来又准备叫《文学月刊》，刊物快付梓时，商务印书馆考虑要有别于他们过去出的《小说月报》，刊名可以再考虑，他和沈从文意思不妨改叫"文学杂志"。他为此事特地去征询了佩弦先生的意见，佩弦同意，就这样定了下来。

朱先生还对我谈起过与朱自清有关的两件小事。

朱光潜在1948年9月4日《民国日报》"文艺"副刊上，发表了《朱自清先生遗诗·怀平伯》。诗云：

思君直湖论交始，明圣湖边两少年。
刻意作诗新律吕，随时结伴小游仙。
桨声打彻秦淮水，浪影看浮瀛海船。
等是分襟今昔异，念家山破梦成烟。

延誉凭君列上庠，古槐书屋久彷徉。
斜阳远巷人踪少，夜语昏镫意絮长。
西郭移居邻有德，南园共食水相忘。
平生爱我君为最，不止津梁百一方。

忽看烽燧漫天开，如鲫群贤南渡来。
亲老一身娱定省，庭空三径掩莓苔。
终年兀兀仍孤诣，举世茫茫有百哀。
引领朔风知劲草，何当执手话沉灰。

不熟悉朱自清与俞平伯先生关系的人，难以读懂这首诗，朱光潜在发表这首诗时专门写了一段话：

朱佩弦先生在抗战期间写了不少旧诗，这篇诗是在昆明寄怀俞平伯先生的，我们得到平伯先生的同意借抄了在本刊发表。佩弦先生与平伯交谊最笃，三十年如一日，他们两位虽然同时在北大读书，同时为《新青年》和《新潮》写稿，在学生时代却无甚往来，直到毕业之后在杭州才熟识结了友谊。十四年(1925 年)胡适之先生介绍平伯先生到清华教书，平伯先生转介绍了佩弦先生，此诗第二首第一句即指出。古槐书屋是平伯先生家北平老君堂七十九号的书房，佩弦先生进城每下榻于此。大约是十九年(1930 年)平伯先生改就清华专任教授之聘，移居清华大学南院教员住宅，第二首南园即指南院，平伯先生文章中常说起的秋荔亭即在此。“七七事变”后佩弦先生偕眷属南行，平伯先生因亲老滞留北平，故第三首如是云云。

朱先生对我说，这个“跋”留下了一点真实的史料，你喜欢写艺文轶话，不妨找来一读。这个“轶话”我尚未写，倒被叶至善派上了用场。至善为《文艺报》写了朱自清致朱光潜的信后，又连续写了俞平伯致叶圣陶的信、叶圣陶致夏丏尊的信。俞平伯致叶圣陶的信写于1948年8月27日，信的内容涉及朱自清的逝世，也涉及朱光潜悼念朱自清文章事。叶圣陶与俞平伯关系亲密，但叶圣陶其时不在北平，叶至善除了询问父亲，还得从朱光潜先生那里了解一些有关的情况。俞先生在信中云："附去《民国日报》一纸，朱、常二文尚不劣，弟之挽联极难措词，说此则必漏彼，故只可如此，望兄评之。来索稿者纷纷，以情怀伊郁，记忆迷茫，实无法应付。然亦写了两文，一付《中建》北平版第四期，一付商务之《文学月刊》。迟日谅可次第尘览，仍请教之。"俞先生信中说的他为《民国日报》写的挽联和给《文学月刊》(即《文学杂志》)的文章，都是朱光潜先生约的并经手发出的。我将在编选《艺文杂谈》时复印的资料提供给至善写"跋"时参考。至善对我说，俞先生信中说朱光潜先生《记朱佩弦先生》一文"不劣"，这个评价很不错了，俞先生是绝少轩轾别人文章的。

有次朱先生告诉我，北大1920年前后的文科毕业生中出了几位有名的教授，一个朱自清，学哲学的；一个俞平伯，学中文的；一个杨晦，学哲学的，你的研究生导师。他颇有点神秘地告诉我，1948年3月，北平学术界、文艺界庆贺杨晦五十寿辰，朱自清给杨晦写过一封贺信，在会上宣读了，杨晦很高兴，短信写得真切感人，对杨晦的个性和为文的成就有中肯的评价，可见佩弦先生重同窗之情。那时佩弦胃病加剧，拿到他的稿子不像以前那么容易，我将信抄录了下来并征得他的同意，《文学杂志》准备在适当时候刊出。朱自清的信是这样写的：

慧修学兄大鉴：

这是您的一个同班老同学在给您写信，庆祝您的五十寿辰，庆祝您的创作和批评的成绩，庆祝您的进步！

我知道"杨晦"就是我的同班同学您，远在您成名之后，大概是抗战前的三四年罢，记不清是谁和我说的了。那时我很高兴，高兴的是同班里有了您，您这位同道的人！可惜的是自从毕业就没有见过面，也没有通过信——就是在我的大发现，发现您是我的同班，或我是您的同班之后！但是我直到现在还清清楚楚的记得您的脸，您的小坎肩儿和您的沉默！

我喜欢您的创作，恬静而深刻，喜欢您的批评，明确而精细，早就想向您表示我的欣慰和敬佩，又可惜没有找到一个适宜的机会动笔。今天广田兄告诉我，说是您的五十寿辰，我真高兴，我能以赶上给您写这封祝寿的信！

敬祝

长寿多福！

弟朱自清，卅七年(1948年)3月19日北平清华园①

《文学杂志》正在安排版面刊出这封信时，佩弦先生过世，于是朱光潜先生决定将它移后，放在“纪念朱自清先生特辑”中。

朱先生有次笑眯眯地说，不少朋友说我和佩弦先生有些地方相像。他在《敬悼朱佩弦先生》中说：

> 佩弦先生和我同姓，年龄相差一岁，身材大小肥瘦相若，据公共的朋友们说，性格和兴趣也颇相似。这些偶合曾经引起了不少的误会，有人疑心他和我是兄弟，有一部国文教本附载作者小传，竟把我弄成浙江人；甚至有人以为他就是我，未谋面的青年朋友们写信给他误投给我，写信给我的误投给他，都已经不只一次。这对我是一种不应得的荣誉。

光潜先生不止一次地说：佩弦先生在治学和做人方面，值得他永远学习，活着的人真该多做一点事情，他吧吧地吸着烟斗，沉浸在回忆中，沉默了一会，他说佩弦先生走得过早了。

---

① 原载《文学杂志》第3卷，第5期。

朱光潜与沈从文

朱光潜未了的一个心愿，是没有机会再进城去看望沈从文先生和叶圣陶先生，他带着这个遗憾走了。而从文先生却不无遗憾地在朱先生人生的最后时刻去看望了他，在朱先生不省人事的弥留之际。

朱先生自 1985 年起，数次因脑病和腿病入院治疗，时危时安。1986

朱光潜（左）与沈从文 1982 年 6 月在全国政协会议上

年 2 月我去看他时，他还开玩笑地对我说，马克思还不要我马上去报到，手头还有些事未了。朱师母说，大夫规定他“三不”：不抽烟、不喝酒、不看书。前两个“不”朱先生勉强能做到，后一个“不”绝对做不到。我那天去时，他正在室外坐在藤椅上翻看一堆报纸、杂志。朱先生读了一辈子书，离开书他是活不了的。

1986 年 3 月 4 日晚，叶至善给我打电话，说朱先生突然病危，不行了，叫我快去看一下，并告诉我朱先生住友谊医院高干病房五号，我即给中国作协党组书记唐达成去电话，因为朱先生是中国作协顾问，达成约我明天早上一同去。我和达成是上午 9 时到医院的，朱先生躺在病床上，他那双熟悉和蔼的大眼睛空睁着，散光而又无神，靠人工在呼吸。朱先生小女儿世乐的爱人在会客室告诉我们：前天上午 9 时朱先生大便出不来，头晕、呕吐，家人急忙去北大校医院请大夫，大夫说朱先生的医疗关系在友谊医院，11 时朱师母去校医院找到一位熟悉的大夫，来家里看了叫快送友谊医院。打电话去校车队要车，定好下午 2 时来车，2 时未来，后改用救护车，3 时车才来，送到位于南城的友谊医院，即抢救，4 时已用人工呼吸代替。从昨天下午至晚上，国家教委、中央统战部、全国政协、民盟中央、北大等单位不断来人看望。他说看来抢救没有希望了。现在只等朱先生在安徽的子女来见最后一面。朱师母整天在家里楼上，见人就哭，家里人不让她来医院。我们谈了约二十分钟，离开医院时，又去病房看了朱先生，心里很难受。我心里想，朱先生是全国政协常委、北大一级教授，按规定，他有事是完全可以用公车的。可多年来，朱先生“自律”，极少用公车，亲属更不用，进城时多打出租车，或由师母搀扶着挤公共汽车。如果常用公车，养成习惯，这回“抢救”也许会更及时些。达成感慨地说：这么一位美学老人就这样要走了。

晚饭后，我给冰心老人打电话，告知朱先生病危，她听了大吃一惊，说很难过。

3 月 6 日晚，沈从文先生夫人张兆和给我电话，说从文和她去见了朱先生最后一面，我说我也去医院了。她问起朱师母，我说今天上午我去了北大。我将正在写的日记中的一些情况告诉她:朱先生的遗体现存放在医院太平间。朱师母躺在床上,精神极差,见了我紧紧抓住我的手,说早就给我打电话未通,本想叫我代通知朱先生一些朋友。她说这一年都是她在跑校医院要药,她也是老人了。说着说着就哭起来了。朱师母说,朱先生有两个心愿未了,一是没有看到你们和叶老,二是未见到《新科学》出版。我在日记中还记道:朱师母说,这一年来朱先生治疗、休养得不错,大夫也这么说,发病前(星期日)还在燕南园里散步,还在练字,还在做事,大夫最后说朱先生得的不是脑血栓,是脑局部萎缩,脑子太累了。他偶尔也想抽点烟喝点酒,自以为还能再活几年。朱师母极其悲痛地说,朱先生死在不断地做事上。兆和问我,朱先生留下了什么话?后事怎样安排的?我告诉她,听朱先生家里人说,朱先生生前说过,他死后不开追悼会,遗体献给医院。兆和说他们过些时会去看朱师母。

3月7日清晨,我刚要出家门上班,接到《人民日报》文艺部主任袁鹰电话,他说朱光潜先生昨天凌晨走了,你前天去医院了,今天报上有消息。他看到的是当天《人民日报》上刊登的这条消息:

> 新华社北京3月6日电　著名美学家、文艺理论家和教育家朱光潜教授,因病医治无效,于今天清晨2时30分辞世,终年八十八岁。
>
> 朱光潜生前曾担任全国政协第二、三、四、五届委员,第六届常委,民盟第三、四、五届中央委员,中国美学学会名誉会长等职。他是北京大学英语语言文学系教授。
>
> 在朱光潜病重期间,邓颖超、习仲勋、胡乔木、叶圣陶、周绍铮、李锡铭、陆平、彭珮云、李伯康和沈从文、闻家驷、吴泰昌、鲍昌等同志,曾亲自或派代表前往医院看望,表示慰问。
>
> 朱光潜1897年生于安徽省桐城县,"五四"时期即成为具有进步思想的爱国知识分子。全国解放后,他积极拥护中国共产党的领导,满腔热情地为社会主义祖国服务。

朱光潜学术造诣很深。他在晚年，努力用马列主义观点指导自己的学术研究。他的全部论著和译著共约六百多万字，为我国美学和文艺理论的发展作出了重要贡献。

朱光潜和沈从文是知心朋友，这不是什么秘密。

朱先生在文章中曾说：

> 我和沈从文相知已逾半个世纪，解放前我们长期在一起生活和工作，我一直是他的知心朋友。①
>
> 在从文的最亲密的朋友中我也算得一个。……在解放前十几年中，我和从文过从颇密，有一段时期我们同住一个宿舍，朝夕生活在一起。②

沈夫人常说："他们俩……"

朱先生对沈先生的创作是熟悉的。但越是熟悉的人评论文章越不好写，何况朱光潜和沈从文又被拴在一起被严加抨击过，1948 年他们同被一位权威人士在一篇文章中斥为"蓝色的"和"粉红色的""反动文人"。

朱先生写过一些文学评论文字，但自从他主要精力投入美学论著的写作和翻译后，文学评论就很少写了。然而，在他生命末期，在集中精力翻译维柯《新科学》时，他却连续写了两篇有关沈从文创作的评论：1980 年的《从沈从文先生的人格看他的文艺风格》，1983 年的《关于沈从文同志的文学成就历史将会重新评价》，前者是杂志社的特约稿，后者是沈先生为自己的《凤凰集》出书请他写的序文。

20 世纪三四十年代朱光潜和沈从文同在北大执教，一个是西语系教授，一个是中文系教授。

---

① 《〈凤凰〉序》，《朱光潜全集》第 10 卷，第 614 页。

② 《朱光潜全集》第 10 卷，第 491 页。

1937 年在北平商务印书馆创办的《文学杂志》，朱光潜是主编，沈从文是编委之一，也是实际上支持最多的一位。《文学杂志》助理编辑常风曾回忆过这段情况：

> 沈先生有多年编辑刊物的经验，对杂志的筹划十分积极热情，朱先生更可依赖他。他除了负责审阅小说稿件，其他稿件朱先生也都请他看。只有他们两位是看过全部稿件的。每月在朱宅开一次编辑委员会，讨论稿件取舍，决定每期登什么稿件时，沈先生发言最热烈。组织稿件他更是积极，他还一贯注意发掘有希望的文学青年，吸引他们写稿子。①

沈从文除了帮助举荐青年作者的稿件，自己在《文学杂志》上也发表了若干篇小说。

沈从文在《文学杂志》上发表的小说，朱光潜在同期杂志的“编辑后记”中均作了简略的评价。1937 年 5 月《文学杂志》创刊号上刊登了沈从文的小说《贵生》，朱先生同期在“编辑后记”中说：

> 沈从文先生在《贵生》里仍在开发那个层出不穷的宝藏——湖南边境的人情风俗。他描写一个人或一个情境，看来很细微而实在很简要，他不用修辞而文笔却很隽永，他所创造的世界是很真实的而同时也是很理想的。贵生是爱情方面“阶级斗争”的牺牲者。金凤的收场不难想象到。乡下小伙子和毛丫头逼死了一个两个，只是点滴落到厄运的大海，像莎翁所说的 The rest is silence，沈从文先生的作品常留下这么一点悲剧意识。②

---

① 《留在我心中的记忆》，《逝水集》，辽宁教育出版社 1995 年 10 月版。

② 《朱光潜全集》第 8 卷，第 530 页。

沈从文在1937年6月出版的《文学杂志》第一卷第二期上接着又发表了小说《大小阮》，朱光潜在同期“编辑后记”里又说：

> 沈从文先生在《大小阮》里描写“五四”前后青年中两种人物典型，一个伤人逃命，东奔西窜，神出鬼没煽动革命而终于丢掉脑袋的侄子，和一个讲究打香水，宿倡捧戏子，当小报编辑，成了名“作家”而回到母校当训育主任的叔父。每人都自信对人生有正确信仰而实在又同样地糊涂。世界成天在变。小阮成了“烈士”，大阮当了训育主任，而学校里当年提灯照他们爬墙的老更夫却依然在炖狗肉下烧酒。从题材，作风以及作者对于人物的态度看，《大小阮》在沈先生的作品中似显示转变的倾向。讽刺的成分似在逐渐侵入他素来所特有的广大的同情。正因为这层，他的观察比以前似更冷静深刻。[①]

1981年湖南人民出版社出版的《沈从文小说选》中共收小说二十二篇，和《边城》并列在一起的就有《贵生》，而这本选集是由出版社先挑选后经作者本人过目同意的。在1982年花城出版社和三联书店香港分店出版的《沈从文文集》中，作者也保留了《贵生》和《大小阮》。

朱光潜对沈从文的小说除单篇作过评价，还对他在小说上的成就有自己的评价。他1948年1月在《文学杂志》第二卷第八期《现代中国文学》一文中说：

> 小说的成绩似比较好，原因或许是小说多少还可以接得上中国的传统。而近来所承受的外来影响大体上是写实主义，这多少需要实际人生的了解和埋头苦干的功夫。鲁迅树了短篇讽刺的规模，沈从文、芦焚、沙汀诸人都从事于地方色彩的渲染，茅盾揭开都市工商

---

① 《朱光潜全集》第8卷，第548页。

业生活的病态，巴金发掘青年男女的理想和热情。这些人的作品至少有一部分在历史上会留下痕迹的。[1]

因众所周知的原因，朱光潜先生对沈从文的创作缄口沉默了多年。1980年，时年八十有三的他重拿起笔谈到了沈从文。他在《从沈从文先生的人格看他的文艺风格》文中说：

《花城》编辑同志远道过访，邀我写一篇短文谈沈从文先生的作品。我对文学作品向来侧重诗，对小说素少研究，还配不上谈从文的小说创作，好在能谈他的小说的人现在还很多。我素来坚信“风格即人格”这句老话，研究从文的文艺风格，有必要研究一下他的人格。

谈到从文的文章风格，那也可能受到他爱好民间手工艺那种审美敏感影响，特别在描绘细腻而深刻的方面，《翠翠》可以为例。这部中篇小说是在世界范围里已受到热烈欢迎的一部作品，它表现出受过长期压迫而又富于幻想和敏感的少数民族在心坎里那一股沉忧隐痛，《翠翠》似显出从文自己的这方面性格。他是一位好社交的热情人，可是在深心里却是一个孤独者。他不仅唱出了少数民族心声，也唱出了旧一代知识分子的心声，这就是他的深刻处。

沈从文先生是我崇敬的一位前辈作家。从上世纪60年代中期起，我和沈夫人张兆和同在中国作协工作，由于她的引见，我开始与沈先生有点接触。1978年后，由于工作等原因与他接触稍多些。我每次见到沈先生和沈夫人，他们都问起朱先生的近况，身体怎样，又在写什么，译什么，而我每次见到朱先生，他也同样关心沈先生的近况。

朱先生出版了新著，怕邮寄丢失或损坏，几次嘱我代送给沈先生。有

① 《朱光潜全集》第9卷，第328页。

次他要我转送一本《诗论》给沈先生，我说前不久您送给他了，他说这本是新到的精装本。1982 年 4 月沈先生签名送了我一套《沈从文文集》，共十二卷，沈夫人请我将早已包装好题签了的一套转送给朱先生，她说，单本的我们寄了，这套太重，邮寄不方便，烦你辛苦一下。有时朱先生将签名送我的书寄到沈家，沈夫人再转寄给我。1983 年 2 月，人民文学出版社出版了朱先生由英文译成中文的半个世纪前写的旧著《悲剧心理学》。朱先生认为这部旧著"似已不合时宜"，但对了解他的美学思想、人生观和文艺界多年讨论的一些老问题多少有些意义，他说：

> 这不仅因为这部处女作是我的文艺思想的起点，是《文艺心理学》和《诗论》的萌芽；也不仅因为我见知于少数西方文艺批评家，主要靠这部外文著作；更重要的是我从此较清楚地认识到我本来的思想面貌，不仅在美学方面，尤其在整个人生观方面。一般读者都认为我是克罗齐式的唯心主义信徒，现在我自己才认识到我实在是尼采式的唯心主义信徒。在我心灵里植根的倒不是克罗齐的《美学原理》中的直觉说，而是尼采的《悲剧的诞生》中的酒神精神和日神精神。那么，为什么我从 1933 年回国后，除掉发表在《文学杂志》的《看戏和演戏：两种人生观》那篇不长的论文以外，就少谈叔本华和尼采呢？这是由于我有顾忌，胆怯，不诚实。读过拙著《西方美学史》的朋友们往往责怪我竟忘了叔本华和尼采这样两位影响深远的美学家，这种责怪是罪有应得的。现在把这部处女作译出并交付出版，略可弥补前愆，作为认罪的表示。我一面校阅这部中译本，一面也结合到我国文艺界当前的一些论争，感到这部处女作还不完全是"明日黄花"，无论从正面看，还是从反面看，都还有可和一些文艺界的老问题挂上钩的地方。知我罪我，我都坚信读者群众的雪亮的眼睛。①

① 《朱光潜全集》第 2 卷，第 209—210 页。

沈夫人张兆和将朱先生送我的《悲剧心理学》转寄给我，并附了一封短信：

泰昌同志：

昨收朱太太寄来朱先生赠书，特寄来。从文目前所患系小中风，已见好，特告。

即致敬礼

兆和

4 月 11 日

我知道沈夫人的心意，是让我见到朱先生时转告沈先生的病“已见好”。朱先生和沈先生就是这样相互牵挂。沈先生比朱先生小六岁。

上世纪 70 年代末起，远离文坛三十年的沈从文作品的重版、评论、研究，成了一种热门。除报刊上的文章外，作家之间也多有谈论，甚至在一些接待外宾的场合，也有外国作家问起对沈从文创作的评价问题。1983 年 7 月 27 日上午，我和叶君健去国际俱乐部参加与阿根廷著名作家蒙拉特先生的座谈。叶君健主谈，我介绍了中国当前文学状况。下午 6 时半，中国作协副主席艾青在和平门烤鸭店宴请蒙拉特先生，阿根廷驻华使馆公使参加，中方参加的有陈荒煤、朱子奇、叶君健、我和陈明仙等。蒙拉特先生当年七十六岁，创作精力旺盛，写了一百二十四部电影剧本，三十三部文学作品集。席间，客人广泛地询问起中国文学，说《红楼梦》在拉美很有影响。他问起沈从文在中国目前文学界的地位，主人艾青请叶君健先生谈这个问题。君健先生说，他本人爱读沈从文的作品，沈从文的小说很有特色、影响大，但气势不够，是“大家”还是“名家”，有不同的看法。艾青在叶君健说完后补充说，这只是叶先生个人的看法，沈从文的作品是有影响的，至于是什么“家”，一个人说了不能算，让大家去说，历史去说。季羡林说沈从文是“著名的作家”，他非常怀念“这一位可爱、可敬、淳朴、奇特的作家”，他在 1988 年 11 月写的《悼念沈从文先生》文中说：

我认识沈先生已经五十年了。当我还是一个大学生的时候，我就喜欢读他的作品。我觉得，在所有的并世的作家中，文章有独立风格的人并不多见。除了鲁迅先生之外，就是从文先生。他的作品，只要读上几行，立刻就能辨认出来，决不含糊。……湘西如果没有像沈先生这样的大作家和像黄永玉先生这样的大画家，恐怕一直到今天还是一片充满了神秘的 terrain cognita（没有人了解的土地）。

有点讽刺意味的是，正当他手中的写小说的笔被“瞥”掉的时候，从国外沸沸扬扬传来了消息，说国外一些人士想推选他做诺贝尔文学奖金的候选人。……沈先生怎样想，我也不得而知。①

沈先生怎样想的呢？他认为自己的旧作重印“绝不宜寄托任何不符实际幻想”。常风在《留在我心中的记忆》中说：

1982 年 9 月初我收到他寄赠的人民文学出版社出版的《从文自传》和《沈从文小说选集》。他收到我道谢的信后，于 9 月 23 日寄我一封信。他说：“得信，知寄书收到。其实全部为四五十年前过去习作。半世纪来社会一切已显明起了基本变化，近年这些过时旧作复有重印机会亦绝不宜寄托任何不符实际幻想。至多不过起些点缀作用而已。今年预计可编成二十本（可能印出十本），分别在各处付印。估计在四川印行的五本，内容比较整齐。长沙所印二集，均为涉及家乡故事。家乡人感兴趣，亦有限度，因三十年来地方人事山水，均变化极大，三十岁青壮一代，只是对于家乡出了个沈××，近于奇迹，可不知奇迹中的种种经过，平凡而且痛苦为何如也。”

---

① 原载 1989 年 4 月 1 日上海《文汇报》。

朱光潜和沈从文对文艺、人生有着许多相同或相近的看法。许多人对新中国成立后沈从文放弃写小说，转向文物考古研究不理解，表示可惜，沈从文本人并不这么认为。1980 年 11 月 24 日，他在美国圣若望大学发表题为《从新文学转到历史文物》的讲演中说：

> 我借此想纠正一下外面的传说。那些传说也许是好意的，但不太正确，就是说我在新中国成立后，备受虐待、受压迫，不能自由写作，这是不正确的。实因为我不能适应新的要求，要求不同了，所以我就转到研究历史文物方面。从个人认识来说，觉得比写点小说还有意义。因为在新的要求下，写小说有的是新手，年轻的，生活经验丰富、思想很好的少壮，能够填补这个空缺，写得肯定会比我更好。但是从文物研究来说，我所研究的问题多半是比较新的问题，是一般治历史、艺术史、作考古的到现在为止还没有机会接触过的问题。我个人觉得这个工作若做得基础好一点，会使中国文化研究有一个崭新的开端，对世界文化的研究也会有一定的贡献。[①]

朱光潜也持有类似的看法。他说："从文暂不写小说而专心文物考古，是迫于分工的需要，绝不是改行。"并认为从文"在历史文物考古方面的卓越成就，也只会提高而不会淹没或降低他的文学成就"。

新中国成立后，特别是"文革"以后，海外对朱光潜、沈从文的遭遇颇多关注，纷纷揣测。他们两人均以不同方式公开答复澄清。朱光潜 1974 年 1 月 19 日在香港《大公报》发表了《新春寄语台湾的朋友们》，坦率地写道："庆幸当年未跟你们走……当年留下确有思想顾虑……新旧对比深切感到自豪。"并告诉朋友们刚"译完黑格尔的三卷《美学》"，"希望老朋友们认清形势，为国家民族的利益，为你们自己个人的利益，为解放台湾，统一

① 《沈从文文集》第 10 卷，第 334—335 页。

祖国大业作出自己的努力”。朱光潜最后写了首顺口溜：

大陆和台湾，盈盈一水隔，
本是一家人，胡为久离别？
祖国好河山，红日东方起，
是你弃了它，不是它弃你，
金瓯不许缺，八亿人公誓，
团结力量大，欢迎你归队，
爱国无先后，革命是同志，
翘首望南天，归帆何日至？①

朱光潜的《关于沈从文同志的文学成就历史将会重新评价》一文，发表在《湘江文学》1983年第一期。为了说明问题，文章不长，不妨全文转录如下：

> 我和沈从文相知已逾半个世纪，解放前我们长期在一起生活和工作，我一直是他的学生和知心朋友。解放后他在城里搞文物考古工作，我一直留居乡下当教书先生，往来就很少。我一向惋惜他改了行，虽然他在文物考古方面取得了很卓越的成就，我总不免感到他“改行”对新文学是个可惋惜的损失，这次在四届文联全委会中我碰巧和他同房，促膝谈心的机会较多，他细谈了他最近在湖北江陵参观一座新发现的坟墓的发掘整理工作情形，和所发现的珍贵丝织刺绣文物，在文化史方面所具有的重要意义，那种激昂赞叹的心情仍不减当年，令我想起“道逢麯车口流涎”和“大人者不失其赤子之心”那些老话来，私幸他一定长寿，并且前途无量。我近几年因译维柯的《新

① 《朱光潜全集》第10卷，第427页。

科学》，在研究古代原始社会，过去这方面知识太差，处处都感到“捉襟见肘”，就向他提出一些关于古代社会的问题，他不但引证他自己在研究文物中所取得的收获和启发，作了令人信服的解答，而且还指导我去看我国最近社会科学工作者在这方面的新论著，取得的不同的新成就。我从中认识到研究文学和美学已不能画地为牢，闭关自守，考古和研究古代社会也还是分内事，从文暂不写小说而专心文物考古，是迫于分工的需要，绝不是改行。

散会回校后，我立即把从文送给我的《从文自传》(后附黄永玉画家的回忆录)读了一遍，对从文的文学成就稍有进一步的认识。他前半生一直在上学，受过严格的军事训练，小时是个相当顽皮的孩子，后逃学打架、泅水、爬城墙，爱探听穷苦人民怎样过生活，工人们怎样造纸、造锅碗，小商贩们怎样做买卖。他总结自己写的散文说：“我上许多课，仍然不放下那一本大书。”指的就是深入人民群众的实际生活，他在《边城》题记里说他“对于农民、手工艺人与兵士，怀了不可言说的温爱”，因为他一生都在和穷苦的人民同呼吸，共命运，他能苦中作乐，乐中也嚼出苦味来。他亲身经历过近代中国的几次大骚动和大改革，从满清那些败家子的胡作非为，北洋军阀的混战，直到五四运动以及孙中山和毛主席在艰难岁月里进行的以民主与社会主义为目标的革命，终于解放了全中国。从文先以边城穷乡的一个苗族的“老战兵”和司书，后以北京和青岛两大学的文学教师和文学编辑，带着一副冷眼睛和热心肠，一直孜孜不倦地废寝忘食地把亲身见证和感受到的一切，用他那一管流利亲切的文笔记录下来，赢得了广大读者的爱戴和专业同道的器重，绝不是偶然的，他的刻苦习作的精神永远是青年作家的榜样。

当然，对从文不大满意的也大有人在，有人是出于私人恩怨，那就可“卑之无甚高论”。也有人在“思想性”上进行挑剔，从文坦白地承认自己只要求“作者有本领把道理包含在现象中”，“接近人生时绝不是所谓道德君子的感情”。我自己也一向坚持这种看法，所以对从文难免阿其所好，因此我也很欣赏他明确说出的下列理想：

“这世界上或有想在沙基上或水面上建造崇楼杰阁的人，那可不是我，我只造希腊小庙，选山地作基础，用坚硬的石头堆砌它，精致，结实，匀称，形体虽小而不纤巧，是我理想的建筑。这神庙供奉的是‘人性’。”

我相信从文在他的工作范围内实现了这个理想，我特别看出他有勇气提出“人性”这个蹩扭倒霉的字眼，可能引起“批判”，好在我们仍坚持“双百方针”，就让仁者见仁，智者见智吧！在真理的长河中，是非就终究会弄明白的。

于今文学批评家们爱替作家们戴些空洞的帽子，这人是现实主义者，那人是浪漫主义者，这人是喜剧家，那人是悲剧家，如此等等，我感觉到这些相反的帽子安在从文头上都很合适，这种辩证的统一正足以证明从文不是一个平凡的作家，在世界文学史中终会有他的一席地。据我所接触到的世界文学情报，目前在全世界得到公认的中国新文学家也只有从文和老舍，我相信公是公非，因此有把握地预言从文的文学成就，历史将会重新评价，而他在历史文物考古方面的卓越成就，也只会提高而不会淹没或降低他的文学成就。

我化名“张静”写的《对外国学者的意见也要分析》的“读者来信”，发表在《文艺报》1983年第二期：

编辑同志：

最近读了一篇关于沈从文同志的文学成就历史将会重新评价的文章，有些想法。首先，我觉得这篇文章提出这个问题很必要。由于受“左”的思想影响，我国现代文学研究中长期存在着简单化的倾向，一些艺术上有特色有成就、创作倾向较为复杂作品往往被忽略、否定。沈从文确实受到了不公正的待遇。现在情况有所好转。只要我们坚持实事求是的学风，对沈从文以及类似情况的其他作家在中国新文学史上的地位，必将得出适当的评价。

但是，这篇文章在介绍国外学者的意见时，说到目前在全世界得到公认的中国新文学家只有沈从文和老舍。作者未必赞同这个意见，但我觉得这个意见偏颇，值得商榷。

我虽孤陋寡闻，对世界文学动态不甚了解，但也听说，许多国家公认已故的鲁迅、郭沫若、茅盾这几位大师在世界文学史中的地位。即如健在的巴金，1979 年当他访法时，法国文学界就公开称赞他是当今世界上少有的几位伟大作家之一。去年意大利还授予他但丁文学奖。可见，我国被世界公认的新文学家绝非只有二人。

这里有个如何正确对待国外学者意见的问题。由于政治观点、艺术主张的不同，以及掌握第一手资料的局限，使他们往往难以客观地总结我国新文学发展的历史。比如，近年国外流行的美籍华人夏志清教授著的《中国现代小说史》，虽然掌握一定材料，对国内研究不够的某些作家、作品给予了评价（尽管评价的高低仍可讨论），多少弥补了我们研究中的一些不足。但是，这部小说史，由于著者的政治偏见，对以鲁迅为旗帜的新文学主潮的代表作家有意贬低，甚至有所嘲弄，而对张爱玲这样的作家却大加赞赏，这难道公平，难道符合中国新文学发展的历程？这种根本立场、态度，我们难道能接受？可见，某些国外的学者持有这样那样的见解，不值得奇怪，问题在我们自己如何对待。他们的研究成果只能是我们研究时的借鉴、参考，绝不能全然搬过来当作我们的结论。

以上意见不一定正确。目前现代文学研究相当活跃，观点也很分歧。我觉得《文艺报》应该在这方面发表点意见，不仅促进现代文学研究的健康发展，而且对当前文学创作也有助益。这两年贵刊发表这类文章太少太少了。

朱先生看过《文艺报》这封“读者来信”后，曾对我说：你们的这个提醒我可以接受，文章可以做些删除，这本是为从文一个集子写的代序，我和从文商量过，已通知出版社出书时用我删改过的稿子。以后我自己集子也用删改过的。但是，他坚持说，沈从文的文学成就历史会重新评价的。排名次、排座位没有必要，我和从文一直持反对态度，至于那些笔墨官司历史也会自有公断。

1993年2月出版的《朱光潜全集》第十卷中未收《关于沈从文同志的文学成就历史将会重新评价》一文，“全集”编者注说“此文与此序文(指《凤凰》序)文字基本相同，故不收”。朱光潜将《关于沈从文同志的文学成就历史将会重新评价》有关段落作了如下的删略：

> 这神庙供奉的是“人性”。……我特别看出他有勇气提出“人性”这个蹩扭倒霉的字眼，可能引起“批判”，好在我们仍坚持“双百方针”，就让仁者见仁，智者见智吧！在真理的长河中，是非就终究会弄明白的。
>
> 据我所接触到的世界文学情报，目前在全世界得到公认的中国新文学家也只有从文和老舍。

1982年10月18日，北京大学举办庆贺朱光潜教授从教六十周年座谈会，沈先生因故没有出席。当时他就向朱先生表示祝贺。后来他曾对我说：“朱先生一辈子辛苦教书，做了许多事，学生记着，书里写着，朋友们清楚，我常挂念他，争取一起多活几年。”

如今，朱光潜先生、沈从文先生已作古，许多打笔墨官司的当事人也已作古，可以说“盖棺论定”。2006年1月人民文学出版社出版的朱光潜译的《歌德谈话录》封二上有则广告，标明教育部《普通高中语文课程标准》推荐书目高中部分中有沈从文的《边城》，朱光潜的《谈美书简》和朱光潜译的《歌德谈话录》两种。

这个例证，使我想起被朱光潜删去的《关于沈从文同志的文学成就历史将会重新评价》一文中的这句话：“在真理的长河中，是非就终究会弄明白的。”

朱光潜的教书生涯

朱光潜是著名的美学家、文艺学家和教育学家。也许是因为他作为美学家的名声过大，容易让人忽略了他在教育事业上显赫的劳绩。他生前常说，自己教了一辈子的书，教师是他根本的职业。

朱光潜当过小学教员、中学教师和大学教授，在大学执教的时间最长。钱伟长、陶大镛说："朱老属于我国当代第一批学术造诣很深的教授之列，对于新学的建立和发展作出了开拓性的贡献。"①罗大冈在《值得尊敬的智力劳动者》文中说："朱先生是我所接触到的我国当代文科方面的学者中最令我尊敬和钦佩的代表人物……无论从人格，从学风而论，朱光潜先生配称我国当代学人的表率。"②

朱光潜在教育战线上度过了六十余个春秋，历尽了曲折坎坷的道路。

朱光潜 1916 年毕业于历史名校安徽桐城中学，中学毕业后在家乡当了半年小学教员。1918 年考入香港大学，学习教育学、英国语言文学和生物学、心理学。港大毕业后，1922 年夏到上海吴淞中国公学中学部教英文，同时在上海大学讲逻辑学。在中国公学中学部教英文时，他兼任该校

① 钱伟长、陶大镛：《不怨不倦风范长存》，原载 1986 年 3 月 21 日《人民日报》。

② 原载 1986 年 5 月 26 日《人民日报》。

校刊《旬刊》的主编，他的编辑助手是学生姚梦生(姚蓬子)。在吴淞时期，他听过李大钊、恽代英的讲演，与郑振铎、杨贤江有往来，也与中国青年党的陈启天、李璜等人有交往。

朱光潜(右二)上世纪30年代前后在法国斯特拉斯堡大学学习

1924年9月，由于江浙战争爆发，吴淞中国公学进驻军队，师生星散，经夏丏尊介绍，朱光潜到浙江上虞县白马湖春晖中学教英文，结识了同时任教的匡互生、朱自清、丰子恺、刘薰宇、周为群、章锡琛等人，与朱自清、丰子恺结为好友。

1925年1月，因不满春晖中学校长的专制作风，朱光潜与匡互生离开春晖中学去上海。2月，他与也离开春晖中学的夏丏尊、丰子恺、章锡琛、周为群等和已经在上海的叶圣陶、胡愈之、周予同、陈之佛、刘大白、夏衍等人组织立达学园，定址江湾。匡互生对朱光潜的影响颇深。匡是毛泽东的同学，当时和无政府主义者也有些往来。在匡的授意下，朱光潜起草了开办立达学园宗旨的宣言，宣言公开倡导教育独立自由的主张。朱光潜后来回忆说，名为“学园”，就是要把学校当作劳动基地，这也是受无政府主义思想影响的。在创办立达学园期间，朱光潜又与夏丏尊、叶圣陶、章锡琛等策划筹办开明书店和《一般》杂志（后改名《中学生》）。朱光潜是创办立达学园、开明书店和《中学生》杂志的重要成员之一。

1925年夏，朱光潜考取安徽官费留学英国，先后就读于英国爱丁堡大学、伦敦大学、法国巴黎大学和斯特拉斯堡大学，选修英国文学、哲学、心理学、欧洲古代史和艺术史，在欧洲深造八年，获硕士和博士学位。1933年7月他从法国马赛乘船回国，经同学徐中舒引荐，被北京大学文学院院长胡适聘任为北大西语系教授，主要讲授《欧洲文艺批评史》和《西洋名著选读》两门课，直至抗战爆发。在此期间，朱光潜还在北大讲授了在欧洲学习时完成的《诗论》（初稿），应清华大学教授、中文系主任朱自清邀请，在清华为中文系、外文系研究生讲了近一年的《文艺心理学》（在欧洲求学时写就的未定稿），又应在法国结识的老友徐悲鸿邀请在北平中央艺术学院讲授过《文艺心理学》，还在北京女子文理学院、辅仁大学兼授过英文。

朱先生有次同我闲聊，讲起有的研究他的学者问他，怎么当了那么多大学的教授。朱先生说，我确实在不少大学讲过课，比如，我在清华讲过《文艺心理学》，在北平中央艺术学院也讲过《文艺心理学》，但那只是讲一门课的教师，或叫讲师，并不是他们学校的教授，当时我只是北大教授，后来又当过四川大学、武汉大学的教授。他说有机会时他要将这个问题说清楚。后见《朱光潜全集》第十卷中有《答〈中国作家笔名探源〉编辑》一文，编者注明“此文约写于1983年。据手稿整理”。朱光潜在“答”中说：曾历任“上海大学的逻辑讲师，清华大学文艺心理学讲师，北京女子文理学院英文教师，北京艺术学院文艺心理学讲师”。

朱光潜当年在北大西语系讲课的情景，听过课的学生蒋炳贤这样回忆道：

> 1933年我在北京大学西洋语言文学系念书时，朱先生教授西洋名著，上起荷马史诗、柏拉图的对话集及圣经文学，下迄20世纪现代

派作家作品，他都作了透辟的讲述。后来，朱先生又为我们开设了一门欧洲文学批评课程，讲授西方文学批评发展史及重要文论的评价，从古代到中世纪，文艺复兴、启蒙运动时期以至于浪漫主义时期的主要文艺批评家、美学家，都有所涉猎。朱先生用英语讲授，语言流利畅达，条理清晰。一学年下来，我的听课笔记达五厚册之多。

朱先生所授的欧洲文艺批评课影响深远，对青年学生教育作用颇大。当时前来听课的很踊跃，不限于攻西洋语言文学的学生，哲学系的何其芳也每课必到。①

方敬在《意气尚敢抗波涛》文中也回忆说：

我直接亲见朱先生是我在北大上学的时候。他是外语系的教授，我是外语系学生。他在学生中具有威望。授课受欢迎，都愿选他的课。他开的都是重头课，如欧洲文学名著选读、西方文学理论批评、英国19世纪文学之类，课重难读，在教学上素来要求严格。在课堂上他用带安徽味的英国音讲授，讲得扎扎实实，让学生认真记笔记，规定课外必读的和选读的作品和参考书。早上课，迟下课，两堂连课，课间往往不休息。他提倡学生自己阅读、思考、探讨、写作、翻译，让学生自己动脑动笔。他批改作业和指导论文任劳尽责。他讲授的内容，注重文学作品、文学理论和文学史的结合，客观地论述评价各家，连苏联的文学理论也要涉及，虽然只限于柯根教授的说法。上了他的课，学生总有所获，觉得充实和满意。甚至住在北大附近一带公寓的“偷听生”也慕名跑到红楼来“偷听”他的课。朱先生不像有些洋教授那样一股洋气，空口说洋话，虽然他在外国生活多年。他是一位受到尊重的笃学的良师。②

---

① 蒋炳贤：《一代宗师朱光潜》，原载《浙江画报》1986年第7期。

② 原载《群言》1986年第10期。

北大季羡林教授回忆朱光潜在清华大学讲授文艺心理学时说：

现在，在北京大学内外，还颇有一些老先生可以算做我的师辈。因为，我当学生的时候，他们已经是教授了。但是，我真正听过课的老师，却只剩下孟实先生一人。按旧日的习惯，我应该称他为业师。在今天的新社会中，师生关系内容和意义都有了一些改变。但是，尊师重道仍然是我们要大力提倡的。我对于我这一位业师，一向怀有深深的敬意。从今而后，这敬意的接受者就少掉重要的一个了……

孟实先生在课堂上介绍了许多欧洲心理学家和文艺理论家的新理论，比如李普斯的感情移入说，还有什么人的距离说等等。他们从心理学方面，甚至从生理学方面来解释关于美的问题。其中有不少理论我觉得是有道理的，一直到今天我仍然记忆不忘。要说里面没有唯心主义成分，那是不能想象的。但是资产阶级的科学家，只要是一个有良心、不存心骗人的人，他总是会在不同程度上正视客观实际的，他的学说总会有合理成分的。我们倒洗澡水不应该连婴儿一起倒掉。达尔文和爱因斯坦难道不是资产阶级的科学家吗？但是，你能说，他们的学说完全不正确吗？我们过去有一些人习惯于用贴标签的办法来处理学术问题，把极其复杂的学术问题过分地简单化了，这不利于学术的发展。这种倾向到了"十年浩劫"期间，在"四人帮"的煽动下，达到了骇人听闻的荒谬的程度。"四人帮"竟号召对相对论一窍不通的人来批判爱因斯坦，成为千古笑谈。孟实先生完全不属于这一类人。他老老实实，本本分分，自己认识到什么程度，就讲到什么程度，一步一个脚印，无形中影响了学生。①

抗战前和朱光潜同在北大任教的沈从文教授，在谈到当年北平各所

① 原载 1986 年 3 月 14 日《文汇报》。

大学文科各系在培养人才方面所作的贡献时说：

提及这个扶育工作时，《大公报》对文学副刊的理想，朱光潜、闻一多、郑振铎、叶公超、朱自清诸先生主持大学文学系的态度，巴金、章靳以主持大型刊物的态度，共同作成的贡献是不可忘的。①

抗日战争爆发，1937年7月28日北平沦陷，朱光潜辗转到达四川，应四川大学代理校长张颐之聘，在成都出任四川大学文学院院长兼外文系主任。朱光潜1937年7月20日上午在四川大学总理纪念周上演讲时说：

张校长这次邀我来到四川大学任文学院长，初先我本不敢承认，因为自觉能力有限，并且不熟悉四川各方面的情形。其次北京大学也已经对我下聘了，所以初先本已决定不能来到这里。兼之，我还对上海商务印书馆负有《文学杂志》编辑的责任。

后来，因北平已被日本占领，北京大学不能开学及其他种种关系，又才决意来川。但是也只打算在这里外国文学系任几点钟的功课，并没有意思任川大文学院长。来了以后，张校长一定要我担任这个职务，我也不便过于推辞，只好暂时代理着，以后请校长另觅贤才来接替。因为我个人不但没有这样才能，这样经验，而且我很爱清净，对于行政事务没有浓厚的兴趣，所以我在北京大学的时候，当局屡次要我任西洋文学系主任，我都没有答应。本来在我们现在这样环境底下，应当牺牲个人兴趣来干公家的事的。我这次贸然答应担任文学院的事，也是因为这点责任心。②

1941年9月，朱光潜出任在四川乐山的武汉大学教务长兼外文系主任。

---

① 《从现实学习》，《沈从文文集》第10卷，第312页。

② 《朱光潜全集》第8卷，第566—567页。

朱光潜在武大外文系时的情况，他的学生张高峰在《我所崇敬的朱光潜老师》文中有具体的回忆：

1939年，我考入迁往四川的武汉大学，正巧教务长是朱光潜，我高兴极了，很快便与他相识，从此近五十年未断往来。

朱先生给我留下的第一印象，是他的音容笑貌。他个子不高，前额宽阔，四十岁刚出头就有些驼背了。一双很像广东人的眼睛，讲课或思考问题时老是往上看。说一口安徽腔官话。

那时，武大的外文系是比较有名的，朱先生本身就兼外文系教授，由于他的关系请来方重、陈源、钱歌川、戴镏龄、孙家琇等教授。朱先生主讲几门必修课，难读的是"莎士比亚"，不及格便留级，所以每晚在自修室里都有学生"啃莎士比亚"。

我们一些爱好文学和新闻的同学，组织有"文联""新闻部队"等社团，每年春秋两季，必请朱光潜、叶圣陶、苏学林、钱歌川等教授郊游茶话，请他们指导学习和写作。

每逢星期天或假日，我常约一二同学去朱先生家请教。他家的陈设很简陋，引人注意的是满满的书架和书柜，陈列着硬皮精装的各种外文书籍，平装和线装的中文书籍，可以相信他们的主人是一位博古通今、融贯中西的学者。[①]

从四川大学转至武汉大学，朱光潜在人生旅途中经历过一次严峻的变化，他由不满和反对国民党，后被拉入国民党。他在1949年11月27日发表在《人民日报》上的《自我检讨》一文中说：

二十二年(1933年)回国，我就在北大外文系任教。当时我的简

① 原载1986年5月24日《人民日报》(海外版)。

单的志愿是谨守岗位，把书教好一点，再多读一些书，多写一些书。假如说我有些微政治意识的话，那只是一种模糊的欧美式的民主自由主义。二十六年(1937 年)抗日战事起，我转到四川大学。校长是一位北大哲学系的旧同事，倒是规规矩矩地办学，可是因为不会逢迎教育部长陈立夫，过了一年就被撤了职，换了他的党羽程天放。当时我以一个自由思想者的立场，掀起风潮去反对。反对不成，我就辞了职离开四川大学。这是我生平第一次感到反动政府的压迫而起反抗。这消息传出去了，一位在延安做文化工作的先生曾经写信邀我去延安，我很想趁这个机会去看看我能否参加比较积极的工作。由于认识的不够和意志的薄弱，我终于辜负了这位先生的好意，转到武汉大学去继续教书。

在武大待了三四年，学校内部发生人事冲突，教务长没有人干，学校硬要拉我去干。干了不过一年，反动政治的压迫又来了！陈立夫责备王星拱校长，说我反对过程天放，思想不稳，学校不应该让我担任要职。王校长想息事宁人，苦劝我加入国民党，说这只是一个名义，一个幌子，为着学校的安全，为着我和他私人的友谊，我都得帮他这一个忙。当时我也并非留恋这个教务长，可是假如我丢了不干，学校确实难免动摇。因此，我隐忍妥协，加入了国民党。我向王校长的声明是只居名义，不参加任何活动。这是我始终引为内疚的一件事。参加一个政党本身并不是一件坏事，我所感到惭愧的是我以一个主张思想自由者，为了一时的方便，取这种敷衍的态度，参加了我不愿意参加的一个政党。

朱光潜在 1980 年 9 月写的自传中又说：

抗日战争爆发后，我就应新任代理四川大学校长的张颐之约，到川大去当文学院长。刚满一年，国民党二陈派就要撤换张颐而任用他们自己的“四大金刚”之一程天放。我立即挥动“教育自由”的旗帜，掀起轰动一时的“易长风潮”。在这场斗争中我得到了中国共产党的支持，沙汀和周文对我很关心，把消息传到延安，周扬立即通过他们两人交给我一封信，约我去延安参观。我也立即回信给周扬同志说我要去。但是当时我根本没有革命的意志，国民党通过我的一些留欧好友力加劝阻，又通过现代评论派王星拱和陈西滢几位旧友，把我拉到武汉大学外文系去任教授。这对我是一次惨痛的教训，意志不坚定，不但谈不上革命，就连争学术自由或文艺自由，也还是空话。到了1942年，由于校内有湘皖两派之争，我是皖人而和湘派较友好，王星拱就拉我当教务长来调和内讧。国民党有个老规矩，学校“长字号”人物都必须参加国民党，因此我就由反对国民党转而靠拢了国民党，成了蒋介石的“御用文人”，曾为国民党的《中央周刊》写了两年稿子，后来集成两本册子，一是《谈文学》，一是《谈修养》。①

朱光潜在1942年加入国民党之前，他在1939年1月20日写给时在延安的周扬的信中表示同情革命，向往延安。四十多年后，1982年10月16日，周扬给了朱光潜这封信的复印件，并同时给他写了这封信：

光潜同志：

北大为您举行任教六十年庆祝会，特向您表示衷心的祝贺。

四十年前您曾给我一信，虽经“文化革命”之难尚犹未毁，信中亦足见您的思想发展的片鳞半爪，颇为珍贵，特复制一份，赠送您，以志我们之间的友谊。

此致

敬礼

周扬10月16日

① 《朱光潜全集》第1卷，第6页。

朱光潜给周扬的这封信全文在1982年11月29日《人民日报》上得以公布。副刊编者在头条发表周扬和朱光潜两封通信之前加了一段话：

今年10月，在祝贺朱光潜教授任教六十周年之际，周扬同志写了一封贺信。信中提到朱光潜同志1939年写信给他的往事。我们今天将这两封信在副刊发表，并借此对我国许多老年知识分子毕生爱国爱民、追求光明的心意表示敬意。

朱光潜1939年1月20日写给周扬信的全文是这样的：

周扬先生：

你的12月29日的信到本月15日才由成都转到这里。假如它早到一个月，此刻我也许不在嘉定而到了延安和你们在一块了。

教部于去年12月中发表程天放做川大校长，我素来不高兴和政客们在一起，尤其厌恶与程氏那个小组织的政客在一起。他到了学校，我就离开了成都。

本来我早就有意思丢开学校行政职务，一则因为那种事太无聊，终日开会签杂货单吃应酬饭，什么事也做不出，二则因为我这一两年来思想经过很大的改革，觉得社会和我个人都须经过一番彻底的改革。延安回来的朋友我见过几位，关于叙述延安事业的书籍也见过几种，觉得那里还有一线生机。从去年秋天起，我就起了到延安的念头，所以写信给之琳、其芳说明这个意思。我预料11月底可以得到回信，不料等一天又是一天，渺无音息。我以为之琳和其芳也许觉得我去那里无用，所以离开川大后又应武大之约到嘉定教书。

你的信到了，你可想象到我的兴奋，但是也可想到我的懊丧。既然答应朋友们在这里帮忙，半途自然不好丢着走。同时，你知道我已是年过四十的人，暮气，已往那一套教育和习惯经验，以及家庭和朋友的关系都像一层又一层的重累压到肩上来，压得叫人不得容易翻身。你如果也已经过了中年，一定会了解我这种苦闷。我的朋友中间有这种苦闷而要挣扎翻身的人还不少。这是目前智识阶级中一个颇严重的问题。

无论如何，我总要找一个机会到延安来看看，希望今年暑假中可以成行，行前当再奉闻。

谢谢你招邀的厚意。我对于你们的工作十分同情，你大概能明。将来有晤见的机会，再详谈一切。匆此，顺颂

时礼

弟朱光潜 1 月 20 日

许多读到朱光潜 1939 年写给周扬的这封信的人，对朱先生增进了认识。季羡林先生说：

我常常想，在解放前，中国的知识分子大概分为三类：先知先觉的、后知后觉的、不知不觉的。第一类是少数，第三类也是少数。孟实先生(还有我自己)，在政治上不是先知先觉，但又绝非不知不觉。爱国无分少长，革命难免先后，这恐怕是一条规律。孟实先生同一大批旧社会来的知识分子一样，经过了几十年的观察与考验、前进与停滞，既走过阳关大道，也走过独木小桥，最终还是认识了真理，认为共产党指出的道路是唯一正确的，因而坚定不移地在这一条路上走下去。孟实先生有一些情况我原来并不清楚。只是到了前几年，我读到他在抗战期间从重庆给周扬同志写的一封信，我才知道，他对国民党并不满意，他也向往延安。我心中暗自谴责：我没有能全面了解孟实先生。总之，我认为，孟实先生一生是大节不亏的。他走的道路是一切正直的中国知识分子都应该走的道路。①

① 原载 1983 年 3 月 14 日《文汇报》。

抗日战争胜利后，1946年冬，朱光潜辞去武大职务到北平，重回北大执教，担任北大西方文学系教授、系主任。1947年9月至1948年8月代理过北大文学院院长。解放后，一直是北大西方语言文学系教授。1957年重定为一级教授。和朱光潜同在北大西语系任教的冯至教授说："解放前，他的思想比较右倾……有的人思想虽然右，但在做学问和道德修养方面只要态度是严肃认真的，就有可取之处。解放后朱先生通过不断地学习，努力改造，进步很大，给旧知识分子，也给年轻人做出了好的榜样……解放前他那些'右'的言论也是本着他的良心讲的，应该得到理解，解放后他努力学习马列主义也是真诚的。"①

解放前，朱光潜在北大西语系讲授欧洲文艺批评史和世界文学名著选读课，解放后系里分配给他的是英语翻译课，让像朱先生这样资深的教授去教英语翻译课，许多人都认为这样安排欠妥，朱先生本人却并不这样看，他认为翻译课也重要，学生练好翻译本领是进一步研究西方文学的基础，他同样认真备课、讲课，严于要求学生。他的学生、学者朱虹在《我的老师朱光潜先生》文中对朱先生的教诲深有体会：

朱光潜先生，我50年代的尊师。晚年，他曾被授予各种荣誉的头衔和职位。但在我的心目中，他还是身着简朴布衣讲授翻译课的老教授。他精心备好课，从无一句赘言。我们交的作业，他总是仔细看过。然后，他把大家关于某一词语的不同译法一一列出，择其最佳者，再解释原由。能得到他的肯定，是我们同学最珍惜的一种荣誉。他又是铁面无私的公正，以同样的不偏不倚的态度指出我们的错误。有一次，他要我们把一篇中文译成英文，题目是《与冰的斗争》。我将英文题目译为《人冰之间》，得意地交上了作业。但是出乎我的意料，他并没有表扬我。"当然，我注意到了，你是在借用斯坦倍克的《鼠人

① 邹士方：《冯至谈朱光潜》，邹士方、王德胜著：《朱光潜宗白华论》，香港新闻出版社1987年版。

之间》来使你的题目更为醒目。但是，后者的用词中有一种我们的作业中不存的联想。为什么不朴素无华、直截了当呢？”是的，朴素无华、直截了当，这就是先生的风格，这也是他的人品，是他留给我们这些学生的宝贵遗产之一。①

朱光潜十分重视翻译工作，他认为一篇高质量的翻译，其学术价值要高于内容空泛的论文。夏玟（艾玟）在回忆朱先生给她上翻译课时也说：

翻译当时不是我的主攻方向，但朱先生没有忽视这方面的训练。他不时让我做些翻译练习，且亲自批改。他说翻译是提高外语水平的好办法，你自以为理解了的东西，一落到文字上却常常暴露出并未透彻理解，这样就能迫使你在钻研原文上多下工夫。他告诉我：“翻译的第一要领是吃透原文。只有尚不理解的，没有不可翻译的。你若觉得某些句子难以言传，或译出来别扭，首先要考虑是否把原文吃透了。每本书都有它的难点，遇到这种地方，千万不能连猜带蒙地混过去，你硬着头皮把它攻下了，水平就高了。”他还说：“扎实的外语基础仅仅是从事文学翻译的前提条件，而功力的深浅却与知识水平、文化修养、生活阅历、感受能力，乃至感情的细腻程度密切相关。每个外文字都认识不一定能理解，字面上理解不等于理解了其内涵，只有全面地理解了作者，才能吃准他每一个词、每一句话的潜在含义。”朱先生不喜欢文字花哨，而是强调译文的清晰易懂，他说：“清晰本身就是一种美。”朱先生的译文给人的突出印象正是清晰。像《黑格尔美学》这样的作品，很难想象能有人比朱先生译得更为清晰畅达。有人告诉我说，他读黑格尔美学的原著没看懂，读朱先生的译文倒都看懂了。②

---

① 原载《人民文学》1986年第5期。

② 夏玟：《朱光潜先生和我的师生情谊》，待刊。

朱光潜提倡学术争鸣，论辩时坚持己见，但不影响与论辩对方的关系和友谊，也就是他常说的“求同存异，不伤友谊”。朱先生有众多的授业弟子，也有众多没有听过他的课，常向他讨教的“学生”，他们中有些虽与朱先生就美学问题展开辩论，但对朱先生待人的长者风范印象深刻，心里感激他，尊敬他。美学家李泽厚1954年毕业于北大哲学系，没有听过朱先生的课，他在《悼朱光潜先生》文中说：“我和朱先生是所谓‘论敌’，50年代激烈地相互批评过，直到朱先生暮年，我也不同意他的美学观点。这大概好些人知道。但是，我和朱先生两个人一块喝酒，朱先生私下称赞过我的文章……我那第一篇美学文章是在当时批朱先生的高潮中写成的。印成油印稿后，我寄了一份给贺麟先生看。贺先生认为不错，便转给了朱先生。朱先生回信给贺说，他认为这是批评他文章中最好的一篇。……当时我二十几岁，虽已发了几篇文章，但毕竟是言辞凶厉而知识浅薄的‘毛孩子’。这篇文章的口气调门便也不低，被批评者却如此豁达大度，这相当触动了我。”①复旦大学教授蒋孔阳，也是研究美学的，1954年在北大中文系进修过文艺理论，曾登门向朱先生讨教，切磋美学问题，他说：“朱光潜虽然没有教过我的课，但我学习美学却是从读他的著作开始的，应当说是我的私塾老师和启蒙老师。”②蒋先生在收到朱先生寄赠给他的《艺文杂谈》后，在上海曾同我说：我同朱先生的美学观点虽不同，也有过文笔交锋，但朱先生尊重我，诚恳待我，我遇到研究上的一些问题当面或写信向他请教，他都一一作答，并建议我去看哪些图书资料。1979年蒋孔阳给朱先生寄赠《复旦学报》第五期，朱先生很快读了蒋孔阳的《建国以来我国关于美学问题的讨论》一文，他在同年4月5日给蒋孔阳的回信中说，该文“对当时论争中各派所持的要点作了简赅明了的概述，持论之极公允”，并认为“这是多年没有见到的一篇好文章”。③ 夏珉1960年在北大召开的一

---

① 原载1986年3月20日《人民日报》。

② 《朱光潜宗白华论》，第1页。

③ 《朱光潜全集》第10卷，第466页。

次“人性论”讨论会上曾当面反驳和批判过朱光潜在会上的发言，当西语系要给朱先生从本系年轻的助教中挑选一名助手并征求他意见时，朱先生主动提出夏玟。夏玟说：“我简直惊呆了。我没想到朱先生如此豁达大度，毫不计较我过去对他的冒犯，还有心收我为弟子，真让我有些受宠若惊。”①美学家洪毅然先生抗战期间常向朱先生借阅美学著作，“助我之厚，迄未或忘”。在美学大讨论中，他们各抒己见，反复论辩。朱先生对他说：“看来，您既说服不了我，我亦说服不了您，彼此恐怕只得‘求同存异’而已！求同存异，丝毫无伤于友谊。”洪毅然在《悼朱老》文中称赞朱光潜先生“不愧为我国近代继王国维、蔡元培之后的一代美学大师”。②

朱光潜治学严谨，对学生要求严格，对有名气、有地位的人，只要请他看译稿或文稿，也都直率地提出自己的意见。1956 年 12 月人民文学出版社出版《萧伯纳戏剧集》，其中有老舍译的《苹果车》，老舍通过出版社请朱光潜帮校读译稿。朱光潜校读后提了些意见，他在给“老舍兄”的信中说：

> 你的译文我读过两遍，有些地方你译的很灵活，我在这里面学习到了不少东西。但是总的说来，对于读过你的作品的人，这部译文倒不大像出于你的手笔。人家一看到，就感觉到这是翻译，而且有些地方直译的痕迹相当突出。我因此不免要窥探你的翻译的原则。我所猜到的不外两种：一种是小心地追随原文亦步亦趋，寸步不离；一种是大胆地尝试新文体，要吸收西文的词汇和语法，来丰富中文。无论是哪一种，我都以为是不很明智的。理由很简单：第一，你没有尽量利用你所特别擅长的中文口语，本来是个打枪的能手，现在却要耍大刀，这就不一定能操必胜之券；其次，你在读者群众中威信和影响都很大，从你手里出来的文字，无论是自己作的还是译的，都是许多青年学习的对象；我们现正在争取汉语的规范化，说到究竟，真正促成

① 夏玟：《朱光潜先生和我的师生情谊》，待刊。

② 《朱光潜纪念集》，第 67—68 页。

语文规范化的还是在群众中有威信的作家，你也不能不注意到这一点。

文学出版社只是叫我注意对原文的忠实，没叫我对中文提意见。我仔细校对以后，觉得少数地方对原文意义小有出入，还是些次要的问题，主要问题还是在中文方面。自恃和你多年相识，才敢冒昧提出上面一点很直率的意见，我想你会了解而且原谅这一点忠直的意思。

用铅笔在原稿上的建议仅供你自己最后校改时的参考，有些地方我或不免主观，只能批判地接受。另附一表，就你直译痕迹很突出的分类举例！如果你在原则上同意我的看法，你在作最后校改时恐怕就要在这些地方多注意。①

1984年1月，胡乔木将自己写的《关于人道主义和异化问题》尚未发表的稿子送给朱光潜提意见，并同时附有一信②：

光潜先生：

送上拙稿一篇，因涉及的问题很多，其中有不少是我未尝深造，只有一知半解的，文中必有不适当或很不适当的地方，敬请毫不客气地予以斧正，不胜感荷。

您是我素来敬重的学者。解放以后，您对我国学术界的贡献不胜枚举。您在劫后已是八十余的高龄，仍然每天勤奋工作，这种生命不息、战斗不止的革命精神，尤为令人感激敬佩。尽管偶然有些见解未敢苟同，亦未尝受业，但是我仍把您看做我的老师。我正是以这种心情向您求教的，想不致见外。

此稿已在征求首都各方专家意见，将根据征得的意见最后进行一次总的修改。

① 《朱光潜全集》第10卷，第38页。

② 《朱光潜宗白华论》，第73—74页。

为此要消耗您的精力与时间，特预致谢忱。

敬礼

胡乔木

1984年1月12日

朱光潜在1月17日给胡乔木复信，信中说：

> 首先我要感谢的是它(指胡乔木信)对我的唯心主义的人性论和人道主义痛下的针砭，在这一点上我想从中获得教益的在我们同行中还有不少人。我目前还有两方面没有想得很通，一点是把世界观和历史观与"伦理原则"和"道德规范"两种不同的观点的人道主义(这一句原信如此)，"伦理原则"和"道德规范"是否可以独立于历史唯物主义和辩证唯物主义之外的？另一点是当前争论得很多的"异化"现象。《巴黎手稿》对于异化的说明我认为说得很清楚，一种是劳动果实异化到他人手里，一种是人的本质力量没有能发挥应有的作用。这两种现象我们每天在报纸上随时可以找到实例，成为整党整风的重要项目。马列主义理论工作者对此似不宜忽视。[①]

1982年10月18日，北京大学举办了朱光潜先生任教六十周年庆祝会，会场在未名湖畔临海轩，八十五岁的朱光潜身着蓝上衣缓步来到会场。叶圣陶、萨空了、王朝闻、冯至、卞之琳、闻家驷、任继愈等前来祝贺，会前胡乔木亲自来家中看望，正在病中的周扬也派家人来看望，有些年事已高不能亲临的也派家属或带话来向朱光潜先生道贺。大家回忆往事，列举事例，共同称赞朱先生毕生为教育事业所作出的宝贵贡献。见到这么多同事老友和学生，朱光潜心情激动，他在庆祝会结束时说："只要我还

---

① 《朱光潜宗白华论》，第74页。

在世一日，就要做一天事，‘春蚕到死丝方尽’，但愿我吐的丝加上旁人吐的丝，能替人间增加哪怕一丝的温暖，使春意更浓也更好。”

朱光潜在庆贺执教六十周年之后不到四年就与世长辞了，海内外文化界、学术界和教育界都普遍关心对他一生的评价。

1986年3月17日，朱光潜教授遗体告别仪式在北京八宝山隆重举行。《人民日报》次日刊发了新华社17日的电讯。电讯中说：“赵紫阳同志送了花圈，中央其他领导同志邓颖超、习仲勋、李鹏、胡乔木、胡启立、王兆国、彭冲、周谷城也送了花圈，并参加了遗体告别仪式。”

我注意到在遗体告别仪式中，以其他身份参加的文化界、学术界、教育界的著名人士和“生前友好”的名单中有：周培源、费孝通、楚图南、钱伟长、叶笃义、陶大镛、雷洁琼、丁石孙、钱端升、钱逊、陈岱孙、季羡林、王力、钱锺书、冯至、吕叔湘、江泽涵、贺麟、黄镇等。我多次参加过这类遗体告别仪式，像这天前来参加的著名学者、教授之多是罕见的。钱锺书先生是极少参加这类活动的，而王力先生是抱着重病来的，不到两个月他也长逝了。

新华社播发的《朱光潜同志生平》中说：

> 朱光潜同志是我国著名的美学家、文艺理论家和教育家。他早年的《悲剧心理学》《文艺心理学》《谈美》《变态心理学派别》《诗论》《谈文学》《克罗齐哲学述评》等学术著作，就以文笔优美精练、资料翔实可靠、说理清晰透彻、见解独到精辟，而蜚声于海内外学术界。解放以后，朱光潜同志努力学习马克思主义毛泽东思想，并用以指导美学研究，在我国美学教学和研究领域作出了开拓性的贡献。50年代在全国范围的美学问题大讨论中，他起了积极作用，出版了《美学批判论文集》。60年代，他撰写的《西方美学史》，是我国第一部全面系统地阐述西方美学思想发展的专著，代表了迄今为止我国对西方美学研究的水平，推动了我国美学教育和研究工作。“文化大革命”期间，他在受到严重迫害的逆境中，认真系统地学习马列主义原著，进行学术研究。近年发表的大量论文以及《谈美书简》《美学拾穗集》等专著都凝结着他在此期间刻苦学习和潜心钻研的心血。……朱光潜

同志视野开阔，对中西文化都有很高的造诣。在他的七百多万字的论著和译著中，对中国文化作了深入研究，对西方美学思想作了介绍和评论，融贯中西，创立了自己的美学理论，在我国文学史和美学发展史上享有重要的地位。他几十年如一日孜孜不倦辛勤劳动，为中国人民留下了宝贵的文化财富。

朱光潜同志一生致力于教育事业，对学生和中青年教员满腔热忱，循循善诱。他以渊博的知识、敏锐的分析能力、严谨的治学方法和严肃认真的教学态度，为祖国培养了大批人才，桃李满天下，其中许多人早已成为国内外知名的学者。

在旧中国的漫长岁月中，朱光潜同志是位以救国兴邦为己任的爱国知识分子，尽管道路有过曲折，但他追求真理，向往光明，在复杂的斗争中，辨明了方向，看清了历史发展的潮流。在1948、1949年初的关键时刻，断然拒绝国民党当局的利诱威胁，毅然决定留在北京，与广大人民一起迎接解放，为此，他曾兴奋地说："我像离家的孤儿，回到了母亲的怀抱，恢复了青春。"

解放后，朱光潜同志学习和信仰马克思主义，拥护党的领导，坚持社会主义道路，对党赤诚相见，肝胆相照。尽管他曾遭到不公正的待遇，但从未动摇过对党、对社会主义的信念以及为祖国、为人民服务的决心。粉碎"四人帮"以后，他衷心拥护党的十一届三中全会以来的路线、方针、政策，精神振奋、老当益壮，积极翻译名著、撰写文稿、发表演讲、指导研究生，在学术研究和教育领域驰骋不懈，成就斐然，鞠躬尽瘁，死而后已。1983年3月，他应邀去香港中文大学讲学，一开始就声明自己的身份：我不是一个共产党员，但是一个马克思主义者。这就是他对自己后半生的庄严评价。

朱光潜同志的逝世是我国文化界、学术界和教育界的一大损失。①

---

① 《朱光潜同志生平》，载《朱光潜纪念集》。

听孙犁聊天

我与孙犁有过一次长谈，我是作为《文艺报》记者专程前往天津专访孙犁的。这次谈话的结果，就是《文艺报》1980年第六、七期连载的孙犁长篇创作谈《文学和生活的路》。

1980年春节期间，在与《文艺报》副主编唐因的一次交谈中，我向他提出专访孙犁的想法，我说了几点理由：一是孙犁创作有生命力，许多读者喜欢；二是孙犁既是创作家又是创作理论家，写过创作理论专著和大量有关文学理论的短文；三是孙犁自1965年大病后，虽经“文革”磨难，现在身心均好，已开始恢复写作。唐因很支持我的这个想法，他说，现在文艺创作上许多问题急需拨乱反正，既需有文艺理论家出面谈，也需有经验、有胆识的作家出面谈，他提醒我，要做好准备，寻找一个孙犁愿意谈的话题，请他敞开地谈。

唐因这个提醒很重要，我有过一次对孙犁采访不顺利的教训。在此稍前，我计划请几位老作家谈写作长篇小说的经验。第一个对象就是孙犁。当我写信向他提出这个请求时，他很快给我回信，他在信中说：“关于长篇小说，我经验太少，且不成功，很难谈出什么中肯的意见。近来，我有一个想法。我们的评论家，多研究作品成功之处，这当然是主要的。但如果除此之外，研究一下我们几十年来，在长篇小说的创作上，一些失败的经验，即其失败的原因，或者说在当时好像是成功了，经过一段时间，又证明并非成功——其原因何在，其失败之点，有无共同之处，有无思想上的或生活上的原因，有无一条规律性，可作借鉴？我想，如切实研究，排除成见，前事不忘，后事之师，对于初学者是会很有用处的，不知你以为如何?”我以为孙犁这个看法有道理，但当时要总结创作教训，时机又不太成熟，我这次采访便戛然终止了。

给孙犁写了两封信，又请天津其他熟悉的几位编辑朋友促进，孙犁终于同意了《文艺报》对他采访，用他的话说，不叫采访，是与《文艺报》的同志做一次对话。孙犁自1949年后，长期主持《天津日报》文艺副刊工作，他布置过无数次对文艺界人士的采访，但他本人并不乐于也不习惯接受报刊的采访，他多次婉谢过新闻媒体，这回不同，他同意并约定了时间，我对这次采访的收获抱有信心。

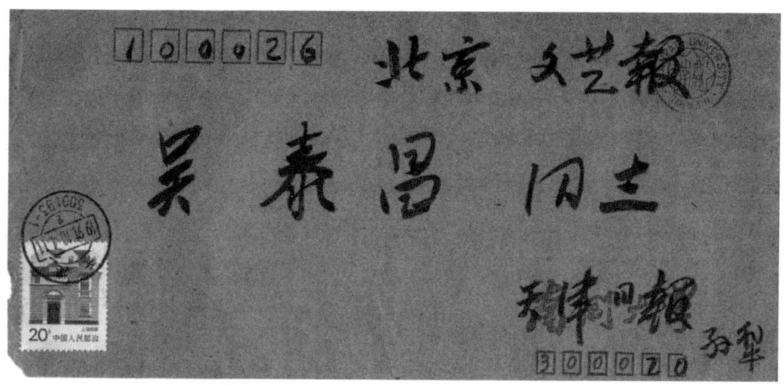

1991年孙犁至笔者的一封信，信封上的字为孙犁手书

1980年3月27日下午2时半，百花文艺出版社一位编辑陪我准时来到孙犁的寓所。我与孙犁不熟，只见过一次面。大约是1974年夏天，当时我从文化部五七干校被借到石家庄《河北文艺》杂志社工作。有一天，田间派人叫我去他的办公室，原来是孙犁从天津回河北老家，顺路到石家庄，他俩，还有李满天正在聊天。田间向孙犁介绍我，他是《文艺报》的，也

是我安徽小老乡。我坐在一旁，听他们老友叙旧，记得孙犁曾风趣地说，有人说我有出世思想，搁笔不写了，简直是笑话，我入世还不够，还要写，多写。孙犁记性好，又善于调节气氛，这天他一见我就说，北京虽好，咱河北也不赖吧！

孙犁早做好准备在门口等候我们。方桌上放了几张谈话提纲，一碟水果糖，一盒天津出产的恒大牌香烟。他递给我一粒糖，对话就这样开始了。半年后，他在为我的散文集《艺文轶话》写的序言中，曾具体地记述了这次对话的细节："我是很不善谈的，特别不习惯于录音。泰昌同志带来一台录音机，放在我们对面坐的方桌上，我对他说：'不要录音。你记录吧，要不然，你们两位记。'泰昌同志不说话微笑着，把录音机往后拉了拉。等我一开讲，他就慢慢往前推一推。这样反复几次，我也就习惯了，他也终于完成了任务。"没有对话，六十八岁高龄的孙犁一人，没用提纲，有条不紊地一口气谈了三个小时。这次采访的直接结果，就是《文艺报》1980年第六期、第七期连载的孙犁《文学和生活的路——同〈文艺报〉记者谈话》。我们根据录音整理后的稿件送他改定，他细心地改了几处。《文学和生活的路》长达一万多字，作者结合自己的创作、阅读，从中到外，从古到今，就文学与生活、文学如何艺术地反映生活，文学与政治，文学体裁、主题、题材、创作的艺术准备，风格流派的形成，文学与人道主义等方面，发表了许多深刻、切实、有卓见的意见。孙犁对《文学和生活的路》比较满意，事后他在不同场合数次谈起，这篇文章是他自己阐述创作理论比较充实、表达比较充分的一篇。

《文学和生活的路》标题是孙犁拟定的，副标题原是"同《文艺报》吴泰昌谈话"，在付印时，我向编辑部提出，略去我的名字，改为发表时的"同《文艺报》记者谈话"。这种改动，事先前未征求孙犁的意见。想不到，在半年之后他为我的散文集《艺文轶话》写的序文中，却详细地写出了我与他这次采访谈话的情景。《艺文轶话》1981年出版，有些报刊的有心编者因此知道我与孙犁有联系，托我向孙犁求稿。

我对孙犁的第二次采访，也在1980年，是秋天。上海《文汇月刊》编者发现孙犁在《文学和生活的路》中涉及人道主义这个当时十分敏感的问题，孙犁在文章中说："凡是伟大的作家，都是伟大的人道主义者，毫无例外的。他们是富于人情的，富于理想的。他们的作品，反映了他们对于现实生活的这种态度。把人道主义从文学中拉出去，那文学就没有什么东西了。"《文汇月刊》委托我请孙犁就这个问题请他进一步展开谈。这次委托，使我有点为难。我知道孙犁是不愿多谈的人，他在《文学和生活的路》发表后给我的一封信中曾说："老谈不好。也要注意多言多败之诫。"但经不住《文汇月报》的诚意，孙犁表示可以考虑，但所谈不要局限在人道主义问题上，他要我事先列出所提问题，等看了所问，再定是否能谈愿谈。我依据《文汇月刊》的要求和自己有限的水平，提了十二个问题寄他，半个月没有音讯。9月末，突然接到他寄来厚厚的一封信，工工整整或繁或简地回答了我提出的十一个问题。他对人道主义、人性、人情等问题做了比《文学和生活的路》更进一步的论述。

《文汇月刊》发表时，编者加了正标题，突出了人道主义、人情、人性问题，将孙犁拟定的标题"答吴泰昌问"作副标题。文章刊出后，责编请我向孙犁解释一下他们对标题做了调整。孙犁回答说，编者在标题处理上有权在不违背文章内容的基础上，做某些方面的强调，作者与编者应该相互理解和尊重，愿望只有一个，"拿出好作品"。但孙犁在1982年百花文艺出版社出版的《孙犁文集》中，将此文的标题又恢复为《答吴泰昌问》。孙犁在"答问"中，对长篇小说《风云初记》、中篇小说《铁木前传》为何未能写完，为什么造成这种情况，首次做了坦率的回答，他说："实事求是地说，《风云初记》没有写完，是因为我才情有限、生活不足。你看这部作品的后面，不是越写越散了吗？我也缺乏驾驭长篇的经验。《铁木前传》则是因为当我写到第十九节时，跌了一跤，随即得了一场大病，住疗养院二三年。在病中只补写了简短的第二十节，草草结束了事。"

"现在大家关心这部'后传'，情况当然不同。但还是没有。对于热心的读者，很可能要成为我终身的憾事了。"

"你现在为什么不能把它写出来呢？"或许有人问。

“我的想法是：在中国，写小说常常是青年时代的事。人在青年，对待生活，充满热情、憧憬、幻想，他们所苦苦追求的，是没有实现的事物。就像男女初恋时一样，是执著的，是如胶似漆的，赴汤蹈火的。待到晚年，艰辛历尽，风尘压身，回头一望，则常常对自己有云散雪消、花残月落之感。我说得可能消极低沉了一些。缺乏热情，缺乏献身的追求精神，就写不成小说。”

“与其写不好，就不如不写。所以，《铁木后传》一书，是写不出来了。”

我以为，孙犁的上述回答，不仅对了解他的创作活动，而且对长篇、中篇小说创作的经验、教训总结都具有重要价值。

1981 年 3 月，复刊不久的大型文学双月刊《收获》，在京召开过一次办好刊物的座谈会。主编巴金出席并讲了话。那天与会的中青年作家居多，老作家也不少，如沙汀、陈荒煤、周而复、孔罗荪、朱子奇、冯牧、吴祖光、韦君宜、秦兆阳等。会上，《收获》在希望中青年作家大力支持的同时，也恳请刚恢复写作的老作家多关心、多赐大作。他们很自然地想到在天津的孙犁，并请我代向孙犁求助。

孙犁的中篇小说《铁木前传》，1957 年由天津人民出版社出版，天津百花文艺出版社 1978 年的再版，也许与此有关。当时文坛传说孙犁正在写《铁木后传》，所以《收获》首先希望发表这个“后传”。《收获》编辑李小林，1980 年 8 月 23 日在给我的信中说：“听说孙犁同志要写《铁木后传》，不知写了没有？希望能给我们。”

我去天津，当面向孙犁转达了《收获》的想法。他摆摆手说，没有“后传”，当初写“前传”时，想过写“后传”，现在看来完不成了。继而《收获》又想让孙犁给他们写点散文，我又向孙犁转达了他们的这个意思。孙犁说，写篇散文不难，但我的散文短小，《收获》是大型文学刊物，怕分量不够。当时，他正准备写一组“小说杂谈”，他曾考虑过是否将这组文章给《收获》，但他又说《收获》主要是发作品的，给他们理论文章使人为难。他嘱我转告《收获》，文章一定写，写什么内容他考虑再定。

1981 年 1 月 7 日，《收获》副主编萧岱来信给我，说已收到孙犁交给他的小说，他们将在 3 月 15 日出版的第二期上刊用。2 月 7 日孙犁来函告诉我，共给《收获》小说五篇。这五篇小说孙犁冠以“芸斋小说”总题，分别是《鸡缸》《女相士》《高桥能手》《言戒》《三马》，每篇一二千字，最长的不超过三千字。从写作时间上看，是 1981 年 11 月—1982 年 1 月初期间赶写的。作者署名“孙芸夫”。孙犁原名孙树勋。孙犁是他长期固定的笔名，孙芸夫也是时用的笔名。

孙犁晚年经常写散文、杂文，他认为“这是一种老年人的文体，不需要过多情感，靠理智就可以写成”。孙犁对我诙谐地说，芸斋小说是被逼出来的！自《收获》首发芸斋小说五篇后，孙犁 1981—1991 年期间，又陆续写了三十多篇。芸斋小说最初五篇，收入 1982 年 12 月天津百花文艺出版社出版的孙犁《尺泽集》中，并排在卷首，可见作者本人对这组小说的看重。1990 年人民日报出版社出版了孙犁芸斋小说的绝大部分。

芸斋小说是孙犁晚年创作硕果中一个重要的部分。关于这组小说与孙犁以前的如《荷花淀》等短篇小说相比，在内容上、艺术上有何特殊，不少研究者如金梅有过较细致的评说。我想提供一点情况，或许对深切了解作者写作芸斋小说的初衷有所助益。一是，作者本人就认为芸斋小说“严格地说应该叫做小品”(1981 年 2 月 27 日孙犁给作者信)。二是，芸斋小说在《收获》发表后，1983 年，孙犁在寓所同我谈过这组小说的特点，为何发表时不标短篇小说，而是标芸斋小说。他的这个意思，1984 年在《读小说札记》第五段谈汪曾祺小说《故里三陈》中有准确的表述：“我晚年所作小说，多用真人真事，真见闻，真感情。平铺直叙，从无意编故事，造情节。但我这种小说，却是纪事，不是小说。强加小说之名，为的是避免无谓的纠纷。”孙犁一向主张所写的内容是要作家亲历感受的，写作的文体、表达方式要适应内容的需要。我想，从这个角度看，芸斋小说是孙犁对小说文体创新的一次有意尝试。三是，我想介绍《收获》编辑部在阅读了芸斋小说原稿后的反映，资深编辑家、作家萧岱 1981 年 1 月 7 日在给我的信中说，孙犁小说“文极短，具有特色，我们决定第二期刊用。他用芸斋小说为总题，每篇末端有芸斋主人评语，颇似《聊斋》写法”，“希望这类小说专给我们。我们想辟专栏。听小林说，已将此事和您谈过，便中望去信时提及一下。拜托，拜托”！孙犁告诉我：芸斋小说作为专栏，在《收获》上集中刊发，太招眼，还是分散在一些报刊上发为好。最后一次当面听孙犁谈话，是在北京三联书店20世纪80年代初，先后出版了一些谈“读书”“藏书”的名家著作，内中有陈原的《书林漫步》、唐弢的《晦庵书话》、黄裳的《榆下说书》、郑振铎的《西谛书话》、李一氓的《一氓题跋》、冯亦代的《龙套集》等，其时我刚编写《一氓题跋》，三联要出孙犁一本，委托我联系，孙犁同意，他和书店又托我和该店董秀玉同志编选。这就是1983年出版的孙犁《书林秋草》。

在编选《书林秋草》过程中，孙犁的认真、细心、谦虚，对编辑的尊重给我的记忆非常深刻。

他意不为该书作序了，嘱我写篇后记。我去天津，当面将后记原稿、封面设计、篇目送他审定，他让我在客厅里喝茶、抽烟，自己回书房去了。大约一个多小时，他从书房出来，笑嘻嘻地对我说，篇目就这样定了，封面也好，书名就定这个（他拟了两个：《书林秋草》和《陋巷书语》）。

在后记中，我写了两处有点拿不准，一处说：“孙犁不是一位藏书家，他也不想当一名藏书家。他是20世纪40年代解放区成长起来的作家。他之好读书，好收藏书，完全是从写作、喜爱出发的。他不同于郑振铎、阿英等老一辈的作家兼藏书家。他的这一经历，决定了在他的有关书的文章里，较少版本知识和书人书事的趣闻轶话。他过眼的书多是常见的普通书，他的特点在于，结合自己的创作体验和人生阅历，用心地读，认真地咀嚼，在普通的书里尝出自己的滋味来。可以说，他的这本‘书话’是一位诚实的有独到见解的作家读书的实感。”另一处说：“孙犁对作品有自己的看法。他坚持从作品出发，力求用正确的观点作具体分析。因而常有深刻精辟的见解。例如，孙犁的《〈红楼梦〉的现实主义成就》一文，虽写于1954年，今天重读，使人觉得比当年影响一时的某些文章内容扎实有见解得多。当然，这并不是说，孙犁对他所谈及的全部作品都有正确的认识，偏颇甚或个别不够正确之处总是难免的，有谁会作这样不近人情的要求呢?”孙犁说后记他没有意见,不必改动,他特别叮嘱上面两处说他的不足处不要删去。

我最后一次听孙犁的谈话是在电话声中。1996 年 12 月 16 日,全国第五次作家代表大会在京召开,不少老作家因身体原因不能出席,《文艺报》临时决定在大会开幕当天出版的报纸上开设“文坛前辈寄语五次作代表”专版。

孙犁在天津,本该去看望他,因时间紧迫,只好违反他平日不接电话的规矩贸然闯关了。当我向孙犁家人说明意图后,在病中的孙犁接过电话说,请你们代我表达对大会的一点祝愿:“希望大家同心协力拿出好作品。”

我爱听孙犁的谈话,记住孙犁的所谈,长远!

2003 年 6 月 22 日

情深意切的臧克家

“与鸡共三人”

我与老诗人臧克家相识、交往乃至有了忘年交的友谊，完全得益于那个特殊年代里一个偶然的机缘。1969 年 10 月，中国作家协会人员全部下放到湖北咸宁文化部干校。我与克家老在一个连队。连队住在向阳湖边一个山村。他是大诗人，我是小编辑，但，我们同是受审查、被改造的对象。唯一的区别，就是年龄的差异，他是位父辈般的慈祥长者。

在下干校前，我是克家诗作的读者，从工作上说，他是我们令人敬重的作者。1965 年春天，我来文艺报社不久，有次午后去向克家求稿，他正在休息，只好怅怅地离开赵堂子胡同。想不到几年后，我俩会住在一家农舍的小土屋里。与我们同眠的，还有鸡笼里囚着的一只爱啼叫的公鸡。

当时克家已逾花甲之年，他和年轻人一样下湖垦田，风雨不歇。下工后他还兼管连队阅览室，他将稀少的书刊整理得井井有条。我当时在伙房，除下湖送饭、挑水，还常去贺胜桥、汀泗桥一带买菜，不时给他捎些点心。北伐时期，他曾在叶挺部队，在这两个小镇打过仗，他常常回忆起青年时那段从戎的岁月。

他的爱人郑曼在干校另一个连队，相距二三十里，小女苏伊在县城上小学。克家有时请我去看看她们，捎点他省下来的咸鸭蛋。每次郑曼都叮嘱我提醒克家自己照顾好自己。

克家有早睡早起的习惯。为了不影响他，我也慢慢习惯了早睡。有天晚上，大约 10 点钟左右，我刚进入梦乡，就被浑浊的声音弄醒，我打开灯，只见克家面部极度紧张痛苦的神情，他用手紧紧捂在胸口上，吃力地对我说：心脏病犯了，快去帮我找大夫。我顾不得穿好衣服，急忙摸黑去找来连队里的医生。医生给他吃了救急药。连里医务室药品设备简陋，怕万一，我又去五六里地外的校部医院找值班大夫。经校医院大夫仔细检查、治疗，他的病情才渐渐稳定下来，安详地入睡了。这时，黎明已悄悄到来。事后才知道，他平日心脏就不好，这次突发，是因长时期的劳累引发的。

这是三十多年前一个夜晚发生的事。我已渐渐淡忘了，克家却一直挂在心上。1994 年 6 月 23 日，我收到克家托人带给我的一封信。信是 22 日写的，并附有 22 日写的一首赠我的诗作手抄稿，他在诗的附记中说："午梦泰昌，醒后即兴草成十六句以赠。"《赠泰昌》不久在《诗刊》发表，作者后又收入了他的一本诗词选集中。一年后，文艺界隆重庆贺克家九十华诞之际，他又特意将这首诗书写了赠我。诗的前八句是忆旧，后八句是对我的鼓励与期望："老来常忆旧，江南联床亲。土屋天地窄，与鸡共三人。夜深心病发，赖君报急音。转危蒙天相，健在九十春。饷食十里外，一挑二百斤。扁担压弓腰，吱呦作呻吟。五年六万里，磨难炼真身。双肩成钢铁，于今当大任。"诗人在条幅上还题注："俚句抒真情，往事两心知。"

与毛主席谈诗

克家老在中国现代文坛活跃了半个多世纪，他的文学生涯中有着许多有趣的故事。同毛泽东主席谈诗，是他最珍惜最爱忆及的一段美好回忆。

1956 年，臧克家调任中国作家协会书记处书记后，负责筹办《诗刊》。10 月，副主编徐迟倡议，给毛主席写信，把他们搜集到的八首毛主席诗词送上，请求他校订后交明年1月创刊的《诗刊》发表，臧克家和全体编委及全编辑部的同志都举双手赞成。大家静静地等待着毛主席的回音。1957年1月12日，臧克家收到毛主席写给他和《诗刊》编委诸同志的亲笔信，以及经他亲自校订过的八首，另加上十首，共十八首旧体诗词。毛主席在信中说："《诗刊》出版，很好，祝它成长发展。"并自谦地说："这些东西，我历来不愿意正式发表，因为是旧体，怕谬种流传，贻误青年，再则诗味不多，没有什么特色。"毛主席的信和十八首诗词在《诗刊》创刊号上发表的喜讯，到处哄传，创刊号一出版，热情的读者排长队争购，一时传为佳话。

1957年1月14日上午11点，毛主席约见臧克家等人。毛主席安详和蔼地同他们握手，让座，自自然然地从烟盒里抽出支香烟让臧克家，他说："我不会吸。"主席笑着说："诗人不会吸烟?"并以赞许的口吻说："你在《中国青年报》上评论我的咏雪词的文章，我读过了。"臧克家趁机问："词中'原驰腊象'的'腊'字怎么解释?"主席反问："你看应该怎样?"臧克家说："改成'蜡'字比较好，可以与上面'山舞银蛇'的'银'字相对。"毛主席说："好，你就替我改过来吧。"

毛主席每有新作，常先送一份给臧克家。《词六首》在《人民文学》发表之前，送到臧克家手上，臧克家改动了一点点，马上收到毛主席1962年4月24日的回信，其中有这么几句："你细心给我改的几处，改得好，完全同意。还有什么可改之处没有，请费心斟酌赐教为盼。""还有什么可改之处没有"一句，下面还画了重点符号。主席先后给臧克家七封信，1961年11月30日来信，想约臧克家和郭沫若同志去谈诗。无奈他太忙，抽不出时间，未能实现。

1963年《毛主席诗词》正式出版前，先印了少数征求意见，送了克家一本。不久，在钓鱼台召开了一次座谈会，克家带去了二十三条意见，《毛主席诗词》正式出版时，毛主席采纳了他十三条意见，例如：《七律·登庐山》中的"热风吹雨洒江天"一句，"热风吹雨"原作"热肤挥汗"，是毛主席接受克家的建议修改的。臧克家说，毛主席是诗人，品格高，重感情，虚怀若谷，不耻下问，每当他回想起和毛主席谈诗的这些交往时，他感觉他和毛主席“更近”了。

热情于“杂事”

克家老在不大的一间卧室兼书房里的显眼处放着一份日历牌。他勤奋地看书，在书上密密麻麻地写了读后的心得。他勤奋地写作，晚年多写散文。每天收到的大批新老朋友寄赠的新著，和一大堆新到的邮件。他没有写日记的习惯，他想到的事和相约的事都会随时记在当天的日历牌上。克家老晚年常头晕，心脏又欠佳，但他却一直怀着巨大的热情诚挚地去处理这些“杂事”。

1979 年 1 月中旬，我去看望臧克家，他兴冲冲地朗诵一首旧体诗《赠巴金同志》给我听，原来是他有感于刚收到巴老从上海寄赠给他的新版的《家》，诗云：“四十六年见故家，可怜人已老天涯。闻道纷纷还原职，为问如何复韶华？”作者附记说明：“巴金同志以新版见赠，距写作时已四十六年矣，不禁感慨系之！非绝非古，即兴成句以赠。1979 年 1 月 11 日凌晨灯下。”这首诗克家初收《友声集》中。

克家晚年，写了大批怀念文化界友人的文字。这些篇章不仅情深意切，还保有丰富的文献史料价值。

1983 年，杨晦教授病逝。上海文艺出版社邀请我主编《杨晦选集》。我请了克家和冯至先生写序。克家当时身体不好，但他满口答应了。他说，杨先生是我中学时期的老师，他为新文艺事业做过不少事，现在许多年轻人都不太了解了，我要好好地写他。他一写就写了数千字，初稿出来后，又仔细改订。克家在文中除了详细地回忆了他们的交往，还对杨晦为人为文作了中肯的评价，他说：“杨先生对文艺问题，对文艺创作，常有个人的独立见解，不苟同于别人。”

1988 年，我参加中国文艺期刊代表团访问前苏联。到达莫斯科的当天没有休息，就去红场参观，晚餐又喝了不少沃特加烈性酒，深夜心脏突然期前收缩，吓得团长吴强和大夫忙了一阵。这是我头一次感到自己一向以为好的心脏居然也有了点问题。回国后,不知克家从哪里听说,专门约我去他家,他劝我,要调整好自己的生活规律,他一再叮嘱我,少喝酒,不抽烟。要珍惜健康,生命不只是属于自己的。

2003年12月

含笑的艾青

一

1996 年 5 月 3 日，我见了艾青最后一面。

近中午，艾老夫人高瑛，请人打电话找到我。我知道艾老近日病情严重，急忙买了一束鲜花，赶去北京协和医院。

高瑛大姐疲倦地坐在休息厅的沙发上，她冷静地对我说：大夫担心他今天熬不过去了；叫你来，最后看一次吧！护理人员怕影响病人的病情恶化，不同意探视，经高瑛磨口舌，最后准许我在床边站一会。

艾老在昏睡，他的心在急速地跳动，如海潮在大起大落。

中午，我陪高瑛大姐在医院对面一家上海饭店用餐。她已多日饮食不正常了。她说艾青生命力坚强，今天准能顶过去。我相信高瑛大姐的话。艾老患冠心病多年，不时住院。前几年有次病危，我从病房看望他出来，被一家电视台拉去采访，颇有点准备后事的架势。不久艾老又缓过来了，又健康地活了几年。1995 年 3 月 27 日，众多亲朋好友聚集在他家里，为他过了八十五岁生日，我们举杯祝他长寿，他却笑着说："你们说了不算，自然规律不可抗拒，该走的时候就走了。"

5 月 5 日凌晨 6 时许，电话声将我从熟睡中唤醒，我预感到是艾老家里来的。艾老，凌晨4时15分走了，一个伟大的诗人走了。

顾不得时辰，我连续给平日与艾老接触较多的几位朋友打电话。我坐在沙发上展阅着1991年在北京召开的"艾青作品国际研讨会"期间，他签名送我的一套精装《艾青全集》，凝视着每册卷首张得蒂为他所作的那幅雕像。艾青含着微笑。我在心底里默诵着他在《我爱这土地》这首献给祖国的名篇中的诗句："为什么我的眼里常含着泪水？因为我对这土地爱得深沉！"

含笑的艾青

艾老很喜欢这句格言："时间顺流而下，生活逆水行舟。"我见过几位向他求墨宝，他书写的就是这句。联想起艾老坎坷的一生，数次起落的风雨经历，永远乐观博大的胸怀，我明白这句话的深长意味。

艾老曾赐给我两张墨宝，一张是我求的，一张是他主动给我的。两张内容都是这句格言。

1982年，我去苏州参加一个会议，朋友送给我几袋当地名产太仓肉松。回京后我去看望艾老，分送了一些给他。过了一阵，我再去看他，临别时，他说为我写了一张字。字体依然较大，潇洒遒劲，内容还是那句格言。我欣喜地展阅。发现他把我的名字写成“太仓”。我正发愣时，他风趣地说，谁叫你让我品尝了美味太仓肉松！我明白，他是以这种方式再次提醒我要牢记这句格言的真谛。

艾老话语不多，简短的话语中充满了智慧幽默。有次一位境外记者采访他，要为他拍照，记者正要扣动快门时，艾老招招手，叫我过去，让我去问照相人，相机里有没有胶卷。我去问时，弄得这位记者莫名其妙，连声说，胶卷是刚装的，是柯达的好胶卷。事后我才了解：这位记者采访过艾老数次，每次拍照都说回去后寄来，但都没有下文。看来艾老是不喜欢做事有头无尾的作风。艾青晚年腿脚不便，必须外出参加活动时，他都坐在轮椅上。有次他去北京图书馆出席一位老作家创作生平事迹图片展览开幕式，他的轮椅出现时，人群蜂至，向他问候，拍照的闪光灯交相辉映。艾老叫我们赶快将他转移到一个僻静处，他说，今天我不是主角，不该这么热闹，人最怕占了不该占的位置。

二

我第一次见到艾老，大约在 20 世纪 70 年代末，他全家住在北京东城区史家胡同一座不大的宅院内，那时我已回到刚刚复刊的《文艺报》工作。

艾老在新疆石河子呆了十九年。回京后，1978 年 4 月 30 日上海《文汇报》发表了他的诗作《红旗》，这是他复出后在报刊上发表的第一篇作品。

艾老家里的客人渐渐多了。除了文学界的，特别是写诗的，美术界的老画家也不少，艾老自己说过：“我在美术界的确有一些较好的朋友。”

艾老是学美术出身的，从小爱好绘画，十八岁考入杭州国立西湖美术学院绘画系，次年经院长林风眠动员去法国学绘画，1932 年 1 月回国，1932 年 5 月在上海参加中国左翼美术家联盟，7 月被捕，在狱中失去了绘画创作条件，开始“借诗思考、回忆、控诉、抗争”。他在牢狱里写了许多诗，名篇《大堰河——我的保姆》就是 1933 年 1 月他在狱中写成，1934 年第一次以“艾青”笔名发表的。此后，艾青登上诗坛，他的精神活动主要是写诗。

艾老第二次与美术界发生密切联系，是 1949 年春北平解放之后。他被北京市军事管制委员会下属的文化接管委员会作为军代表派到中央美术学院做接管工作。当时美院院长是徐悲鸿，院内拥有齐白石等一批名教授。5 月，艾青又参加了中华全国文学艺术工作者代表大会的筹备工作。现在人们只注意到艾青在第一次全国文代会上当选为中华全国文学艺术界联合会全国委员会委员、中华全国文学工作者协会（即现在的中国作协）全国委员会委员、中华全国美术工作者协会（即现在的中国美协）全国委员会委员，其实，艾青在大会的筹备、召开期间作为美术界的代表人士做了大量的组织、联络工作。他是大会主席团成员，大会诗歌组委员，美术组委员，艺术展览委员会委员，提案委员会委员。1949 年 10 月，新中国成立后，《人民文学》创刊，茅盾任主编，他任副主编，从工作上说，他又回到了文学界。

在与美术界朋友的交往中，艾青对齐白石印象是深的。1953 年，他就在《文艺报》上发表了优秀的散文《白石老人》，三十年后他又发表了《忆白石老人》。他在 1980 年发表的散文《母鸡为什么下鸭蛋》中说："我特别高兴的是我有机会欣赏齐白石的画，我从心眼里赞叹他的艺术。"他细致地描述了初见白石老人时的情景："我曾约了沙可夫同志和江丰同志去拜访了齐白石。他开始用疑惑的眼光看这几位穿军装戴蓝色袖章的来访者，我为解除他的不安，向他作了自我介绍：'我从十八岁起就喜欢你的画。''你在哪儿看过我的画？''西湖艺术学院，那时我们的教室里挂着几件你画的册页。''院长是谁？''林风眠。'他才恍然大悟地说：'他喜欢我的画。'他才相信来访者不会找他的麻烦，而且不经要求，就主动地一连画了三张画，送给我们三个人。应该说，给我的是最好的。从此之后，我和他有了友谊。"1980 年初，艾老曾一度住在南城北纬饭店，有次去看他，他突然问我，喜欢谁的画？我不及回答，他抢着说：白石老人的画我就是喜欢。1999 年，我在编辑《文艺报创刊 50 周年图集》时，去向高瑛大姐借艾青与白石老人的合影，在《图集》中，除了选用了艾老与文学界朋友的合影外，特别刊用了他与白石老人的合影，并配有《白石老人》文章的书影，还有艾老夫妇与吴作人夫妇的合影，高瑛见到《图集》后对我说：这样安排很合艾老的心意，他若见到，会高兴的。

三

1987年5月，霍英东先生邀请以萧军为团长的中国作家代表团访问香港，这是我初次去香港。之后，应马万祺先生的邀请，代表团又访问了澳门，澳门也是我初访。抵达澳门的当天，《澳门日报》友人告诉我，艾青夫妇正在澳门，他们是应澳门文化学会邀请的。好不容易与高瑛联系上了，他们住在新开张的五星级东方酒店，距我们下榻的葡京大酒店有些路程。高瑛说他们很快要回北京，约我次日下午去。

艾老精神很好，忙碌几天，他在静静地休息，眺望着窗外的大海。当时许多国家邀请他去，他均以身体不好为由，婉谢了，单单选择了到澳门，他说，我今年七十七岁，属于我的时间不多了，在有生之年，看看澳门这块将要回归祖国的土地。他说，你都高兴来，我更该来了。

艾老在澳门一周，轰动了澳门这个美丽的小岛，媒体天天以显著的位置介绍他。艾老此行最满意的一件事是《艾青选集》中葡文对照本出版，发行仪式非常隆重，当场签名了六七十本。他感动地说："我的诗集，已有法、英、意、瑞典、日、俄、马来西亚、尼泊尔、泰国、朝鲜、世界语等文字的翻译，但是没有像今天这样隆重地举行过仪式，这是第一次。"

高瑛说，你没有口福，艾老前两天在就餐的一家百年老字号饭店点了一份德国烧猪蹄，极可口，一大盘，足够三四个人吃，你没赶上。艾老接着说，你们住在葡京大酒店，能观赏这个东方最大的赌场，我们这次没有这个机会了，有点遗憾。不过，他说，我有口福，你有眼福，人生有得有失，总是会有遗憾的，好事不能都占了。

四

1992年，《文艺报》为纪念"中国左翼作家联盟"成立五十周年，约请几位老同志写文章，我去艾老家时，已近中午了。当我说明来意后，他笑着说，你怎么找到我？当年我是“左联”的年轻普通成员。经我再三恳求，我甚至说，您是中国作协的副主席，领导能不支持自己的报纸，他松口了：不过，现在活着的，我也算老的了。高瑛说，你别走了，艾老留你吃顿便饭，你们饭桌上再聊。在艾老家我吃过多次，不过每次人员不少。今天高瑛只安排艾老和我，她在忙着照料，不时也来。艾老爱吃的家乡金华火腿，自然缺不了，还有熟食凤爪，艾老也挺爱吃。我们喝着黄酒，艾老谈兴渐渐浓起来。艾老说，如果，我不参加左翼美联，就不会被捕入狱，没有牢狱生活，就不会写诗，就不会从习画改作诗，成为一个写诗的人，一个老诗人。他说，绘画对他写诗很有好处，绘画是彩色的诗，诗是文字的绘画，他劝我，在搞文学的同时，也要喜欢点其他艺术形式。他说，我写了一本《诗论》，是从创作实验角度谈的，朱光潜也有一本《诗论》，主要是从学术研究角度谈的，看来，你的这位老师，不仅对中外诗歌有研究，对绘画、音乐等艺术也很有研究。第二天，高瑛给我电话，告诉我艾老文章已写好，叫我们去取。高瑛特别对我说，艾老大清早为你们赶出来的。

五

艾老晚年，常在病中，海内有许多朋友在惦念他，他也在惦念、怀念着朋友们。

1988 年 5 月中旬，我去上海，艾老对我说：若见到巴金，代我问候他，叫他保重身体。巴老托我带《随想录》赠艾青，巴老在签名的扉页上写道：“我长期患病，几年不见您了，请多保重！”

1985 年，艾青失去了两个朋友，6 月，胡风逝世，8 月，田间也走了。岁末，我去他家，他还沉浸在对老友的思念之中，他说，我正在为《人民日报》写篇怀念他们的文章，田间还不足七十，去得太早了。

艾青 1936 年在上海结识田间，又通过田间结识了胡风。诗情使他们联在一起，成了多年的朋友。20 世纪 70 年代中期，我曾在河北省《河北文艺》杂志工作，田间是我的领导，省革委会文艺组组长。由于我们同是从中国作协出来的，又是安徽人，他对我各方面关照，相处也随和亲近，他对我谈起过与艾青半个世纪的友谊。

田间虽在河北工作,1980 年后他常在北京家中居住,他曾要我陪他去看艾青,约过几次,不是他有事,就是我有事。田间逝世前不久,艾青夫妇曾去友谊医院看望他和同住一个医院的胡风。在路上从司机小霍口中才得知,胡风已于前一天去世了,只见到了田间。事后我去看田间时,他高兴地告诉我,艾青来过了,艾老在《人民日报》发表的《思念胡风和田间》一文结尾时沉痛地说:“可怕的癌症又夺走了我的两个朋友。”

六

去年夏天,高瑛大姐约我和几位文艺界人士去金华参加一项活动。浙江我去过多处地方,金华没去过。之所以乐意去看这座浙江的历史名城,其中主要是因为想去艾老家乡,去瞻仰艾老纪念馆。

我去过不少文化名人的家乡,但像艾青在金华那般深入人心是罕见的。

金华人以家乡出了艾青而自豪。在市少年宫举办的纪念活动上,数百名中学生朗诵着艾青的诗。我去参观艾青纪念馆前,先去参观一处太平天国纪念馆。在那里,我突然感到中暑了,陪行人员急忙为我去找药,有人出主意用当地土治法刮痧子,说这样见效快。一位中年妇女,知道我是从北京来的,马上又要去参观艾青纪念馆,主动替我刮,疼是疼,但确实立竿见影,人很快轻松起来。我想表示感谢她,她却摇摇手说:不用了,精神好了,赶快去看艾青纪念馆吧!

我没去过石河子艾青纪念馆。金华的这座纪念馆,规模大,在宽敞的大厅里,陈列着主要由家属提供的众多珍贵的实物和图片资料。从这里,可以清晰地看出,艾青从这块热土走向全国,走向世界,成为 20 世纪中国乃至世界一位伟大诗人的艰难历程。

参观后,馆长问我有何感想建议,我本来有点话想说,但我凝视着艾青雕像时,却感到没有什么可说,含笑的艾青永远在诉说……

2001 年

忆柯灵

老作家柯灵，晚年写作的最庞大计划就是准备构思一部反映上海百年变化的长篇小说，零碎时间多花在为友人写序，或写些回忆性的散文。但《钱锺书创作浅尝》却是他用心写的一篇文学评论。他曾告诉我，为写这篇文章，他用了两三个月时间。

《读书》杂志1983年1月号刊登了这篇长文。文章的副题是“读《围城》《人·兽·鬼》《写在人生边上》”，他是就钱锺书这三部作品进行研究探讨的。柯灵看重这篇文章，在《读书》杂志刊登的同时，又在1983年1月12日香港《星岛日报》加以刊载。

作者对这三部作品作了综合性的评价，他说：

> 《写在人生边上》是散文集，篇幅不多，而方寸之间别有洞天，言人所未言，见人所未见。《人·兽·鬼》是短篇小说集，收《上帝的梦》《猫》《灵感》《纪念》四篇。如集名所提示，这里写了人，写了兽，写了鬼，还写了上帝；但“目送归鸿，手挥五弦”，归根到底是写人。《围城》却是人物辐辏、场景开阔、布局繁复的巨幅写真，腕底春秋，展示出某一时代某一社会的横断面和纵剖面。
>
> 散文也罢，小说也罢，共同的特点是玉想琼思，宏观博识，妙喻珠

联，警句泉涌，谐谑天生，涉笔成趣。这是一棵人生道旁历尽春秋、枝繁叶茂的智慧树，钟灵毓秀，满树的玄想之花，心灵之果，任人随喜观赏，止息乘荫。只要你不是闭目塞听，深闭固拒，总会欣然有得——深者得其深，浅者得其浅。

柯灵认为钱锺书创作的基调是讽刺。他说：社会、人生、心理、道德的病态，都逃不出他敏锐的观察力。他那枝魔杖般的笔，又犀利，又机智，又俏皮，汩汩地流泻出无穷无尽的笑料和幽默，皮里阳秋，包藏着可悲可恨可鄙的内核，冷中有热，热中有冷，喜剧性和悲剧性难分难解，嬉笑怒骂，“道是无情却有情”。

笔者听柯灵谈钱锺书

柯灵写作这篇文章的想法，他曾在给我的一封信中有所透露。1983年1月，也就是刊登柯灵散文的《读书》杂志刚出版时，他在10日从上海写给我的信中说：“《读书》1月号刊拙作谈钱锺书一文，盼抽暇一读，告以尊见。如听到什么反映,也烦见告。现代文学史视钱氏作品如无物,现在也谈得少,只承认《围城》艺术成就,而以'政治性'为由排斥之。我想发点不同的声音,不知有同感否?”

收到柯灵这封信时,这期《读书》刚刚到手。柯灵老的文章我爱读,又是如此认真地谈钱老的创作,更使我尽快地拜读。其时报刊上评钱锺书的文章正逐渐多起来,我很想听听柯灵老发的“不同声音”。

文章第四节有段文字特别吸引我,作者是有感而发的。一位正直的作家在为同样正直的一位作家的优秀作品长期被忽视、不公平对待,说些真话。他说:

> 《围城》问世以来,有种种不同的评论。因为《围城》不是“一览而见的大字幼稚园读本”,轻松中有凝重,精巧中有厚实,笑噱中有隽永,粼粼的微波下潜伏着汹涌的暗浪。咸酸异味,不同的食性,可以有不同的品评。但是从来华丽的褒义词无助于作品的寿命,苛刻的贬义词和轻佻的限制词也无损于作品的价值,《围城》在长期弃置和众说纷纭中,无可置疑地验证了自己强韧的拉力和抵抗力。
>
> 钱锺书的散文和小说创作,特别是《围城》,在中国新文学史上应占有什么地位,可以有种种不同的看法,但是谁也无法改变它们在读者心里的分量。对锺书创作的存在假装没有看见是不难的,我们迄今为止的现代文学史已经毫不费力地做到了这一点。但抹杀客观事实,最后必将受事实的调侃。有一种意见,以为海外评论家盛赞《围城》,乃是有意和国内评论闹别扭,这种说法当然有很巧妙的战略意义。有些海外评论家有政治偏见是无可否认的,但以偏见对偏见,却正好证明,在这一点上倒是“五百年前共一家”。麻烦的是海内外的广大读者,特别是外国读者,对艺术虽可以有偏嗜,却不会有偏见。评论家自以为掌握着裁判员的哨子,拥有优势地位,但是和作品角力的结果,反而使自己处于下风,是常有的事。托尔斯泰对莎士比亚吹毛求疵,丝毫无损于莎氏。如果说这也无损于托翁,那因为他毕竟是

托尔斯泰的缘故。而且托尔斯泰并不自居于评论家,除了发表自己的见解外,也毫不夹着任何外加的因素。

在文学创作中,比喻手法的运用自如,是天才的鲜明标志。因为文学的工具只是文字符号,以形象化手段而论,这正是文学区别于其他艺术而独有的秘密武器。钱锺书作品中万花筒一般闪烁变化、无穷无尽、富有魅力的比喻,我们在新文学作品中还很少看到。而这种能力并不是从天而降的。其深厚的基础是人情世态、人物心理的熟知深察,知识、艺术涵养的充裕储备,加上丰富的想象力,思想和哲理的闪光。

阿班纳史(J.W.Abenenthy)在《美国文学》中说,没有一个人读华盛顿·欧文的书而不感到欢乐的。锺书的作品,至少同样地使人欢乐——当然不仅仅是欢乐。

我正想给柯灵老写信,告诉他我读了这篇文章后的真实感受,也准备告诉他我听到的一些反映,又收到他的来信,说即将来京出席民进中央的一个会议,他希望会议期间找个机会面谈。

柯灵与钱锺书、杨绛夫妇上世纪40年代在上海交往甚密。《围城》在《文艺复兴》连载时,每期去钱家取稿的员工是柯灵的亲戚,《文艺复兴》与柯灵主编的《周报》又在同一处出版,故柯灵在《围城》连载发表前,常常能提前读到。他曾神秘地对我说:健吾以为他是第一个读者,其实我常有机会比他先读到《围城》的原稿。1991年,柯灵老在上海寓所对我讲,他以"向勤"的化名在1946年12月8日《文汇报》"浮世绘"副刊上发表了《钱锺书与杨绛》一文,文中谈到《围城》连载时,"风魔了读者,尤其是在学校里",《围城》"其趣味之浓郁,描写之生动,与其写作技巧上的成就之高,在国产新小说中显然就是一个异数"。钱锺书在《谈艺录》《围城》初版序文中,都曾对柯灵关心、帮助这两部书的出版表示过感谢。

我阅读有限,就我所知,《钱锺书创作浅尝》之后,柯灵还写过几篇有关钱锺书的文章,如1987年《谈〈谈艺录〉》,1989年的《促膝闲话锺书君》,

1990 年的《浅论钱锺书》《从小说到电视剧——柯灵谈〈围城〉》。

钱先生和杨先生十分惦念柯灵。我每次从上海回来，他们总关切地问起柯灵的近况，特别关心他多年准备写作的长篇小说的进展情况。在钱先生和柯灵先后辞世后，有次杨先生较多地谈到她对柯灵这位老友的印象。2001 年，浙江绍兴县电视台为了纪念家乡出来的柯灵这位大名人，拍摄了一部《插入梦乡》的专题片。

两位年轻编辑来到北京，他们采访了我后，恳切地希望能拜望杨绛先生。杨先生和钱先生一样，从不愿接受媒体采访，当我向杨先生再三说明，这才终于同意了。据采访者后来告诉我，杨先生对他们很热情，对采访很支持。下面引用的是据录音整理出来的谈话。

记者：您对柯灵先生印象比较深的有哪些？

杨绛：他是自学成才的，他很用功，他是一个勤奋好学的人，他不太喜欢出头露面的，虽然他做的许多事情是出头露面的，但是，他是一个很谦虚的人，有时候受到委屈就委屈了，胸怀比较宽的。

记者：您能谈一下柯灵先生的文风吗？

杨绛：我给他写过一篇序文，他曾经叫我写他散文的一篇序，那序文里就说到他的文风了。他反映事情，文笔清楚，就是像自己说的那样。他不但创作，他还是编辑，他是能鼓励人，能提拔人的。而且他不是一个关着门写作的人，他创作电影、搞报业、编杂志等等，我弄不清楚他是什么“官”，反正做很多很多事情，锺书知道得清楚。

记者：钱先生生前和柯灵先生交往特别多吗？

杨绛：也不是特别多，因为钱先生和我都是躲在家里的人，不太出来，除非去上班。钱先生和柯灵说话说得上，大家谈得来。我们到了北京以后，见面和聊天的时候就不多了。不过他总是每年当作一件事情，他一定来，一定来北京看我们一次。另外，他俩也通通信。

我送柯灵老去过钱家一次。1983 年，就是柯灵老约我面谈《钱锺书创作浅尝》那次，柯灵在京开会的住处离钱先生家很近，是个下午，我将他送到钱家楼下，他上楼后我才离开，我们约好晚上我从北大回来时再去他住处。那天柯灵与钱锺书、杨绛促膝畅谈的内容我不清楚。晚上我去看柯老时，他不无感慨地对我说，他之所以写了这篇关于钱锺书文学创作的文章，直率地发表了自己的一些看法，并不是全然出于同作者的友谊，他认为《围城》是"五四"以来长篇小说名著之一，他写作此文的目的是想对现代文学史家们提出一个建议，要客观地对在社会上有过影响的作家、作品，加以公心的研究、公正的评价。他说，为何《围城》重印后，引起海内外的《围城》热，虽然钱锺书自己对这部小说并不很满意，也不希望有这个"热"，但为什么会出现这种热闹的反响，这就需要仔细研究。

1991 年，我去上海，有次和柯灵老谈到林默涵同志最近在《人民日报》《文艺报》上发表的文章中谈到对小说《围城》的评价，林说他很早就看过这部小说，认为《围城》是一部"很好的作品"，一部"批判现实主义的杰作"。柯灵说，1948 年香港发表了几篇批判《围城》的文章，默涵同志时在香港，虽然事隔近半个世纪，今天他对小说《围城》能有这样的评价，恰恰说明了好的文学作品是经得起历史风雨检验的。

2005 年 4 月

周扬书橱中的一本书

1998 年，在周扬同志逝世八年之后，王蒙、袁鹰主编出版了《忆周扬》一书。编者分别送了我一本。断断续续读完了五六十篇关于周扬这位党的思想文化领域的领导人、杰出的马克思主义文艺理论家诸多方面的回忆，增加了我对周扬同志的敬重与了解，同时，也引起了我与周扬同志有限接触中的一些回忆。特别是 20 世纪 50 年代末周扬着手修订 1944 年选编出版的《马克思主义与文艺》直至 1984 年才得以出版一事，至今不曾被人忆起，有关他的著作年谱中也不曾提及，作为参与此事全过程者之一，几位同志劝我应该记下这段史实。

1959 年，北大中文系 1955 级同学集体编著《中国文学史》《中国小说史稿》等书将完成时，系主任杨晦教授有天突然布置陈素琰和我、赖林嵩等同学一项任务，协助周扬同志修订 1944 年延安解放社出版的《马克思主义与文艺》一书。

周扬同志当时是中宣部主管文化的副部长，离我们很远，至少我没有和他有过单独接触，只在 1958 年他来北大作“建立中国自己的马克思主义文艺理论与批评”报告时目睹过他的风采，那天他从上午一直讲到下午，中饭我们都没吃，所以印象极深。《马克思主义与文艺》是一部较早系统介绍马克思主义文艺基本观点的选本，对我国开展普及马克思主义文艺理论的学习、研究，有开创意义，是我们“文艺概论”课程开列的主要参考书之一，我读过，反复读过。杨晦老师交代，这项任务要认真完成，抓紧安排，有事与周扬同志秘书谭小邢直接联系。

不久，周扬同志在沙滩中宣部他的办公室约见了我们。他详细谈了修订此书的设想。据回忆，有几点是很明确的：第一，全书五辑，即意识形态的文艺，文艺的特质，文艺与阶级，无产阶级文艺，作家、批评家。在选辑马克思、恩格斯、普列汉诺夫、列宁、斯大林、高尔基、鲁迅、毛泽东有关论述之前，每辑写个千把字的提要。他当时举例谈了提要如何写。第二，译文和原文从中共中央编译局、人民出版社和人民文学出版社的新版本。第三，译文方面有问题，可找中共中央编译局姜椿芳、中国社科院外国文学所陈冰夷、叶水夫同志。

回来，由陈素琰负责，我们分工写提要，查找替换新版译文和新版文字。到1960年春天，我们即将毕业分配前夕，大体弄好，将稿子送交给周扬同志秘书。毕业分配后，原先参与此事的几位，除陈素琰和我留校外，其余的都离开学校了。陈素琰从王瑶教授做现代文学史研究生，我从杨晦教授做文艺理论研究生，这样有关这本书稿的事被指定由我来承担了。记得谭小邢同志在1960年冬天曾约我去，叫我们把提要再斟酌修改，译文再补充些最新出版的，何时送来等通知。很长一段时间没有音讯，大约是1962年夏天，中文系办公室突然通知我，下午3时将书稿送到中宣部周扬同志处。书稿送出后，我们原以为经周扬同志看后，很快会出书。岂知，从此没有下文，至今我尚不明白其中的原因。

再见到周扬同志是在1977年12月25日。《人民文学》杂志社决定本月28日召开“在京文学工作者座谈会”，主旨是向“文艺黑线专政论”开火。编辑部派我去向周扬同志汇报此次座谈会的筹备情况，并请他出席讲话。我去万寿路中组部招待所他的住处看望他。他显然有些衰老，谈吐持重，不像1958年初次见到他时那般神采奕奕，口若悬河。他逐一问了请了哪些人出席，当得知有一百多位，他笑着说，哪是个座谈会，是个大会。听说会议要开几天，他表示开幕式他不出席，中间安排个时间去，讲不讲再定。30 日上午，会议进行第三天，周扬来了，并作了长篇发言。这是周扬同志 1975 年恢复自由后第一次在文艺界公开露面，很为社会和文艺界关注。他一开始就说今天能参加这个座谈会，见到这么多老同志老朋友，觉得很幸福，感慨万端。他系统地讲了三个问题：一、怎样评介 20 世纪 30 年代文艺；二、怎样正确评价十七年的文艺；三、要文化革命，还是要毁灭文化。会后我们加班加点将他的发言记录整理并打印出来，请他改定尽快在刊物上发表。为此我又去了他家。他见着厚厚的一叠打印稿，翻了一下，说，我那天讲了这么多？他说是否马上发表，待看了后再说。那天他同我闲谈中，提起《马克思主义与文艺》修订稿事，他还关切地询问起当年参与此事的几位同学的现况，他说：这本书总会有机会出版的。他的这篇发言稿虽经编辑部多次催促，最终周扬决定不发表，他请秘书写信给我，当即我向刊物领导作了汇报。

1978 年，中国作家协会恢复工作后，作家出版社的恢复提到议事日程上来。中国作协秘书长张僖兼任社长，中国文联书记处书记江晓天兼任总编辑，组织上一度想将我从《文艺报》调去任副总编，所以我偶有机会参与他们商议近期出书的选题。有次我向晓天谈起周扬的这本《马克思主义与文艺》修订本，并告诉他当年就是作家出版社准备出版的，并指定了责编袁榴庄同志，请他以出版社的名义正式征询周扬意见。不久晓天告诉我周扬同意了，叫我负责此事并直接找他面谈。这样我又去周扬后来居住的西城一座四合院。那天周扬情绪很好，他说，他查了，原来你们整理的书稿“文革”中已损失，这次只好麻烦你重起炉灶。关于书的修订，他讲了几点：一、每辑的提要不写了；二、译文要用权威出版社的，《毛泽东选集》《鲁迅全集》要用最近出版的；三、封面可以重新设计；四、修订本他不准备重写序言，用原来的，文字他再看一下，内容不动。他强调说，这本书是根据毛泽东同志《在延安文艺座谈会上的讲话》的精神编纂的。序言 1944 年 4 月 11 日在延安《解放日报》上发表，毛主席看后肯定过。事隔几年，我才得知毛主席在看了这篇序言后给周扬的信中所说：“你把文艺理论上几个主要问题作了一个简明的历史叙述，借以证明我们今天的文艺方针是正确的，这点很有益处。”(《毛泽东书信选集》二二八页）。至于序言中提到的人，他说有的后来政治上有了很大的变化，也不动了，那是历史，历史是不能任意改动的。

1983年秋冬，因《文艺报》不放我去作家出版社，我只能在本单位工作之余来完成这本书的修订工作。1984年春节过后，我将代出版社拟的出版说明并书的封面送给周扬审定。他当场看了出版说明，改动了个别字句。封面他认可了，并将1944年初版书上的序言作了个别词语改动的一份复印稿给我。他叮嘱我校对一定要仔细，并告诉我他很快要去广东参观访问。

1984年10月，样书出来了，第一次印了一万两千册。我将样书送给正在北京医院住院的周扬，他匆匆翻看了书的版权页，颇有感触地说，这个修订本磨难多年，终于出来了，印数还不少，谢谢你们。

我最后去医院看望周扬是1985年3月。巴金来京出席全国政协会议，会议期间，一个上午巴老去北京医院看望周扬和叶圣陶老人。周扬仰躺在病床上，言语吃力。巴老向他问好，他俩紧紧握着手。我替他俩还有李小林拍了一张照片。巴老告辞前，我走近周扬身边，祝他安康。他抓住我的手，轻声嗫嚅地说：谢谢你。

1989年7月31日，周扬远离我们而去。次日上午我去他家，为《文艺报》采写新闻。当周扬女儿周蜜领我走进周扬书房，我看在书橱中陈列的一排《马克思主义与文艺》多种版本的图书中，最后一本就是作家出版社1984年出版的这个修订本。人去书在，感慨由生。

2000年

断忆白尘

一

1964 年我被分配到《文艺报》工作，至 1975 年，中国作协机关先后安排我在北京四处居住。虽然条件难说好，但都与一些名作家在一处。对学文学的青年人来讲，平日只能从作品中了解作者，一下变成有机会在日常生活中接触他们，也够幸运。最初我住在贡院西街一号，一栋小洋房，20 世纪 50 年代初丁玲主编《文艺报》时的社址。一楼是诗人阮章竞，二楼是翻译家陈冰夷。冰夷一家人待人随和，有时叫我去坐坐，他很爱喝酒，我在三层阁楼里，没处烧开水，冰夷岳母叫我把竹壳暖瓶放在她家门口，晚上回来给我装满。第二次搬到大佛寺十三号一座大四合院，当年没有考证，准是一位王爷或富商的旧宅。北屋一排主人是赵树理，我住在一间紧靠厕所的厢房里。赵树理当时因小说《卖烟叶》正在被批判中，他很少谈话，晚饭后爱在庭院里独自散步，不断吸烟。1964 年底他回山西去了，他的住处主人后来换成张天翼。第三次住处有所改善，在和平里一栋新楼，有厨房、厕所。我所住的那栋门里，就有诗人李季、散文家丁宁，还有一位颇带神秘色彩的老人，上世纪 30 年代著名女作家白薇，她与世隔绝，足不出户，我只见过她一次，那是机关要我带包邮件给她，敲了半天门，她才开，好奇地注视着我，问明白了来意之后，才请我进去。印象最深的是她的卧室里摆放了一棵常青树，相信不是假的，是有生命的树。

我第四次搬到北京东城区顶银胡同十五号，是一座小四合院。说小，是相比而言，北屋一排也还阔气。我住在南房一间小屋。那是 1973 年，我从湖北咸宁中央文化部五七干校被借调到河北省一家杂志工作。北屋的主人长期是老剧作家陈白尘，南屋主人长期是文学组织工作者张僖，不过我搬进去时，白尘早已不是这座四合院的主人了。他解放初期从上海来北京，陆续担任中国作协秘书长，《人民文学》杂志副主编，十几年间，都住在这里，讲起在北京的白尘就会想到顶银胡同十五号。这所院子一墙之隔就是东总布胡同四十六号那座深邃的大宅。前进小院是严文井住，中进是刘白羽，后进是张光年。光年当年是《文艺报》主编，有时我去他那里，光年告诉我，墙那边住的是白尘，并说白尘夫人金玲会做一手地道的淮扬菜。那个年头不兴开后门，如果开个小门，光年与白尘家相距就几步之遥了。

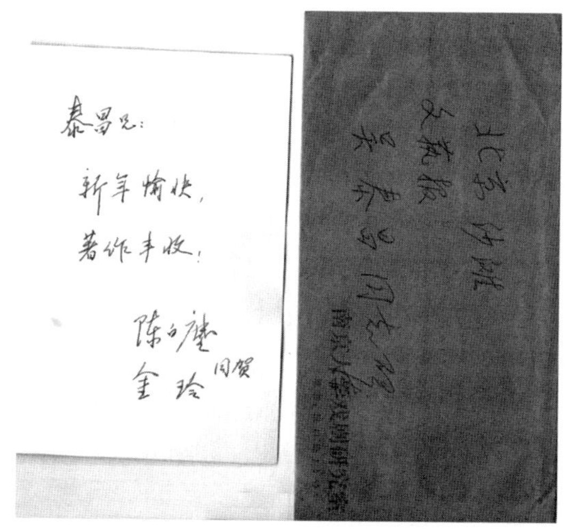
泰昌兄：

新年愉快，
著作丰收！

陈白尘
金玲 同贺

北京沙滩
文艺报
吴泰昌同志

白尘给笔者的新年(1983 年)贺信

我到《文艺报》之后，很少见到白尘。“文化大革命”前夕，文艺界紧张的空气，别说老作家、老领导了，就连我们这些从学校初来的也感到有点压抑。我接触白尘两次都是偶然的。第一次是在作协党组召开的一次批判“写中间人物论”会上，虽然主要是帮助赵树理，与白尘关系不大，但他靠边坐着，毫无喜剧大家那副悠然的神情，烟一根接一根地抽。散会下楼梯时，我去搀扶了他，他问我从哪里来的，在哪个刊物工作，哪里人。当他知道后，说你的老师吴组缃是我的老朋友。第二次见到他，是在邵荃麟家里。荃麟当时是中国作协党组书记，因“大连会议”处境很不妙。我去他家，是《文艺报》副主编侯金镜叫我取回一篇关于美学论争的送审稿子。荃麟和夫人剧作家葛琴都是江苏宜兴一带人，说话有浓重的乡音。荃麟的女儿邵济安是我北大不同系的同学，因同在学生会工作比较熟，就在我得知研究生毕业后已分到《文艺报》的消息后，有次在一个舞会上，她告诉我要去《文艺报》。当时我并不知道他爸爸就是我将要去的单位的头头。葛琴待人很热情，我还未坐定，就给我倒了一杯茶，是绿茶。荃麟烟瘾和白尘一样，一根接一根，不同的是白尘是抽烟，荃麟是烧烟，他习惯地点上一根，说话时烟放在烟缸上，烧到半支就用手掐灭，再烧一支。白尘抽什么牌子的烟我没注意，他是从口袋里摸一根抽一根。荃麟抽的是大中华，满装的空盒散乱地放在茶几上。在干校与白尘闲聊时，他颇有感慨地说：“文艺界朋友之间的人情，变动无常，足够写一部多幕闹剧。”他说荃麟一天抽好几包好烟，三年困难时期它从哪里来？除了每月特供的两条外，其余都是他的老朋友将自己的特供烟让给他的。后来这些人在批判他时，用词下语之凶狠，使人难以想象他们之间曾有过的友情。荃麟正同我谈文章修改意见时，白尘来了，叼着一支烟，估计他是常客。我猜领导之间肯定是有话谈，自觉地匆忙告辞。我只听荃麟说，我帮你考虑了，还是回老家江苏好。白尘 1964 年秋去山东曲阜参加“四清”运动，1966 年春节前，他就离京回宁了。

1949 年 7 月，白尘从上海来北平参加第一次全国文代会。他是南方代表第二团第一副团长，团长是冯雪峰，另一位副团长是孔罗荪，团委中有巴金、吴组缃、陈望道、靳以等。他们抵达北平火车站时受到的欢迎之热烈有文记载。可 1965 年他的离京，是带着郁闷的心境。他全家不可能坐飞机，火车又不像现在 K65 次那般舒适、快速，我很难想象他这一天一夜旅途生活是怎么熬过来的。我想他会一支接一支地抽烟，凝视窗外远近的村落。我甚至暗地为他高兴，叶落归根，漂泊了几十年，风风雨雨，能够回老家安居写作，饱享乡情，真正吃上可口的淮扬菜了，吃上老家淮阴的土菜了。

二

万没料到，十年之后，再次见到白尘，是在湖北干校。我俩在一个连队。他被从江苏省文联揪回审查。

应该说，军宣队对他似乎不太了解，安排他去放鸭子，看管明显不严。白尘是写戏的高手，他不断变换场景，鸭群放在这里又赶到那里，他喜欢离群独处。我因在伙房作挑夫，送水送饭，知道他的行踪。他还是那般凶地抽烟，也喝点酒，也吃点零食，托我进县城购买。有次他幽默地说：我真感谢把我揪回，否则在江苏文艺界，我要成为头号靶子，在这里同类太多，目标不大，落得个清静。

好景不长。这位年过花甲的老人并未被人真的淡忘。军宣队虽然对他不甚了解，但连排级干部中，不少人熟知他。有天突然使白尘成为连里的头号靶子、大红人。起因是金玲给他寄来一包扬州酱菜，白尘又好客，不时分送给一些人。连里抓住了这个阶级斗争的动向，先点名，又展览。多年后从深知内情的人口中得悉，白尘因与攻击林彪的侯金镜交往过密，而金镜是被盯得最严的。我为金镜采购，给他时也是偷偷的。金镜 1954 年来《文艺报》，他与白尘本是两个路子汇进当代文坛的。白尘从国统区来，金镜从华北解放区来，而且长期在部队从事文艺领导工作。有一个命运他们相同。“文革”前夕，在白尘调回江苏的同时，也已安排了金镜全家调往广东省作协。白尘有次说，如果金镜那时走了，也不至于后来的厄运，过早地惨死。他说金镜这个人根子好，政治上过于自信，没有我经历那么多的沧桑。白尘对金镜的怀念是十分诚挚的。1978 年《文艺报》复刊后，他多次提醒《文艺报》要发表纪念金镜的认真文字。1978年12月27日他在给我的信中说："光年兄等为金镜同志写悼念文章，这才像话！只登那么一首诗，我是很生气的，都已自己准备动手写了。如此，我也心安了！我也可以放下笔。"1981年，他在青岛休息时，写了纪念金镜的文章。他在8月20日给我的信中说："对金镜同志负疚至深，写了篇纪念他逝世十周年。他不是大人物，怕别处不肯要……文艺报如不用，也请你替我随便塞给什么报刊，或者退还给我。"白尘是实在人，说金镜同志不是"大人物"是真话，按资历影响讲，金镜比白尘这些知名老作家是晚辈，但白尘对金镜的为人正直敢于发表自己见解，热情扶植年轻作家特别赞赏。他说过，茹志鹃小说在有争议时，金镜有胆识有力量地支持了她。我知道他指的是金镜1961年3月在《文艺报》发表的《创作个性和艺术特色——读茹志鹃小说有感》一文。金镜从不同意"题材决定论"角度充分肯定了茹志鹃小说的价值。其实，金镜与茹志鹃并不熟悉。1977年《人民文学》杂志召开全国短篇小说座谈会，这是文学界沉寂了多年的首次聚会。茅盾亲自参加。我去火车站接茹志鹃，她一到住处就详细问我金镜同志惨死的经过，一再谈金镜同志当年对她的支持一直使她不忘。后来我将茹志鹃对金镜的怀念之情告诉白尘，白尘说：人就应该这样。

1971年"九一三"事件后，干校连队的空气突然松弛下来。军宣队撤走，连里的干部也先行一步纷纷回北京等地。新上任的连指导员竟然是一直被审查的严文井。白尘要回江苏了，我也为照顾爱人被借调河北。在与白尘分手时，白尘风趣地说：我这个老反革命自由了，你这个小反革命也自由了。有机会去南京，你还没尝过金玲的手艺呢。

三

白尘晚年，就其创作而言，话剧《大风歌》和长篇回忆录《云梦断忆》是其最重要的收获了，而这两部大著的问世，多少与我都有点干系。

1977年酷暑，白尘完成了史剧《大风歌》。那时我在复刊不久的《人民文学》杂志工作。他签名送了我一本打印稿。我看后很兴奋，极力向编辑部推荐。但结果却使我失望,迟迟不见答复。有次我去找一位副主编,也是白尘的老友,他沉吟了半天,对我说篇幅太长了!《人民文学》编辑人员多数以上是白尘上世纪60年代任副主编时的人马。他只给我寄了一本,我颇纳闷。不少他当年的部下对这个本子的态度更使我纳闷。我不便向白尘说明内情,他也再没过问。1979年这个本子荣获建国三十周年献礼剧目一等奖,他来北京,我向他表示了这个歉意。他说:这怎么能怪你,你当年只是个普通编辑,我这个文艺黑线上的人物在文艺黑线尚未得到彻底清算时,我的作品在《人民文学》上发表别说你定不了,就连我的老友你的领导也不愿去冒这个风险。他又说:其实,当时《人民文学》许多是我的熟人,之所以寄给你,投石问路而已。

20世纪80年代中期,白尘完成了反映干校的长篇散文《云梦断忆》,其中部分篇章在刊物上先披露,影响瞩目,也带来了些争议。我看了尤为亲切、兴奋。他在给我的一封信中说:“写了篇干校的《断忆》(《收获》第三期)颇引起波澜,某某甚至怀疑我骂他,冤哉!不知你读过没有?它可能毁誉交加,不知《文艺报》有无反应?”《文艺报》有肯定的积极反应。我后来在一次座谈会上发表意见,认为反映“文化大革命”中知识分子命运的两部散文最为珍贵,一是白尘的《云梦断忆》,一是杨绛的《干校六记》。1989年中国作家协会举办1976—1988年全国优秀散文集评奖,这两部作品都名列前茅。白尘在电话中感谢我对这部作品的看重与关照。我向他说明这次评奖与我毫无关系,因为我也有《艺文轶话》参评并也获此项殊荣,为回避,我没有参加评委会。白尘说:看来,人们对真实的东西还是感兴趣的。

四

20世纪70年代中后期至80年代中期,白尘居住南京大庆路高云岭。我每次去南京,都去看他。

1978年他受聘为南京大学教授兼中文系主任,似乎也不太忙,每次他知道我来,都尽快约我去家里玩。

我在他家里吃过多顿饭。有一次简直是奇宴。我从上海到南京，看望了正在病中的老母，行装简单，中午下了火车就直奔白尘家。他问我上海之行收获如何，我说只看了老母，安排了一下。这突然的袭击，使金玲措手不及。白尘说泰昌不是外人，弄点新鲜的菜蔬，吃个便饭吧！金玲忙着去他们的小菜园摘茄子、丝瓜、青菜、辣椒……我们在喝啤酒，一道道素菜上来，极为新鲜可口。白尘说：今天请你吃素，也许你以后再也吃不到这样的素餐。我回北京后，多次向我上小学的儿子说起在南京的这顿素食。前些年，他去南京，在吃足盐水鸭、沙河鱼头之余，居然来电话问我，那年我吃的素餐饭馆在哪里？弄得我开怀大笑。我说是在白尘爷爷家吃的。他记性好，记住了有年白尘曾来我家吃火腿炖老母鸡，他说，爷爷并不吃素，荤菜吃得并不少。其时，白尘刚过世一年。我想起了他说的“以后再也吃不到这样的素餐”。人世就是这样无情严峻，逝去了的就逝去了，能留在人们记忆中的片刻只是悠悠岁月浪击冲刷的斑痕。

2000 年 10—11 月

听李健吾谈《围城》

1980 年 11 月，人民文学出版社重印钱锺书的长篇小说《围城》，出版后，畅销一时，许多报刊纷纷发表评论文章。《文艺报》拟请李健吾先生撰文。上世纪 40 年代，《文艺复兴》主编郑振铎、李健吾一起经手发表了《围城》。

1981 年 1 月 13 日下午，我去北京干面胡同看望健吾先生。除工作关系外，我和健吾先生时有联系。其时我受湖南一家出版社委托，正在编纂一套中国作家外国游记丛书，健吾先生的《意大利游简》就是其中一种。我将《文艺报》编辑部的请求向他提出，他当即答应了，他说，当年《围城》发表后，他就想写文章，一直拖了下来。

健吾先生拿出钱先生签名赠送他的新版《围城》给我看，顺此他谈起《围城》发表和出版时的一些情况。

1945 年秋，抗日战争胜利后，健吾先生和同在上海的郑振铎（西谛——笔者注）先生共同策划出版大型文学杂志《文艺复兴》，至 1946 年 1 月创刊，在这几个月内，西谛先生和他分头向在上海、南京、重庆、北平的一些文友求援。《围城》就是在这个过程中约定的。健吾先生说，我认识钱锺书是因为他的夫人杨绛。杨绛是写剧本的，我们一起参加过戏剧界的一些活动，我写过她的剧评。他笑着说，我还在她的戏里凑过角儿。至于钱锺书,我原来的印象他是位学者,主要撰写文艺理论方面的文章,后来才知道他正在写小说,写短篇,而且长篇《围城》完成了大半。西谛先生和我向他索取《围城》连载,他同意了,并商定从创刊号起用一年的篇幅连载完这部长篇。但在创刊号组版时,锺书先生却以来不及抄写为由,要求延一期发表。同时,他拿来短篇小说《猫》。这样,我们在创刊号发表《猫》的同时,在"下期要目预告"中,将钱锺书的《围城》(长篇)在头条予以公布。健吾先生说,这是想给读者一个意外,也是为了避免作者变卦。谈到《猫》,他说,《猫》后来被作者收入开明书店出版的短篇小说集《人·兽·鬼》中,集子问世时,他在1946年8月1日出版的《文艺复兴》上写了一则书讯:

> 作者钱锺书先生,以博学和智慧闻名,他目光深远,犀利地观察并且解剖人生。《人·兽·鬼》仍旧保持他的一贯作风。里面包括《上帝的梦》《猫》《灵感》《纪念》四个短篇。像有刺的花,美丽,芬芳,发散出无限色香,然而有刺,用毫不容情的讽刺,引起我们一种难以排遣的惆怅,该书由开明书店出版。

健吾先生说,《围城》从1946年2月出版的《文艺复兴》一卷二期上开始连载,在该期"编余"中他写着:"钱锺书先生学贯中西,载誉士林,他第一次从事于长篇小说制作,我们欣喜首先能以向读者介绍。"他有点得意地对我说,这简短几句话也许是有关《围城》最早的评介文字。关于《围城》的连载,本来预计二卷五期结束,由于作者的原因,暂停了一期,第六期才续完。读者很关心这部小说,暂停连载的原因,他在三期"编余"中及时作了披露:"钱锺书先生的《围城》续稿,因钱先生身体染病,赶钞不及,只好暂停一期。"他说,有的文章说《围城》连载《文艺复兴》一卷二期至二卷六期,这是不准确的,其中停了一期。《围城》1947年由晨光出版公司作为"晨光文学丛书"之一出版,出书前,钱锺书写的《围城》序,在《文艺复兴》1947年1月出版的二卷六期续完小说的同时发表了。《围城》初版不到三年,就印了三次。健吾先生说，《围城》在当时长篇小说中算得上是很热闹的读物了。想不到，这部好小说，三十多年后才得以重版。

钱锺书(左)与李健吾 20 世纪 50 年代中期在北大中关园(李维永供稿)

上世纪三四十年代，李健吾以“刘西渭”为笔名，写下了一系列的文学评论文章，曾编为《咀华集》《咀华二集》《咀华余集》问世。上世纪 80 年代初，新时期启始，他雄心不减，想继续写些文学评论，他要写本《咀华新篇》，他说，为你们写的这篇评《围城》，就算是这个集子的开篇。

1981 年 3 月号《文艺报》刊发了李健吾的《重读〈围城〉》，作者不是署刘西渭而是以李健吾的名字打出了“咀华新篇”的栏题。在这篇不足三千字的文章里，作者谈了重读《围城》的“感慨”，他说：

手里捧着《围城》，不禁感慨系之。这是一部讽刺小说，我是最早有幸读者中的一个。我当时随着西谛（郑振铎）编辑《文艺复兴》，刊物以发表这部新《儒林外史》为荣。我在清华大学当西洋文学系助教时，就听说学生中有钱锺书，是个了不起的优等生，但是我忙于安葬十年不得入土的先父，又忙于和朱自清老师一道出国，便放弃了认识这个优等生的意图。我只知道他是本校教授韩愈专家钱基博的儿子，家教甚严。我们相识还得感谢同学兼同事的陈麟瑞。陈麟瑞已在“十年浩劫”中捐躯。西谛早在五九年空中遇难。追忆往事，一连串的苦难。真是不堪回首。

他家和陈家（即柳亚子的家，陈麟瑞是柳亚子的女婿）住在一条街上，两家往来甚密，经陈介绍，我家便和他家也往来起来了。他是个书生，或者书痴，帮我们两家成为知友的还得靠他温文尔雅的夫人杨绛。我演过她的喜剧《称心如意》，做老爷爷，佐临担任导演，却不知道她丈夫在闭门谢客中写小说。其后胜利了，西谛约我办《文艺复兴》，我们面对着他的小说，又惊又喜，又是发愣，这个做学问的书虫子，怎么写起小说来了呢？而且是一个讽世之作、一部新《儒林外史》！他多关心世道人心啊。

所以“重读”《围城》，就不免引起了这番感情上的废话。

他认为评价《围城》，首先要弄清作者创作《围城》的本意，他说：

《围城》本意是什么呢？

这谜不难解释，就在书里，只是有些渊博罢了。我照抄如下：

慎明道：“Bertie结婚离婚的事，我也和他谈过。他引了一句英国古语，说结婚仿佛金漆的鸟笼，笼子外面的鸟想住进去，笼内的鸟想飞出来；所以结而离，离而结，没有了局。”

苏小姐道：“法国也有这么一句话。不过，不说是鸟笼，说是被围困的城堡 fortresse assiégée，城外的人想冲进去，城里的人想逃出来。鸿渐，是不是？”鸿渐摇头表示不知道。

辛楣道：“这不用问，你还会错么！”

慎明道：“不管它鸟笼罢，围城罢，像我这种一切超脱的人是不怕围困的。”

整个情节，如果这里有情节的话，就是男女间爱情之神的围困与跳脱，而这个平常的情节又以一个不学无术的留洋生回国后婚姻变化贯穿全书。这个留学生就是冒牌博士方鸿渐。

健吾先生认为《围城》里姿态变化的情节本身是“处在一个抗战时期的大时代里”，因而作者对众多人物的刻画富有深刻的社会寓意，他说：

人民和学校流离失所，逃难者有之，苟苟蝇蝇者有之，发国难财者有之，变化离奇而寻常，对国统区是最大的讽刺，对高等教育事业与生活作了令人哭笑不得的揶揄。唐小姐在这里一怒而去，苏小姐成了香港、重庆之间的投机商。吹牛教授暗中使坏，势利校长耍阴谋手腕，方鸿渐心情恶劣，孙小姐和他结婚与离婚，这就是方鸿渐的“命也夫！命也夫！”这就是令人啼笑皆非的《围城》！一场围城之战委婉叙来，极尽挖苦之能事，又配之动荡不安的国家大事，抗战乏术，逃难有罪，小百姓呼天喊地无门。而作者清词妙语，心织舌耕，处处皆成文章。沦陷区的真实情况，历历在目，恍如隔世好友话家常。

《重读〈围城〉》引起了很多人的注意。我曾先后听到北大吴组缃教授和朱光潜教授谈到这篇文章。吴先生说，文章不长，但写得实在细腻。有的文章说《围城》写得好是因为钱锺书有知识、有学问，他说，有知识、有学问不一定能写好小说。《围城》写了众多人物，主角、配角大都写活了，小说只有写出了人物，才能吸引人爱读。朱先生说，《围城》多年没有再版了，许多年轻的读者不熟悉，健吾先生的这篇文章，有助读者确切了解作者到底在小说中想要说什么，表达什么，只有摸准了作者写小说的初衷，对小说定位评价才可能准确。

《重读〈围城〉》发表后，我曾去过健吾先生家。他关心文章发表后的反应，我将听到的一些情况告诉了他。这次谈话中他又谈起一些有关《围城》的旧事。有两点值得一记：一是《围城》连载期间，振铎先生和他都听到文艺界一些人对这部小说的好评，他俩曾计划小说连载完毕出书时，约请其中几位撰文，如柯灵。他特别提到吴组缃，组缃先生当时在南京，曾写信给他，说钱锺书学问做得好，但在《围城》里不卖弄学问，是在写人物。他为此事专门写过信向组缃先生约稿。后因时局的急速变化，刊物也面临停顿，这个想法自然也就搁浅了；二是《围城》初版时，出版人在推荐这部小说的广告中说："这部长篇小说去年在《文艺复兴》连载时，立刻引起广大的注意和爱好。人物和对话的生动，心理描写的细腻，人情世态观察的深刻，由作者那枝特具的清新辛辣的文笔，写得饱满而妥适。零星片断，充满了机智和幽默，而整篇小说的气氛却是悲凉而又愤郁。故事的引人入胜，每个《文艺复兴》的读者都能作证的。"健吾先生说，这段文字他是参与推敲写定的。

值得怀念的阿英

如果阿英活到今天，他该是跨世纪的文坛百岁老人了。他七十七岁离去，略微早了些。

阿英，即钱杏邨，原名钱德富。阿英是他常用的笔名。他在中国现代文坛活动了半个多世纪。除写作、编著外，他还参与组织过革命文艺发展的许多重要事件，他所作的种种努力是很值得人们记住和怀念的。1942年7月14日，阿英举家从上海抵达苏北新四军军部，陈毅军长初次晤见阿英时就高兴地说：我十年前就读你的批评诸著。1977年6月28日，郭沫若抱病参加阿英追悼会，这极可能是郭老最后一次参加文艺界老友的追悼会，在前往八宝山途中成诗："你是'臭老九'，我是'臭老九'。两个'臭老九'，天长地又久。"

听说在阿英诞辰百年之际，安徽教育出版社将开始出版《阿英全集》。阿英写作兴趣广泛，成果颇丰，除编著翻译外，其创作部分，还有理论批评、诗歌、小说、话剧剧本、电影剧本、日记、杂文、散文、晚清文学和中国美术史研究专著等。《全集》的出版，是极有价值的事，至少为文艺史研究者全面了解评价阿英提供了便利。

夏衍1978年在《忆阿英同志》一文中说："杏邨同志是一个对人和蔼、律己谨严的人。他平易近人，热情诚恳。他善于在各种不同的处境中团

阿英与郭沫若

结朋友，打击敌人。因此，不论在上海，在江淮、盐阜，在烟台，在大连，在天津，都有一大批文艺、新闻、出版界的朋友团结在他的周围，共同战斗。也正由于他善于团结人，乐于帮助人，凡是和他接近过的人，都把他看做最可信赖的朋友。”夏公和阿英有着半个世纪的友谊。1927 年秋，夏衍从日本回到上海，被编入中共上海闸北区第三街道支部，参加的那个小组组长就是钱杏邨。1930 年左翼作家联盟成立，鲁迅、钱杏邨、夏衍又同被选为执委会三人常委。不久夏衍和阿英又被党派到上海电影界，成立党的电影领导小组。1937 年抗日战争爆发，郭沫若、夏衍、阿英在上海共同创办了《救亡日报》。夏衍对阿英的为人是深知的。

阿英是 1926 年入党的老党员，在 1927 年大革命失败后正式投入革命文艺事业洪流。之前，他在家乡安徽芜湖从事党领导的实际革命工作。李克农将军就是和他从小在一起、早年一起参加革命的亲密伙伴之一。1962 年李克农病逝后，《人民日报》约请阿英写了《哀悼李克农同志》一文，人们才知道，这位我们党在隐蔽战线上的卓越领导人早年原来也是一位文学青年，在中学时代就写过一篇以鸭子场为背景的短篇小说，发表在上海的刊物上。1928年,李克农还与阿英同在上海革命文学团体太阳社党的支部过着党的生活。阿英署名寒星于1928年出版的1927年日记《流离》中就有当时化名稼轩的李克农的不少记载。

作为长期从事党的文艺工作的组织者,阿英接触过不少圈内圈外的人,他待人热情诚恳,有知识又尊重知识,使他与一些交往过的人结下了深厚的友谊。他和柳亚子先生关系的建立,主要是因为他们对南明历史有同好。上海成为孤岛后,阿英以"魏如晦"的笔名编写了历史剧《碧血花》《海国英雄》《杨娥传》等。柳亚子看了一次戏,提出了一些建议和意见,他们便成了几乎每天有信件往来的朋友。1949年北平解放后,柳亚子到了北平,知道阿英在天津,常来北平,从此两人书信相约频繁。1956年阿英找回柳亚子1940年亲手抄写赠他的一本《左袒集》。《左袒集》是柳亚子1929—1932年诗作的一部分,都是怀念共产党人和左翼作家的篇什,当时没有可能发表。时柳亚子先生年高多病,不能提笔。阿英代他选若干首,并作必要的按语,在《新观察》上发表。他和梅兰芳真正的接触是在1949年首次中华全国文学艺术工作者代表大会召开之际。梅先生从上海来北平,他俩一见如故。据阿英7月30日日记:"齐燕铭同志来电话,谈梅先生问题,周副主席要其留下。"齐燕铭当时在周恩来副主席身边工作。周副主席想要梅兰芳不要回上海,留在北平。阿英将周副主席的意思转告了梅先生。8月8日阿英送梅兰芳、周信芳回上海。梅先生8月17日从上海写信给已回天津的阿英(阿英时任天津市军管会文艺处处长)。阿英后来回想起这件事笑着说,梅先生给我寄来一个大信袋,有七八封托我转交。除"周恩来先生"一函外,尚有郭沫若、茅盾、周扬、欧阳予倩、田汉、洪深等。当时周副主席等都在北平,阿英只好一一设法转致。1951年阿英调到北京,梅先生亦从上海到北京,从此往来不断。阿英成了梅家的好朋友。梅先生的秘书许姬传整理的《梅兰芳舞台艺术生活四十年》一书,成稿前的每章阿英都看过。1961年梅先生过世后,阿英为中央新闻纪录电影制片厂传记片《梅兰芳》写了剧本。阿英在"文革"逆境中,梅夫人福芝芳给他关心、帮助,尤其在1975年冬发现患晚期肺癌治疗期间。

1976年春节，梅夫人及子女还到阿英临时住处来祝贺生日。1977年《一代宗师梅兰芳》大型纪念画册出版后，梅先生的家属深为遗憾地说："梅先生与阿英没有留下一张合影。"

阿英是我国现代著名藏书家。他的所藏以中国近现代文学书籍及报刊最为稀珍。新中国成立后郭老不时到阿英家里来看书、查找资料，或信函托代查找。李一氓新中国成立后长期在国外出任大使，他收藏的词集，其中相当部分是托阿英在北京和各地旧书店收集的。连名藏书家郑振铎在借资料上与阿英也有来有往。1937年商务印书馆出版阿英的《晚清小说史》，有着郑振铎的助力。同年上海生活书店出版郑振铎的《晚清文选》，编者在自序中说："阿英先生和吴文祺先生的帮助，我永远不会忘记。阿英先生收藏晚清的作品最多。很难得的《民报》全份、《国闻报汇编》《黄帝魂》等等，都是从他家里搬来的。"郑振铎建议阿英编辑《晚清戏曲录》，成书出版时又为该书写了长序。阿英对同辈热情助人，对后辈亦然。1958年北京大学中文系三年级学生集体编著《中国文学史》，系主任杨晦亲自写信介绍我们去看望正在养病的阿英先生。阿英是中国近代文学资料搜集与研究的拓荒者，阿英先生不仅同我们谈了研究近代文学应注意些什么，还送了我们他编的刚出版的有关近代文学资料集，特别感激的是，他主动将郑振铎送他的《晚清文选》长时间借给我们。杨晦老师后来说，藏书家愿意将这么宝贵的书外借，真没想到。

阿英爱书，眼勤手疾。从他留下的几部日记里可以看出，不管在何种险恶的境遇里，在何种郁闷的时刻，公务再忙，他都坚持看书、读报刊，有用的就抄录下来。保存积累资料、史料，成为他日常的生活习惯。他的这种有心，往往为后人留下了片段的历史真实。1928年，高尔基曾准备写一部关于中国白色恐怖的书，1960年苏联高尔基研究机构因在本国找不到这一件事情的档案，托人向阿英打听这个资料的出处。阿英根据1928年中国济难会代表从苏联回到上海，在中国济难会传达晤见高尔基谈话时自己的记录加以证实。阿英当时和郁达夫正在为济难会编辑一本公开的文艺性半月刊——《白桦》，所以知道这件事。阿英在1929年12月5日写的故事《高尔基与受难者》中就写了这一段。阿英在《敌后日记》(1941—1947年)中记载了新四军陈毅、粟裕、黄克诚、叶飞、张爱萍、曾山等关心重视文化工作的言行。在《津京日记》(1949年)里,记载了新中国成立前夕召开的中华全国文学艺术工作者代表大会筹备、召开过程中,毛泽东、周恩来等党的领导同志对会师的两支文艺大军的高度重视和关心文艺界人士许多感人的场景。

阿英在保存刊印革命文献方面的贡献也是突出的。上海沦陷后,他不顾刀丛的胁迫,受党组织委托,积极传播和保存了毛泽东同志的著作和党的重要革命文献(如方志敏的遗稿等)。1938年以《西行漫画》(现改名《长征画集》)为书名刊印了黄镇将军(原刊作者误为萧华将军)在长征途中创作的速写二十四幅,这是当时唯一一部亲身参加者创作的反映伟大长征斗争生活的美术作品集。在瞿秋白英勇就义四周年后,1939年阿英为亡友编撰《瞿秋白全集》共十卷,后因时局变故未能问世。但编者搜集瞿秋白遗稿之全为以后编辑出版瞿秋白全集奠定了良好的基础。茅盾1949年12月20日在给阿英的信中说:"最初编制秋白遗作目录实为兄。"

阿英大脑里储存着丰富的有价值的记忆,可惜其生前未能从容地回忆、录记。20世纪50年代后期,电影史家程季华编写《中国电影发展史》,曾多次约请阿英写有关上世纪30年代党领导电影事业的文字,他因记忆久远一时难以查找史实,怕作为当事人之一的他因回忆有误影响事实真相,所以一直拖延未写。阿英逝世后,1978年他的老友于伶在《默对遗篇吊阿英》一文中说,据1927年1月31日上海出版的我国最早的第一本电影年鉴《中华影业年鉴》中记载,他知道"阿英可能是中国共产党人中第一个搞电影的同志了"。

在纪念阿英百年诞辰之际,在回眸他为我国文艺事业做出的多方面业绩之时,我们也为他未能留下一部关于他所经历、所熟悉、所了解的"五四"新文化运动以来的人与事的较完整回忆录而深为遗憾。

2000年1月

听张天翼先生谈《红楼梦》

电视连续剧《红楼梦》的播放，在我们国家广阔的社会生活中掀起了一股红学热浪。不管读过没读过《红楼梦》的人，都在议论这部小说。想看《红楼梦》的人越来越多。报载，曾一度滞销的《红楼梦》已经脱销。这毫不奇怪。我上小学五年级的儿子，平时是个武侠小说迷，今年放暑假的头一天，就急着想看《红楼梦》了。我手头有多种版本的《红楼梦》，可惜是繁体字，他看不懂。有一部前些年出版的，是半简化字的，他连看带猜，读得吃力。他提出要一部彻底简化字的。我跑了几家书店，又去机关图书室，都没有结果，看来只有把希望寄托在印刷机的转动上了。

读过《红楼梦》的和熟读过《红楼梦》的，就喜欢借着电视剧的改编发表自己的高见了。十天前，我和几位作家应邀去大连金州金石滩旅游区小憩。我们从北京花了几乎两天的时间到达这个新开设的度假村，当踏进日本式的小楼“绿色别墅”时，野外已大雨瓢泼起来。一行七八人自然地聚集在一间屋子里，靠近老作家吴组缃教授坐下。话题很快就落到小说《红楼梦》上。吴先生说，这部书很不好读，要读进去也不容易。他信口举了几个细节，问我们怎么理解？宗璞勇敢地发表自己的意见，并不时主动出击，提一些问题请吴先生讲解。从一答一问里，我发觉宗璞对《红楼梦》也十分熟悉。我20世纪50年代在大学里听过吴先生讲授的《红楼梦》

专题课，他对书中人物性格乃至细节剥花生似的入微剖析，至今还记忆深刻。听说他多年讲课的讲稿，正在整理准备出书，我心里莫名其妙地突然想起吴先生的老朋友已故名作家张天翼，他十几年前，曾经对我说过，他想写一本关于《红楼梦》艺术分析的书，也是在一个大雨滂沱的夏日里。

读天翼同志的作品自然较早，但见到他却是在 1958 年。当时《人民文学》杂志发表了宗璞的小说《红豆》，很引起争议，编辑部来北大在我们班开了一个座谈会，主编张天翼和小说作者都来了。天翼同志清瘦，给人多少有点病态感觉。他讲话有条不紊，十分简练，幽默诙谐。那天我特别兴奋，我几分钟莽撞的发言，天翼同志竟看着我点过两次头。几年后我到《文艺报》，天翼同志爱人和我在一起工作，见到天翼的机会自然渐渐多起来。他话不多，我记不起当时他对我说过什么。我见他老爱在院子里和胡同里散步，带着微笑散步，周围的人似乎都不在他的眼里。看着他这副样子我总觉得他正在酝酿、构思一部大作品。他的冷静、沉着使我暗自钦佩。“文革”初期他住的院子里挂满了大字报，他常站着看大字报，不带任何表情。有次我站在他身旁，见他在专注地看一张揭发他反×××的大字报，他猛然发现了我，依然是微微一笑，又仰首走到另一张大字报前。20 世纪 70 年代初，天翼同志在湖北干校时，他和大家一同吃苦受累。他和冰心一起看过菜地，冰心是坐在田头吆喝着赶鸡，天翼却是用散步去赶鸡，带着微笑散步。我常见到他这番动作，便想起了他的小说的幽默尖刻，感觉他正在酝酿构思什么大作品。他吃饭很认真，牙齿不好，吃什么都慢慢咀嚼。有次我从县城替他买回一个大猪肉罐头，他吃了很多天，吃得很细致，将吸吮得干干净净的骨头放在一张纸上。他是位老病号，许多人担心他身体吃不消，他居然能熬了过来。他在批判他的会上，收起了微笑，但他那从容的神态使人担心会随时蹦出个微笑来。侯金镜脑出血去世后，他阴沉了好些天，他说金镜性子太急了！他因病回北京可惊动了连队。我们上车的地方是广州至北京中间的一个三等站，买不到卧铺(不是软卧)，以天翼的身体、年龄站两天两夜，还没到北京肯定就已垮台。当年买火车卧铺要证明，请这个三等站打长途电话到长沙预定卧铺更要讲规格！天翼当时有什么身份？他还是戴着老右派、老修正主义分子帽子尚未解除审查的人。结果只好抬出他是上届全国人大代表的头衔，站长听了也一怔。这位站长通过长途电话用有一位全国人大代表的名义让长沙站留下了一个卧铺。天翼离开干校时的这点派头，引起了一些人的惊奇。虽然我明知他怎么坐上卧铺的，看他上车后从车窗里投过来的那一抹微笑，我也糊涂起来，真以为天翼回北京说不定有什么重任，写《红楼梦》？写《人间喜剧》式的作品？他准能写好。

待我半年之后回北京见到他时，他已在大佛寺一座大四合院的北屋住下了。我也住在这座院子里，东厢房的一小间，这个院子早些年是赵树理住的。我和天翼成了邻居。他比在干校时显得悠闲些，他请回了多年的老保姆，也想起吃点湖南口味的菜了。他有次在院子天井里散步突然过来敲我门，叫我去他家吃中饭。吃饭时我问他在做什么？他微笑地说：他在翻《红楼梦》。当时全国都在宣传《红楼梦》，宣传“梦”里的“纲”，他重温《红楼梦》不奇怪，奇怪的是他告诉我想写一组《红楼梦》的文章，谈艺术方面的问题。他说：这是一部很了不起的小说，从各个方面可评论，有谈不完的问题。那天他讲了《红楼梦》结构安排的匠心。他说《红楼梦》里的对话尤其值得回味……他高兴地说了许多。我望着他的微笑，觉得他很机智，一时写不了《红楼梦》式的作品，就先来评论这部作品。人家在大谈阶级斗争这个纲，他却偏偏去谈艺术造诣。他丝毫没有考虑发表、出版的问题。他叫我帮他搜集一点有关《红楼梦》的资料。当时不少单位集印了这方面的材料。我陆续替他找到了一些。有许多是重复的文章，他翻翻就扔在一边了。他说，重要的还是看小说本身。我对天翼的这个计划抱有很大的期望。我读过他发表的谈中国古典小说的文章，谈《红楼梦》的，谈《西游记》的，这些文章里都有作家的流盼，有作家的卓见，是一般研究者和评论家写不了的。

我读着吴组缃谈《红楼梦》的文章，就想读到天翼谈《红楼梦》的文章。

我不知道他动笔写了这组文章没有，那次谈话后不久，我就回干校，分配到河北工作去了。

我再来看望他时，他已中风卧床不能言语了。

他不能言语，手脚不灵，但慢慢脸上又泛起了从容的微笑。1980 年 4 月 4 日我去崇文门新居看望他，一进门他的夫人说，天翼要送你一本《张天翼小说选集》。只见她将书拿到天翼的卧室里去，我跟着过去，天翼用左手在扉页上写了还算工整的几个字："泰昌同志，天翼。"我高兴得直瞪瞪地望着他那副带着微笑的脸。

1987 年 7 月

拜见张恨水先生

记忆时而活跃时而沉睡，在某种特定的环境里，受某种因素的挑拨，活跃的记忆会更活跃，沉睡的记忆会苏醒活跃起来。我有这种人生体验。

去年10月，“迎驾文学笔会”安排我们在潜山县停留了两天。除天柱山外，作家同行们话题最多的就是关于通俗小说作家张恨水了。

至于张恨水先生，我曾拜见过一次。虽然已隔四十多年，但至今记忆犹新。1958年，北大中文系三年级学生在集体编写《中国文学史》的同时，又着手编写《中国小说史稿》《中国现代文学史》，这几项活动我都参加了。由于写作上的需要，我设法打听到了张老家的住址，并且获知他自1949年中风休养后已逐渐恢复，并开始动笔了。近中午，我从学校坐公共汽车到动物园，步行到西四，四处打听找到砖塔胡同他家那座小四合院，已近3点。好在当年年轻体健，不感觉劳累。张老安静地坐在一张椅子上闭目养神，对贸然造访的不速之客，他没有明显的反应，只睁开眼睛示意请我坐下。我说明来意，想听取他关于章回小说和他自己几部通俗小说的看法，他沉默不语。我以为他在思考，像老师准备给学生讲课一样，但等了长久，他仍是不开口。当我告诉他我很喜欢读他的《啼笑因缘》，他开口了，他摇摇手说：随意写的东西，不值得你花时间去看。那天在他家呆了近两个小时，时光在寂寞中流逝。回到学校，同学问我此行的收获如何。

我无言相告，脑子里留存的只是他的沉默和院落的冷清。前些年，我在成都向我的大学同学、戏剧评论家张羽军提到这次拜见恨水先生的事，他笑着说，主要不是因身体不好，他是有顾虑。由此我想到，北京其时正在创办一份普及文学知识的杂志，编辑约我写稿，我曾想写篇谈《啼笑因缘》主题社会意义的文章，编辑说等向领导汇报后再定这个选题，从此未有答复，不了了之。现在回想起来，姜还是老的辣。张恨水毕竟久经沙场，谙知气候的冷暖，什么时候该开口、可动笔，什么时候可开口、该动笔，他心中有数。看来我唯一一次见到张老时他的沉默不语，正赶上不该开口的气候，他有顾虑是正常的。羽军是他的亲侄，对他的了解自然是深切的。

1988 年，第一次张恨水创作研讨会在潜山县召开。我编发会议综述在《文艺报》发表时，发现学术界对张恨水这位创作数量惊人、社会影响广泛的通俗小说大师的评价正在趋向公允。我想是张老该开口的时候了，遗憾的是，1967 年他早已凄凉辞世。

1994 年我去安庆参加一个会议，应黄梅戏新秀韩再芬的邀请，去他的老家潜山县玩了一天。当地主人热情地陪我去参观刚刚落成的张恨水纪念馆。他们说：天柱山下次再去，这次先去看看张老的纪念馆。这正合我的心意。当时馆藏还不够丰富，但能让人比较全面地了解张恨水创作的一生，观赏到昔日他创作的辉煌。2000 年 10 月再去参观时，馆藏内容就丰富充实多了。老舍对张恨水的评价："恨水兄就是最重气节、最富正义感、最爱惜羽毛的人。所以，我称为真正的文人。"令人对张恨水先生倍加敬重。在展出的一张照片上，在张恨水的衣服上划了一个箭头，说明："张恨水身上穿的呢料上衣是毛泽东主席所赠。"据知，这是抗日战争胜利后不久张恨水在重庆时的事。毛泽东托周恩来送给张恨水一件延安自制的蓝呢上衣，同时还送了红枣、小米，张恨水新中国成立后曾穿过这件上衣外出开会。说实话，看到这张照片，联想起我见到张恨水时的情景，油然而生的是欲哭不能的心酸。

人生如潮汐，起起伏伏。有过的辉煌或活跃或沉睡在人们的记忆中。这是我体验到的人生百味中的一"味"。

2001 年

巴人谈“开卷有益”

三九严寒，二十年前这个时节，在北京宽街附近，我几次见到一位瘦削的老人，衣着单薄，手拎酒瓶，任刺骨的朔风扑打，踱着碎步。

我认出，是巴人同志。在我的记忆里，突然回响起他那浓重的浙东口音：“开——卷——有——益！”

1958年，我所在的学校年级同学，意气风发，两三个月里集体编写了一部《中国文学史》。人民文学出版社将作为国庆献礼出书。9月初，同学们去京郊长城脚下支援秋收了。我和其他三位留下完成这本书的定稿工作。住在出版社的办公室里，就着阳光和灯光，夜以继日地干。巴人同志是这家出版社的总编辑，晚上陪着我们。他和我们斜对着屋，我们改完一章即送他审阅。有次他叫我过去，指着一页稿纸说：“这段引文好像有漏字，是转引来的吧？转引不太可靠，用原书核对一下。”那时我们才大学三年级，真是初生之犊不怕虎，敢想敢干，居然著书立说起来。事后想来，这股闯劲固然可贵，但学业上确实准备不足。就说引用材料，有些来自原书，有些就靠第二手转述。巴人同志眼力准，抓住了我们的弱点。我用原书核对几段引文，发现有讹错，有他指出的，也有他未及指出的。这样反复几次，我对正式出版的著作（有些还是名人的名著）中所引材料的准确程度不完全放心，有时生起个问号。我又主动找了几段巴人同志放行了的引文核对，竟然也会发现差错。我高兴得拿着书去向巴人同志“表功”。这时，临近深夜了。马路上的行车声渐渐稀落。他从书桌前站起来，乡音显得格外清朗：“对，书就是要这么读，我也常有受骗的时候。”他笑呵呵地走到我们的屋子里来，叫大家轻松一下。夜宵，一种食堂自制的土面包送上来了。巴人，还有常陪我们的老编辑黄肃秋同志，给我们每人发一个，巴人也顾不得洗手，嚼一口，对我们说：“开——卷——有——益！”我吃着松软香甜的面包，贪婪地、不停顿地嚼着，那四个乡音仿佛也跟着下肚了。

下半夜，最困人。那时我还年少，连续几夜通宵不算什么，能熬得住，但眼皮有时也会不由自主地下垂，每当这时，我会在心底默诵起“开卷有益”，精神又振作起来。

几年之后，我当上了一家杂志的编辑。二十年来，跟无数页稿纸打过交道。巴人同志夹在面包里送给我的这个教益，一直蹲在我的心里。

1984 年 1 月

吴组缃的《山洪》

我挤进吴组缃教授授业弟子的行列有三十多年了。可以说他是我的“老”老师，我是他的“老”学生。师生之间，本来就有着距离。在课堂上，老师在台上讲，学生在台下边听边记。即便去老师家串门、听辅导，也是在客厅里规矩地坐着对谈。但我记忆中的许多老师都要亲自送到大门口，目送我们远去。我常走了一段回转头去看，尤其在暮色浓重时老师那模糊的形象给人印象最深。吴先生现在还是这样。他告别了镜春园的四合院，搬进了朗润园的公寓。快八十岁的人了，自然不可能从三楼送到一楼大门口，但他每次都会站在自己单元门口，看着我下楼梯，才慢慢轻声关上门。

有一次我刚下二楼，就听到他急促的开门声，和伴随着的咳嗽声，我感到老师有事，又快步返回来，他站在门口望我笑着说：“有件事忘了说，再坐一会儿吧！”那天本来没有什么事，可以多坐一会儿，怕师母忙着做饭，十一点半我拔腿就走。

我还是坐在沙发上，他坐在书桌旁的一张旧转椅上。

“就在这里吃便饭！菜是现成的。”我才注意到厨房里有人在动作，准是师母。

这是1980年的一个秋日。老师习惯于晚上工作，早上9点钟才起床。上午他的精神最好。那天阳光明朗，书房里流动着欢愉的情绪。

秦兆阳同志：

本月九日手书奉悉种切。

人民文学出版社接受重印《山洪》，我当然愿意。在你处的改订本，当初即在人民文学出版社做编辑工作的一位同志的示意下改定的。删改了三方面：原分上下编，段落有的太长，读着令人闷气，现统改为三十六段，取销上下编；未加精选提炼的土话嫌多，对村民落后面写的嫌繁琐，故作了些删削。这三方面都是属于技术的，其主要内容则未动（也不可能改动）。1954年改好后，面临的思潮不允许拿出来重印，就一直搁着。现在还由人民文学出版社重印，这是很合适的。但不知何人作主决定。如要你们决定了，就请你将稿交去。但还须补一篇新版序言，说明有关情由。这只好以后补来。（香港般往京来京，仍要出稿，我正要白依要改本，消接你信，我就又改寄来了。）残篇继来全集，但较以前已见好转。我正迫不及待的着手还文债。因为到了年终，先许报刊的约会及有关事项，就令人头痛，找的人也招不及。谈红楼梦的文稿我本都要写，但还得等一时才顾得上。

"老舍出版文选"叫我写前言，我当然愿意。但着笔前要仔细研究。我从前对此颇作出的看法是有一个读后感性的。等舒济回来后，再跟她面谈。此稿须多作修改才可以合用。

罗荪兄有信给我，请致候。即叩

编祺！

吴组缃 十二月十二日、八〇年

关于重印长篇小说《山洪》吴组缃给作者的信

平时多是我回母校办公事匆匆去看望他。今天是专程来看他的。十天前他给我一封信，问我最近来不来北大？若来就弯到家里坐坐。我猜想他一定有什么事要谈。我坐了一个多小时，似乎并没有谈起什么正经事，他给我倒了两杯茶，提醒我这是家乡的毛峰，难得喝到的好茶。我突然说走，他也没有特意挽留。

“年纪大了，记性不行了。”他说约我是想说《山洪》的事。在此之前，已听他说起《山洪》的改定稿“文革”期间被抄去侥幸退回来了。原来在北大的一位同事现在香港，最近希望这本小说给他在香港印。他说此事想商量一下。《山洪》(原名《鸭嘴涝》)是20世纪40年代初较早出现的一部反映山村群众经共产党游击队发动逐步奋起抗战的长篇小说。是吴先生继短篇《一千八百担》(1934年)之后又一蜚声文坛的代表作。新中国成立初期人民文学出版社曾建议作者修改出版。1954年修改后一直未能重印。我听现代文学史课时，好不容易从图书馆借阅了这本书。他说，人民文学出版社数次换领导，多年没再联系印这本书，而国内外有人不时来信索讨这本书，于是他想到有必要印这部修订稿。我劝他还是争取先在国内出版，人文既然没有联系，想快出，不如拿到家乡去出。那时安徽人民出版社正在出我的一本书，常有联系。他想了一下说：“这也好！你代我联系一下。”临走时他将《山洪》的改定本交给我，再三说，千万别大意丢了。他嘱我先看看。

不几天我读了这本改定稿。这次读的感受，当然与二十多年前上学时不同。那严谨的写实笔法和亲切的乡土气息最引我喜爱。我觉得这本书仍应由人民文学出版社出版。恰巧那时，老舍的女儿舒济在请吴先生写《老舍幽默文选》序，她请我代催这件事。舒济刚调到人民文学出版社现代部做编辑工作，《山洪》当年发表时老舍给予的帮助最大。一说起，她就表示应力争人文出，并答应尽快联系。

安徽方面及时地决定出这部书，我正要把稿子寄去时，舒济回话说，人文答应出。我即刻把这个消息写信告诉吴先生，他很快回了信。他在信中谈到《山洪》修改的情况，颇有参考价值，不妨援列部分：

人民文学出版社接受重印《山洪》,我当然愿意。在你处的改订本,当初即在人民文学出版社主持工作的一位同志的示意下改定的。删改了三方面:原分上下编,段落有的太长,读着令人闷气,现统改为三十六段,取消上下编;未加精选提炼的土话嫌多;对村民落后写得嫌烦琐。故作了些删削。这三方面都是偏于技术的,其主要内容则未动(也不可能改动)。1954 年改好后,面临的思潮不允许拿出来重印,故一直搁着。现在还由人民文学出版社重印,这是很合适的。但不知何人做主决定。只要他们决定了,就请你们将稿交去。但还须补一篇新版序言,说明有关情由。这只好以后补奉。

舒济接手后,经人民文学出版社有关领导做主,这本书 1982 年终于出来了。吴先生那两年身体不好,许多文债还不了,故信中所云新版序言未能写出,只见书末有一简短的后记。

家乡出版社自然不高兴,他们希望能出版先生的另一本书。我曾建议先生把新中国成立前后写的散文选一本给他们。我平时看书刊发现先生许多散文不曾入集。先生总说等空闲时再写几篇新的,不要光炒冷饭,就这样拖了下来。

《山洪》出版后,老师签名送了一本给我,舒济也送了一本给我。去年,海外一位研究中国现代文学的青年学者辗转托人请我代找一本《山洪》,我把出版社送我的一本转送出去。又是秋天了。一个晴朗的秋日,我给老师打电话,我想告诉他海外学者在研究他的这部小说,让他高兴。我还没来得及说话,他告诉我师母上月病故了,怕我们忙,没有通知。我突然忘了劝他多保重,更谈不上告诉他这个消息,什么也没说就挂上了电话。

1987 年 2 月

周瘦鹃与花花草草

谁人不爱美？凡是花草树木，都有它一种自然美的形态，只要有心，看在人们眼里，就会引起心中的愉悦。每逢阳春三月，村头孩童眺望烂烂漫漫的一树红霞，使人想起《诗经》中的名句“桃之夭夭，灼灼其华”；城市公园里经年争奇斗妍的百花，逗引了多少男女青年的情趣；即便在北国严寒的冬日，家家户户也短不了插些鲜花，置些盆栽，使室内春意盎然。人们在生活中需要花。花，就是这样被赋予性灵，与人为侣。

花木经常成为文人咏叹之物。咏花诗在中国古典诗词中自成一体。仅山茶花，陆游就一再赋诗咏叹，如“雪里开花到春晚，世间耐久孰如君。凭阑叹息无人会，三十年前宴海云”。又见山茶一树，自冬直至清明后，著花不已，宠以诗云：“东园三日雨兼风，桃李飘零扫地空。惟有山茶偏耐久，绿丛又放数枝红。”陆游不愧为陆游，山茶耐久的性格特征，一下被他捉准了。英国 19 世纪名诗人柯尔瑞基，在自己的日记中记下了他长久对花草飞鸟的观察和在观察时的零思断想。我国现代散文家写花草的也不少，这其中，首先不能不想到江南园艺名家周瘦鹃。他先后出版了有关花木的著述七八本，大部分同时又是清新的散文小品。周瘦鹃 1968 年被“四人帮”迫害致死，为了怀念这位正直善良的老作家，友人替他编选了散文集《花木丛中》(南京金陵书画社 1981 年版)。

“五四”之前，周瘦鹃曾翻译欧美短篇小说，为鲁迅称许过。20世纪二三十年代写了大量小说散文，创作倾向属于文学史家所谓的“礼拜六派”，受到进步文艺界的批评。20世纪30年代中期，他从繁闹的上海退隐到苏州老家，兴致转向园艺，爱好花木，进一步爱好盆景。除了偶尔执笔，白天黑夜，风里雨里，常与花木为伍。他自叹到了热恋和着迷的地步。古人所谓“一年无事为花忙”，《花木丛中》正是他一生爱花的写照。

《花木丛中》共百余篇。其中所记如迎春花、梅花、桃花、牡丹、蔷薇、杜鹃花、莲花、菊花等等，俱是江南名花，是大家熟悉喜爱的花卉。作者用深入浅出清灵秀丽的笔触，博古通今，将种种关于花的知识、与花有关的文学典故和风土习尚徐徐引进，同时铸进作者徘徊花前饱餐秀色时的神思遐想，读来风趣逸生，不仅增长见识，分享乐趣，而且使人丛生联想，扩展想象力。作者对花木自然形态变化体察入微，自如地将花木的繁荣凋谢与国事兴衰、个人遭际贴切在一起。借一花一木抒发感情，因而具有更宽阔深厚的内容。“秋菊有佳色”是陶潜关于秋菊的警句，作者赞同道：“秋天实在少不了菊花，有了菊花，就把这秋的世界装点得分外地清丽起来。”于是作者对菊花有了一种“偏爱”。但是，作者笔锋一转，话说1937年，他种植菊花为全盛时期，却不料未到菊花时节，日寇大举进犯，恬静安闲的苏州城中，也吃到了铁鸟下的蛋。一连七年，作者羁身海上，三径荒芜，菊花也断了种。“到了秋天，就连一朵平凡的菊花都没有了，这没有菊花的秋天，实在太寂寞，太无聊了。”在日本侵略者铁蹄肆意践踏的年月，这种寂寞之感，绝非个人仅有。新中国成立后，国家新生，周瘦鹃的感情有了巨大变化。他说：“我这陶渊明和林和靖式的现代隐士，突然走出了栗里，跑下了孤山，大踏步赶到了十字街头，面向广大的群众了。”作家这种雀跃的心情，对生活的希望，在花木丛中，在花瓣花蕊上随时可以觅到。周恩来、朱德等同志曾去参观过他经营多年的采莲堂。有一次，周瘦鹃指着枯木说：“梅花时节，我用竹管插上一枝红梅放在上面，那就好像是枯木逢春了。”委员长听了这话，点头微笑。古人对春之去，有不胜依恋而含着怨恨的，有持乐观态度去送春的。作者在《花雨缤纷春去了》一文中，肯定送春的乐观态度是“合理的”：“好在今年送去了春，明年此时，春还是要来的啊！”这与他最初养花时，寄托的消极、郁闷之情相去多远啊！

散文是最广阔自由，无拘无束的。新文学以来的散文名家，有以议论著，有以学问名，有以情见胜，有以知识渊博见长，有的风趣，有的幽默……不管题材、风格如何多样，都缺不了作品的灵气，作家的真情实感。就如写花木的散文，过去一些闲适之士写过不少，周瘦鹃本人早年也写有不少，花木在他们笔下往往是无病呻吟之物。目前有些人热衷于写山水游记或花草虫鱼，追求新老八股辞藻的堆砌，不妨常去《花木丛中》观赏一番。

1982 年 2 月

朴老在我心中

2000年5月21日，北京入夏以来难得的晴朗天气。然而，下午5时，赵朴初老人却满带着阳光走了！

朴老果真走了？不，他永远活着，在亿万民众心里，在中华民族历史的长河中。

我认识朴老，不断受教于他，大约是在20世纪70年代后期。1978年，朴老出版了《片石集》，这是作者近三十年来诗词曲创作的一个较齐全的集子。中央一家报纸约我写一篇评论。文章见报不久，在《文艺报》召开的一次座谈会上，我见到他，他叫我走过去，对我说："你提的意见我也正在考虑，诗中用典与如何让读者理解，是需要认真结合好的问题。"他平和谦逊的话语，使我感到很不安，他浓重的安徽乡音使我感到亲近。

在粉碎"四人帮"，拨乱反正的年月，朴老诗兴勃发，佳作迭出，当时发表的似乎不多，相当部分在朋友间流传。有件事我是知晓的。1977年8月，在邓小平被"四人帮"诬蔑后再度复出之际，安徽老画家赖少其精心创作了一幅《万松图》。画家的用意明确，画面是万棵松，其中一棵屹立挺拔，苍劲雄遒，像擎天柱。少其同志想请朴老在画上题诗，托老友彭炎、阮波夫妇将原画送给朴老。心有灵犀一点通，朴老不仅欣赏画作的构思新奇、笔力雄健，而且画面所深含的意蕴，正符合朴老的愿望，于是欣然给该画题诗:"着意画万松,天娇如群龙。千山动鳞甲,万壑酣笙钟。中有一松世莫比,似柳三眠复三起。眠压冬云八表昏,起舞春风亿民喜。喧天爆竹是心声,共助松涛争一鸣。枝抒氛霾光觥觥,骨傲霜雪铁铮铮。为梁为栋才难得,老不图安身许国。日月光华华岳高,愿松长葆参天色。"朴老爱用旧体诗形式,但诗意却充溢着鲜活的现实意义和犀利锋芒,是有诗史的价值。1977 年 9 月朴老曾书写了一首他缅怀周总理的条幅给我。他写道:"1974 年国庆前夕,周总理出席国宴。时总理久病,中外悬念,致词时声音洪亮,满座宾朋,掌声雷动,经久不息。西园寺公一喜泪盈眶云:总理恢复健康了。又云:像这样伟大的总理,世界历史上是少有的。并嘱余即景赋诗。是夕适值中秋,因拈此调为赠:掌声如海如潮涌,翘首听雷音。灯辉国庆月圆人寿,万象欣欣。倾杯吐臆,良朋喜泪,成我衷情。愿君长健,观山观海,不厌高深。"1979 年秋范曾送我一幅《梦蝶》。这是画家满意之作。有次我去和平门南小栓胡同看望朴老,将《梦蝶》带去。我不便明说请朴老在画上题诗,但朴老知道我的心思,笑着说:把画留下吧!没几天,朴老秘书电话约我去。一进门朴老夫人陈邦织同志就大声对我说:给你题了,快去看。画已挂在客厅里,只见朴老在画左上角写了几行清秀的字:"方其梦也不知梦,复于梦中占其梦。周欤蝶欤两不知,画者观者皆入梦。入梦为蝶蝶恋花,蝶梦为人恋乌纱。恋花但惜一枝折,若恋乌纱害万家。泰昌同志嘱题戏为绝句二首,1977 年 11 月赵朴初。"当我诵读最末二句时,联想到当时国内政治形势,不禁赞叹朴老"戏为"之妙,"戏为"之绝。

1990 年以后,朴老身体一直不太好,经常住在医院,但他对同在病中的老友不时挂念。李一氓和他同在一所医院,1990 年岁末一氓老去世后,他得知一氓老生前同意我为江苏美术出版社编辑《李一氓藏画选》,曾数次表示关心。1992 年书出版后出版社在北京人民大会堂开首发式,朴老抱病前往,并热情讲话。他对这位 20 世纪 30 年代相识于上海的老友诸多方面业绩是熟知的,但他尤对一氓同志历经艰难为国家保存众多珍贵文物的贡献大为称赏。他说,现在如不及时抢救,保存历史文物,谈不上继承发扬中华民族文化传统,对子孙后代是没法交代的。当他得知《画选》中录用的数十幅石涛精品一氓生前已捐赠给故宫博物院时，说："这就放心了。""画选"中部分佳作一氓生前捐赠给了家乡成都博物馆，朴老笑着对我说："一氓的乡情很重！"

是的，人情、乡情本是一个善良的人所应具有的感情。没有人情，谈何乡情。其实，赵朴老本身就是一位人情、乡情极厚重的长者。他是书法大家，许多单位和个人求他墨宝，他都尽量满足。安徽省马鞍山市当涂县是李白归终之地，青山太白墓、采石太白楼和全椒县吴敬梓纪念馆恳请他题词，他都一一应允了。

赵朴老身居要职，在宗教界、文化界德高望重。作为晚辈与他相处时能领受到他的关爱。为不打扰他，多年来，每年岁末我都只是寄贺卡，敬祝他和夫人健康。而每年他都给我寄自制的铅印贺卡，上面还亲笔写上几句话，或抄写一首近作。1993 年，给他的贺卡迟寄了，却先收到他的贺卡，他在贺卡上写道："泰昌同志：新年祝福德日增，妙愿圆满。"托他的福，这些年我虽有负于他的祝愿，但还健康地活着。而他，却"福德日增，妙愿圆满"地走了。

朴老没走，在我心中。

2000 年 5 月 22 日

忆念中的诗人小川

我的职业，使我有机会浪迹祖国许多地方，大到闻名世界的名山名城，小到地图上不见标记的山湾和村落。有些地方，第一次踏上去也许就成了最后一次的告别。我买过一本地图，喜欢在上面用红笔点出我的足迹。旅行乘火车我爱倚在窗口，面对疾疾掠过眼帘的山峦、绿丛、田野、茅舍……凝思遐想，说不上哪一天我会突然闯入这点点之中。

去上海的火车，过天津西站就拐弯南去了。而这段行程多半是傍晚或夜间通过。远处，一片夺目的火光，把那如墨的夜的空气都烧红了。听说，那片天际下有个大油田，天然气成天白白地在燃烧。每当我接近或远远眺望那块天地时，我的心底总会亮起一片红红的火光。

说不上那个年月是否真有火在燃烧。1975 年 9 月的一天下午，当我从天津乘长途汽车来到叫做团泊洼的地方，已经临近黄昏了。尘土被车轮扰得扬起，与夕阳的余晖混成金色朦胧的一片。

我是在这两年之前，从中央文化部湖北咸宁干校，被打发到河北省一家文艺杂志社工作的。荒疏了多年的业务重新上手，好不积极。这次去秦皇岛组稿，路过天津，一股强烈的看望他的冲动，驱使我跳上了去静海干校的长途汽车。

咸宁干校，1974 年合并到河北省静海文化部另一干校，那里尚有不少待分配的学友。当我走进这座散落在荒滩上的校舍时，一路遇见不少熟人故旧，招呼不断。我的出其不意的到来，给地处偏僻的干校冷清的生活带来一点欢愉。犹如一个冒失的游人，闯进偏远而与世隔绝的山寨，给那些被生活遗忘了的地方，透进了一点生活的气息。

简单地用过晚饭，便和几位故旧在院子里纳凉，相互之间问候一番，很快感到凉意了。这里离海近，空旷得很，海风无阻地一直吹拂过来。

我是专程来看望他的，他正在接受中央专案组的审查，我已经知道此刻面对着的前排那间闪着光亮的屋子里就住着他。

还是一位和我相处较深的熟人摸着我的心思，快 9 点了，他凑到我身边悄悄地说："去看小川吧，他在，没关系，我们都同他说话。"

被人猜透心思是何等愉快啊！

我高兴即将见到他，快一年不见了，他好吗？我和他——诗人郭小川不能说很熟，我来《文艺报》工作时，他早已离开全国作协去《人民日报》了。"文革"初期，他被揪回作协机关。1969 年秋天，我们同下干校。一点小小的媒介，使我们没少接近。那就是，他爱下象棋，我也爱。每天下湖劳动往返一二十里地，收工走回连队营房，腿部发僵，晚饭后听完训话，高唱"样板戏"和革命歌曲，不少人便早早躺在床上闲聊，能够消遣的娱乐活动，下棋还被默许。这个场合，领导与群众，有名与无名的界限就模糊不清了，谁赢谁就是好汉。小川未动棋之前，总说他学会下棋时，我还穿开裆裤，他在《人民日报》胜过多少人，但每次战绩并不佳，却又从不服输。有时他明明输得够惨，却还要说这是有意让我的，或说话走神走错了一步，而又不愿悔棋，否则准赢我。他说得那么认真，逗得在一旁观战的人个个抿嘴直乐。他就是这么一位童心不泯的人，有人说他是一位十八岁的老革命，与他共事多年的人说，他这种性格，在复杂的文艺界使他没少吃苦头。1971 年国庆节前夕，连里一位领导提高了嗓门在叫，越是放假越要绷紧阶段斗争这根弦。早饭后，雨愈下愈大。小川光着头从前排宿舍跑来找我，一进门就说今天要好好教训我，给我点厉害看看。我们从早午饭后一直下到吃早晚饭，结果他又吹炸了，气鼓鼓地走去，临了还说："今天过节，让你高兴高兴。"我还没来得及高兴，晚上连队点名会上，这事就被当作新动向提出来了。会后，我下山坡去厕所，想在那里蹲蹲，平静一下情绪。小川跟着也来了，他是否也想寻点安静？路滑，我差点摔跤。小川走近了，他小声说："你别怕，我向连里说了，是我找你的，与你没关系。"停了一会儿，他回头又说，"下棋算犯法？什么事！"

不久他回北京，情况渐好，也开始发表作品了。这在当时寂寞的文苑里很引起人们的注目。大家都为他高兴，他也没忘向阳湖畔的一些学友。我到河北工作后还收到过他几封信，有次在信末还附笔问我是否仍下棋。好景不长，江青蓄意整他，不久宣布第二次专案审查他。他又被带到湖北干校，干校迁徙河北静海时，他路过北京，也不准他停留，可见当时对他的问题，是看得很重的。

眼下，我就要见到他。我推门进屋，他正就着台灯在看书，桌上摊开了新出版的四卷马恩选集。猛一见面，他神情有点局促，他已听说我来了，正等我来看他，或许在琢磨我是否有胆量来看他。他见我第一句话就是：这些年没有认真读马列，最近系统地看了一些，大有收获。他从桌边洗脸盆里拿给我一块切得极不规则的西瓜，我吃西瓜时，他点上了一支烟，气氛松弛了下来。听说，这次审查的材料，他早已写完了。好几个月没事，就这么待着。最初因不知道底细，周围的人对他有点距离，慢慢地私下也往来交谈了。当时，在同志们心目中，他依然是名诗人、老干部。他劈头告诉我，他正准备马列辅导课，无非是叫我宽心。他叮嘱我，要好好读马列原著，问我《反杜林论》读过没有。我望着他不回答，心里好笑，我在大学八九年，这种书还少读过？至于是否真正读懂，就难说了。

夜深了，附近屋子里的灯渐次熄灭。后期干校，纪律松散，常在的人不多，一排屋子，没有几间有人，安静得很。秋草丛里虫鸣不已，也许这种过于静谧的气氛，使我们的谈话深入起来。他微笑着，亲切地希望我开诚布公地谈点什么。他已听说毛主席关于电影《创业》有个批示，但知道得不具体，也不准确。我把前几天在北京听到的，尽可能原原本本地告诉了他，还有文艺界新近的一些情况。他有点激动，大胆地流露了对江青的不满。他对江青可能不再管文艺这一消息，抱有乐观的希望。

他谈起了使他再次罹祸的那首长诗《万里长江横渡》的写作发表情

况，我耐心地听着。他有时激动得站起来，猛吸香烟。他不住地说，还是鲁迅看得深刻，青年人未必都可信。他希望我理解他的意思。我深深地同情他——他是一位值得信赖而又容易轻信的人。我离开他时，已是半夜了。他吃了几粒安眠药，我祝他睡好。他紧握我的手说，再过几小时天就亮了，他要送我。

第二天早晨，我还未醒过来，他已站在我的床前，请我去他房里用早点。他用饭盒冲了奶粉，水大概是隔夜的，奶粉冲不开，浮在上面的一层，聚成一小团一小团的。真情厚意使他把糖放得太多了，甜得有点发腻。他笑着说：凑合着吃，反正营养全在里面。

灰暗的天色。我始终感觉，在离这儿不远处，有成天燃烧着的天然气。也许有了这点感觉，在我的眼中，灰暗的天幕也似乎抹上了一层亮色。正下着浸润的细雨，轻尘不能恣意飞扬了。他出去了一会儿，回来高兴地对我说：算你有运气，有辆吉普车去廊坊，我和政委说好了，捎你到天津。他一直陪我到开车，挥着手说："北京见！"

在"四人帮"刚刚垮台，激动和欢乐还只是暗暗地在一部分人中流荡的日子里。我在《人民文学》工作，从上海出差回来，在小川的挚友冯牧同志家里，读到他刚刚从河南林县寄来的一封信。从信的字里行间看，他已经嗅到这场伟大胜利的讯息了。他自信，很快就能回到北京。那天也是阴雨天，室内和窗外同样昏暗。主人激动喜悦的心绪感染了我，使我想起了一年前小川的话："北京见！"也是在这个斗室里，我才得知，由于小川把上次我们在团泊洼的谈话内容告诉了他人，结果被加油添醋上纲上线地端了出来。要不是"四人帮"及时垮台，小川注定要第三次接受审查，后果更难以设想。现在好了，他可以抒发自己的情感和表达自己的意愿了。我迫切地盼望着能在北京早日见到他。然而不久他竟猝然死亡了！我从上海出差赶回来参加小川追悼会。那天到的老同志很多，我伫立在他的遗像前，说不出在崇敬与悲伤中，是否还夹有一丝对他性格中某些弱点不可原宥的抱怨。

1983年4月20日

陈学昭二三事

一

我在北大学习时，对人的称呼简单，同学直呼其名，老师就叫老师。被我称作老师的并非全然是年长的教授，与我几乎同龄的只要辅导过我的，也都以老师相称。如袁行霈教授，我 1955 年入学时，他刚留校做助教，跟林庚教授辅导过我们隋唐文学史，我就叫他袁老师。这种称呼，有时也带来尴尬。按班级严家炎本是与我同出自杨晦教授门下的研究生，我叫他师兄，但他 1958 年转到现代文学教研室任教，辅导过我，我即改口叫他严老师，弄得他不好意思，直摆手，说，还是叫我家炎吧！

1964 年 5 月，我被分配到《文艺报》工作，报到后，回学校清理行装，在海淀镇巧遇《文艺报》的阎纲。《文艺报》有个专写文学评论的阎纲，我知道他，他也知道将要与我共事。他拉我在一家专售羊杂碎的回民小馆共餐。当他向我介绍《文艺报》领导时，我留意他的称呼，张光年他称"光年同志"，侯金镜他称"金镜同志"，冯牧他称"冯牧同志"。"同志"，我记住了，我要在多年习惯地称谓"老师"的同时，养成叫"同志"的习惯。我上班没几天，一个上午，我所在理论组副组长谢永旺突然告诉我，光年同志来看你了，没等我从座椅上站起，光年同志就推门直入，他大步冲我走来，我还没来得及叫他“光年同志”,他就大声豪爽地说:“欢迎你,泰昌同志!”从此我见单位的人或外出约稿,“同志”不离口。有次,使我突然醒悟到,“同志”也不是随意可叫的。我工作后,编辑部不断分派我写作任务,我写作上有个算不上好也说不上不好的习惯,稿子写成后,总想请人先看一遍,再交出。我的办公室隔壁,是中国作协研究室,所谓“室”,平日只有唐达成一人在,我常去他那里串门,他总在翻阅文学新著和期刊。他是《文艺报》的老人,写作、编辑经验丰富,我不时将原稿请他过目,起先他客气不愿提意见,慢慢就比较率直了。他建议找评论文章一定要注意用语的分寸感,几次修改意见都提得很中肯。有天中午,我正要下楼去食堂吃饭,在过道里我叫他,“达成同志一起走”,不巧,正好碰上一位好心的管干部的同志。事后他悄悄地提醒我,唐达成是摘帽右派,公开场合称呼要注意。我明白他的意思,从此我将“达成同志”改成“达成”,他听了并不介意,反倒高兴。20 世纪 80 年代,他先后任《文艺报》副总编、中国作协党组书记,我对他的称呼始终是“达成”。

感到称呼上的真正为难是在“文革”的十年。1969 年秋天下湖北干校后,与那些尚在接受审查的领导、名作家同在一个连队,同住、同吃、同劳动,朝夕相处,时时相遇。有时在公开场合,有时在私下场合。好在当时我做采购员、伙房挑夫,单独与人接触的机会较多。叫声“同志”,“同志”的声音消失在山村旷野,只有他或她能听到。侯金镜当时是“现行反革命”,他常托我替他买香烟、点心,我悄悄递给他,叫他“金镜同志”,他告诫我,有人时千万别这样叫,就叫我侯金镜。我平生只叫过冰心老人一次“同志”,她在看菜地,我每天要给她送一次开水,我叫她“冰心同志”,她惊奇地睁着眼睛看着我。事隔多年后,她还记着这事,有次她幽默地对我说,现在你怎么不叫我“冰心同志”了?连里一次召开批判大会,一位与被批判的对象私交甚笃的人,指定出来揭发批判,他在一篇写成文字的发言稿中虚张声势、压着边际地大批一通,最后正告诉这位名诗人必须彻底交代罪行才有出路时,居然冒出了一句“××同志”,弄得全场愕然。好在主持会议的连领导颇富阶级斗争经验,在小结会议时撂上一句:看来我们这场斗争相当复杂艰巨，有的人本来就同走资派是一丘之貉！吓得这位“批判者”魂不附体。会后他在昏暗中对我说：稿子上明明写的是“×××”，怎么发言时变成了“××同志”。我小声对他说，你忘了，昨天晚上，我们三人同上厕所时，我俩不都是叫他“××同志”吗？他忙解释说，那是私下。

我逐渐加深了对“同志”这个称呼内涵与使用的理解与重视。冯牧同志在接受审查前，送过我两张他在昆明军区身着军装的照片，什么字也没写。1972 年他结束审查后回到北京又送了我一张近照，背面写着：“泰昌同志，存念。”我和老诗人臧克家在干校有过合影，平时我就叫他克家。1972 年 9 月，他结束审查回京，签名送我一张与夫人郑曼在寓所庭院的合影，背面也写了“泰昌同志”。可见，在那个特殊的年代，巧妙地运用“同志”这个词对谁都要费一番心思的。

上面提到的这些“同志”都是我工作部门的领导和前辈。由此联想到的她，是位令人尊敬的文学前辈，自我 1979 年初次见到她之后十余年，或当面，或书信，她都叫我“同志”，我也称她“同志”。1980 年她在给我的一封信中说：“泰昌同志：您已收到我的信了么？没有您的消息，也没有小林同志的消息，我想您和她都是忙人！”称呼我这个初识的文学后辈为“同志”属正常，称她的老友巴金的女儿李小林为“同志”，并非正常。可见她对“同志”这个称谓有特殊感情与在意。

二

陈学昭，是“五四”新文学时期涌现的女作家群星中的一颗亮点。她比冰心、陈衡哲、凌叔华等年岁略小，在文坛出名也稍后。她早期出版的小说集《南风的梦》和散文集《倦旅》，奠定了她在新文学史上的地位。她的作品当时颇受文坛注视，大多以自身体验和见闻实感为主，文章细腻委婉，让人读来感到亲切自然。自传体长篇小说《工作着是美丽的》影响一时，使她在文学史上的地位更显著。

学昭同志本来就是“同志”“老同志”。她长期追求革命，亲自领受过鲁迅、瞿秋白、茅盾等的教诲与鼓励。1938 年到延安,在一片“同志”声中,她满怀热情投入了延安新天地的大量采访工作,如实地写了毛泽东、朱德等党的一批领导同志,1945 年成为党内一位优秀的作家。

新中国成立后不久,她回到家乡浙江工作。她是浙江省文联副主席。我见到过一张照片,1951 年,丁玲同志陪苏联作家爱伦堡到杭州,陈学昭以主人的身份陪同游览西湖。

习惯了在“同志”声中工作、生活、写作的学昭同志,突然在 1937 年失去了给予和承受“同志”的信任、温暖的权利。虽然 1962 年她已摘除了“右派分子”的帽子,1980 年见她时组织上已对她作出了改正“右派”的决定,但长期被社会另册相视,对这位个性倔强的老人,精神上留下的创痕一时难以抹去。她在 1980 年 11 月给我的信中谈道:“人们(有的)还在悄悄议论‘改正右匣’这个名字,去年在杭州曾行过。”正是在这种压抑的痛楚中,她希望人们对她这位“同志”有如实的了解,又不情愿让人们对她这位“同志”有更多的了解,她常常处于这种矛盾心态之中。1979 年《文艺报》复刊后,曾开辟“我怎样走上文学之路”专栏,约请了一批知名作家撰写,学昭同志原是同意写的,后来她又失约,她在一封给我的信中说:“如果写这些,好像有点发牢骚,又好像有点自吹自擂,影响不好,烦你帮助我向《文艺报》编辑部同志说一声,请求他们宽恕我!”

学昭同志晚年疾病缠身,除冠心病,又增添了糖尿病和腰脊全部增生,她每天只能坐两小时,在长年与多种病魔的搏斗中,完成小说《春茶》《工作着是美丽的》的续写和回忆性散文《天涯归客》的写作。

三

20 世纪 80 年代以来,我去过杭州不下十次。几乎每次都要去看望她。她的住宿条件得到改善,从最初的杭州大学河东一宿舍二〇一一间小室搬到龙游路四号一座旧式小楼上。她谈起自己的创作,最动情的就是长篇小说《工作着是美丽的》。

我很早就读过她的这部小说,我很喜欢小说的名字。工作着是美丽的，即使我在工作中碰到自己并非感到美丽的事时，我也愿将它想象是美丽的。这种感觉，犹如寒冬，北京户外的树叶全已凋零，但那一株株光秃的树木，我总以为那上面还飘动着片片西山的红叶。

学昭同志同我多次谈起写作《工作着是美丽的》的构想。她在1981年给我的信中说："我写的不是烈士，不是英雄，而是在我们这个国家不受重视的'臭知识分子'怎样走上革命道路，在思想改造和求得进步中，受到了些什么困难。"

这部小说1946年开始创作，1949年3月由大连新华书店出版。在当时文艺界片面强调写"工农兵"的氛围里，学昭同志能以"知识分子"为主角，应该说有相当的胆识。小说出版后，在读者中影响不小，但在评介上不够被重视，或受到某种冷落。我读过不少中国现当代文学史，就有这种印象。这种不太公正的印象至今我还留有。作者本人也感到这种不公正，偶尔也流露些许愤愤不平。她在1981年说过："报纸上曾介绍、评论这本书那本书，但没有提到过我这本东西。"我曾劝她要相信历史的公正。她说，她的一生就是坚信历史最终会如实。1979年10月浙江人民出版社将她晚年续写的这部小说第二集与早先出版的合在一起出版，其反响之大给她带来喜悦。她在信中对我说："《工作着是美丽的》出版后，销路是很大，上海《收获》和上海《青年报》都曾要我写过一点东西，已发表过，我收到很多读者来信。"关于这部小说，她说，第二集"写得简略些"。1980年她正在续写小说的第三集，并准备1981年小说再版时放进去，不知她的这个设想后来是否如愿。

四

每次看望晚年的学昭同志，她面对人生的坚强给我印象尤深。她对友人，无论年长年幼、官职大小、成就高低，均诚挚悉心以待，令人感动。

她居然对我的一些作品也过目、关注，并一再长辈般地加以鼓励。1981年，我将拙集《艺文轶话》奉寄给她求教。很快收到她的信："谢谢您赠我《艺文轶话》，当即翻阅，读了《阿英的最后十年》和《寸心耿耿红如丹》，我心情非常激动、难过，很久不能平静！“十年浩劫”，这样惨痛的历史，不能，永远不能也不该重写了！您写的是真实的事迹，特别感动人！”后来她又在来信中说：“读到您很多文章——有发表在香港《新晚报》上的……您写的文章有感情、思想、内容，文字也好！”我在给她的一封信中说，我很爱读她的作品，尤其是《天涯归客》，真实、质朴、生活中的洁净，是我想学而难以学到的。

1990年秋天去杭州，是我最后一次见到她。她忍受坐骨神经痛的阵阵发作，仍在不停地写回忆录，她说，往事如烟，趁自己的记忆还好赶快写出来，她郑重地对我说：泰昌同志，以前我是为活、为生存而写，现在我是为写、为责任而写。我告别她走到楼下，她叫女儿亚男又将我叫回，说已准备好了送我一盒青春宝，叮嘱我千万注意身体！她还托我送一盒给于若木同志。营养学专家于若木同志是陈云同志夫人。她叫我按她写的北京信箱地址先去封信。回京后，我给于若木同志去了信，说待她回音，我送去。有天下班回家，孩子说下午一位奶奶来家里将东西取走了。晚上我电话告诉学昭同志，她在电话中急促地说：我正要告诉你，才发现送你和若木同志的两盒青春宝拿错了，是过期的，你别吃，明天一定要去信给若木同志说明，拜托！拜托！

1991年10月8日，我从北京直飞宁波，参加一个会议。行前已听说学昭同志9月20日突然病倒住院，计划会议结束后去杭州看望她。10日下午会议进行中间，会议主持人递给我一张字条：学昭同志不幸今日凌晨辞世！会议12日结束，下午匆匆赶到杭州，才知道她的遗体当天已火化。亚男告诉我，妈妈身前遗嘱，身后不开追悼会，不举行告别仪式。我来到学昭同志书房里，向她的遗像深深鞠躬，回想起她坎坷的一生，心里不禁默叫起“学昭同志”。当晚给《文艺报》值班同志电话，请他们编发这则消息时，务必注意在这位“五四”新文学时期成长起来的著名女作家陈学昭后面加“同志”两字。

2001年9月

琐忆任继愈老师

2009 年 7 月的北京，高温持续多日，11 日天空罩上了一层迷蒙的雨雾，给难熬中的人们带来了一丝清凉。7 时半左右，突然接到友人电话，告知任继愈先生凌晨 4 时 30 分走了，心头猛然一震。我急忙与几位平素与任先生有交往的朋友联系，约定下午分头去三里河南沙沟任先生家。不料，11 时许又得悉季羡林先生上午 9 时也走了。一日，我国学术界痛失了两位泰斗级的人物，我在沉重的悲痛中，竟埋怨起老天爷不该如此无情。

我和任继愈先生认识较早，接触也多一些，在长达半个多世纪岁月中，有不曾间断的联系。我 1955 年冬认识任先生，是因他的爱人、在中文系的冯钟芸老师的引荐。冯老师对我和同学殷晋培热情关心，休息天不时请我俩去中关园她家里玩。我们闲谈时，任先生都在书房伏案工作，常常是他出来招呼一下又回书房了。上世纪 50 年代中期，任先生曾被派往东欧一国大学讲学。冯老师假期时去探望过。有次冯老师刚从布达佩斯回来，约我们去她家度周末，请我们吃带回来的巧克力，她说任先生在那里很好，也记着你们，希望我们多跑图书馆，说北大图书馆的藏书丰富，要静下心来，勤看，勤记。由于这是我平生头一次吃巧克力，记忆新鲜深刻。

我本科学习期间，听过季羡林先生讲授东方文学的课，听任继愈先生的课则稍晚。1960 年本科毕业后，我留校做文艺理论研究生，导师中文系主任杨晦教授要我们在学习《文心雕龙》时，增加些有关佛学方面的知识，我去选听了任先生在哲学系开设的这方面内容的课，我还当面向他讨教过。任先生说，《文心雕龙》中的用语涉及佛教界的许多术语，首先要弄懂原词原义，不要用现代人的理解去望文生义，并建议我去看范文澜先生上世纪二三十年代出版的《文心雕龙注》，他说范注在校勘、征引、释义等方面多有建树。此书现在市面上难找，但北大图书馆一定有。

笔者与任继愈在国家图书馆大厅

任先生在学术上的造诣，受到学者、专家普遍的尊重。20 世纪 80 年代曾任国务院古籍规划整理领导小组组长的李一氓同志，在经常咨询的极少几位学者中就有任先生。著名文艺理论家张光年用了四十年的功夫，2000 年完成了《骈体语译〈文心雕龙〉》一书，光年同志遇到一些佛学方面的疑难问题时，讨教过少数专家，如在上海的著名文艺理论家王元化同志，在京的赵朴初先生、任继愈先生。任先生曾给我一封信，要我速电告光年同志家的地址，我在回复他的电话时，他补充说：光年同志提的有些问题，电话、写信难讲清楚，准备去看他，当面交流一下。

1987 年，任先生从中国社科院宗教研究所所长调任北京图书馆馆长（现国家图书馆），馆址也迁至西郊白石桥一带。1988 年 7 月 12 日，北京图书馆和中国现代文学馆联合主办的“冰心文学创作生涯七十年展览”在北图新馆大厅隆重开幕。八十八岁高龄的冰心坐着轮椅来了，数百位老中青作家和读者，有被邀请的，有闻讯赶来的，蜂拥而至，川流不息……任馆长站在大厅入口处，忙迎接招呼，他一见我，就兴奋地说：这是北图新馆开放以来最热闹的一次展览活动，图书馆要为社会、读者做好服务，文学界和社会、读者有着广泛密切的联系。

任先生的爱人冯钟芸教授早走了几年。我在八宝山参加她的遗体告别仪式时，任先生叫我过两天到家里去一下。他告诉我冯老师走得很突然，很安静，但没有什么痛苦，他悲痛地说她这些年为审定全国中小学语文教材太累了。他说，人上了年纪，特别要注意身体，身体健康，精神健康，才能多做点于国家于人民有益的事。当时我正在将一批自己的藏书捐给家乡安徽马鞍山市图书馆，他支持我这个做法，他说：书是让人阅读的，有用，不是埋藏在图书馆和个人书房里，阅读的人多了，图书的实际作用就发挥越大。2005年8月，马鞍山市图书馆决定设立吴泰昌捐书阁。我请任老题写了“吴泰昌捐书阁”阁名。他在交给我原件时对我说：给贵家乡留个纪念，也给你留个纪念吧。他叮嘱我，若要介绍他的身份时，注意别弄错了，我现在已不是国家图书馆馆长，是荣誉馆长，已有新的馆长接班，年轻的一代比我们会干得好，他开玩笑地说：我都不感觉自己太老，正在做和计划做的事怕做不完，老年人有老年人的优势，多做点事，为年轻人多提供点方便。他还记得他过八十岁生日时我送给他的一尊生肖木雕，他微笑着说，我九十、百岁生日时还想见到你！

新世纪以来，任老的身体不如以前，但他的心依然牵挂着古籍整理工作，每天还是早上四五点钟起来工作，把大部分时间都扑在《中华大典》和《中华大藏经》的继编大型出版工程上。

任继愈先生走了，我牢记最后一次见他时他说的话：觉着自己的精力还能做点事就想多做点，这样的生命才充实，才有价值。

2009年7月17日

“亭子间”里的周立波

上海的亭子间是很小很小的，这是儿时的印象。后来长大了，看一些文学作品和电影，才知道亭子间的“小”里藏着许多神奇动人的故事和人生的逼真图画。二十多年前，我从江南水乡来到北京求学，日见大楼矗立，马路加宽，古城的变化，几乎将我童年的记忆冲到不知什么角落去了。

但是，记忆是潜藏着的，有时难以捕捉它，有时它却不知不觉间突然蹦出来，并慢慢地扩展开去，以至淹没了你的脑际。

那是 1977 年秋天，一天清晨，我应约去西郊探望一位知名的老作家。

他住在被叫做“宇宙红”的住宅区。楼号忘了，快近楼群时，我问了几位年轻的过路人：“请问周立波同志住在几号楼？”回答是不假思索的一个摇头动作，或者用眼睛冷漠地打量一下我，便径直走了。他们对被询问者的名字如此生疏，令人吃惊。然而，无巧不成书，当我正焦急窘迫的当儿，他忽然从小道的那头悠闲地走过来了。

他是我尊敬的人。从中学起我就爱读他的作品。前些年听到过他的悲惨遭遇。他从外地来京养病不久。当我走到他的面前，他仰起那副高度近视眼镜，微笑着说：“这么早你就来了？我在附近走走，一块回家去吧！”我跟着他进入了附近的一个楼门，二层，左边。他说的“家”，我原以为是一个宽绰的住宅哩，可是，一踏进……不知怎的，顿然使我想起儿时见惯的亭子间，又想起曾读过的一本名叫《亭子间里》的书，因为，呈现在我眼前的，是一间不超过十平方米的小屋，这是他的卧室、书房兼会客室，家里人住在另一小间。厨房在进门的过道口，厕所在门外楼道里，公用。这种简易楼，对北京大多数居民来说，是不陌生的。当我坐定，无意识地脱口说出“亭子间”三个字时，他反应很快，忙解释说，那是他的一本旧著，收了一些有关 20 世纪 30 年代左翼文艺运动的文章，是在上海亭子间里写的，为了纪念那段生活，取了这个名字，谁知遭厄运，前几年“亭子间文学”被说成是“黑文学”，被批得好厉害！……我没有记住他说的其他话，我感到呼吸的压迫。那天原是去约稿的，结果正经事没有谈多少。这个小屋的狭窄憋得人难受，我耳畔不断响着“亭子间”这三个字。

过了些日子，《人民文学》编辑部召开了一次短篇小说创作座谈会，会议的住所是一座古色古香的庭院，幽静、舒适。为了便于吃汤药，他坚持晚上回去。早上我去接他。知道他夜间或凌晨常写作。那时他除了要应付报刊的一些零星约稿，正在酝酿写一部战争岁月的回忆录，他保存了好些当年的日记、笔记。有次见他坐在“亭子间”里翻看人民文学出版社刚刚重版的《暴风骤雨》，神情那么专注，我真想透过他的眼神——“心灵之窗”，窥望他此刻的心海，是平静的湖面，还是席卷的怒涛？

1978 年夏天，他在西苑饭店参加文联全委扩大会，因工作关系，多次见到他。一次他谈起他很熟悉的一位“左联”时期的亡友，当得知正在编辑一部他这位亡友的集子时，他深情地说：他文章写得快、好读，多是在亭子间里连夜赶写出来的。他说要写一篇纪念文章，缅怀亭子间时期的生活、友谊。又是“亭子间”，我不禁怅惘了。

后来，他患肺癌住院了。在他住院治病期间，住宿条件有了很大的改善。临死前，他终于向“亭子间”告别了。这个变化，对他来说，已不是现实的存在。他离开我们一年多了。每当乘电车路过西郊时，我总爱透过车窗，注视那个熟悉的方向，寻找绿树丛中那幢熟悉的楼房。今夜，秋雨淅沥，立波同志在《亭子间里》后记中的这几句话使我思绪绵绵：“亭子间开间很小，租金不高，是革命者、小职工和穷文人惯于居住的地方。我在上海十年间，除开两年多是在上海和苏州的监狱里以外，其余年月全部是在这种亭子间里度过的。在亭子间里，我加入了中国左翼作家联盟，稍后，参加了中国共产党，又参与了左联的党团的活动，担任过两种刊物的编辑。”像他这样蜚声海内外文坛，与“亭子间”结下不解之缘的大作家，为什么能够锲而不舍，奋笔如椽，向人民奉献丰盛的精神产品呢？他一生笔耕，面对困难，甘之如饴，却长期困于“亭子间”里，这是为什么呢？20 世纪 30 年代不得已困于“亭子间”，后来听从号召，走出了“亭子间”，又被重新投入“亭子间”里，这又是为什么呢？这太发人深省了！

有幸的是，他瞑目前，终于搬出了“亭子间”。四个现代化的曙光，开始照拂到人们身上，也照拂到了这位驰骋文场一生、成就卓著的老将身上。我们是有希望的。虽然这只是衣食住行的小事。

当我路过西郊的时候……

1980 年 9 月

跟张光年学做编辑

我从事文艺报刊编辑工作的年头不短，先后在《文艺报》《人民文学》就职，而这两家新中国历史最悠久的文艺期刊的主编正是张光年同志。从 1964 年起，我与光年同志开始接触，可以说，对我工作等多方面有过帮助和影响的领导和前辈中，光年同志是重要的一位。

我到《文艺报》上班没有立刻投入编辑工作，副主编侯金镜同志安排我的第一课，是用一周时间去看《文艺报》。1961 年 3 月号发表的由光年同志执笔的《题材问题》专论的修改样，厚厚的一叠，有执笔者的多次改样，有中国作协党组负责人、中宣部、党中央有关同志的改样。事后才知道，这是光年同志有意安排的，本意是让我从反复修改的文字中加深认识报刊工作的严重性和重要性。我边看边做笔记，留心一些重要提法是如何被修改得更准确更贴切的。我特别注意文章中形容词的用法，我看到文章的作者和修改者在用词上很讲究分寸。我写文章不大爱用无边的形容词，与工作伊始上的这堂课颇有关系。

我分在理论组，但我上班不久，编辑部就派我去采访山西话剧院的《刘胡兰》剧组，从北京到天津，又派我去采访北京人民艺术剧院自编自演的《矿山兄弟》剧组，从北京到山西，整整一个月。当我回来汇报这两个戏演出得几乎场场爆满的情况时，光年同志说，你在大学里学习、研究文艺理论多年，对理论的深切鲜活的理解就是要与艺术实践相结合，检验文艺的社会作用，最有效的办法就是看读者、观众的直接反应，我们推荐作品，心中就要有这个数。

光年同志平时不大来编辑部，但刊物每期在王府井人民日报印刷厂付印的晚上他一般都去。我们这些新来的年轻人有意识被安排去现场习战，校对、复查引文，防备临时换稿。光年桌子上一杯茶，一盒烟，仔细地阅看本期大样。他不时地提醒我们编辑工作中该注意的问题。有次他在看袁鹰题为《遥望金鸥》的大样时问我这篇文章怎么到手这么快？他说组稿物色好人选很重要。不同内容不同时间要求的文章要请不同的作者，有些作者能写不能赶，有些作者能写又能赶。编辑是与作者打交道的，平日就要与作者交朋友，了解他们的特点，需要约稿时就自如了。

“文革”初期，中国作协所属的《文艺报》《人民文学》《诗刊》被迫停刊。1976 年，《人民文学》《诗刊》率先复刊，当时中国作协尚未恢复工作，这两份刊物隶属国家出版局。光年同志从湖北干校回京后，出任出版局顾问，“四人帮”粉碎后，又兼任《人民文学》主编。我在 1978 年 6 月调回《文艺报》筹备复刊前，在《人民文学》工作，光年同志为落实党的文艺政策，为文艺界老同志尽早恢复名誉、重返文坛耗尽心血，做了大量的工作。《人民文学》连续召开了数次座谈会。给我的印象最深的，是光年同志为促使老舍尽早恢复名誉所做的运筹和决策。1977 年 9 月，有天上午他突然叫我去他家，布置我马上去老舍家，请老舍夫人胡絜青提供一篇老舍生前未发表的短文，体裁不限，散文、随笔、诗歌、快板都可以。下午我去东城丰富胡同老舍家，胡絜青和老舍长女舒济在四处摊满的被抄家退回的书稿中寻找，第二天才找出老舍 1965 年写的两首短诗的手稿，一首题为《昔年》，一首题为《今日》。光年同志决定以题《诗二首——老舍遗作》在第 10 期发表，并决定用手迹刊出。在刊物付印时，光年同志亲自看了编辑部加的说明，在老舍名字后面加了“同志”两字，他说，老舍本来就是同志，好同志，好同志被弄成不是同志，蒙冤而死，是一大悲剧！所以现在必须郑重标明“老舍同志”。光年同志又决定《人民文学》1978 年三、四、五三期连续发表老舍生前未完稿九万字小说《正红旗下》。光年同志的这些动作，为1978年6月老舍正式平反恢复名誉作了舆论铺垫。

1983年5月7日，法国总统弗朗索瓦·密特朗专程飞抵上海，授予巴金法兰西共和国荣誉勋章。6日，中国作协党组书记、中国作协副主席张光年代表中国作协去上海祝贺。《文艺报》主编冯牧派我跟随光年同志去，为报纸写专题报道。行前，他交代，这不单是巴老的殊荣，也是中国文坛一大喜事，巴老是我们的主席，《文艺报》又是机关报，报道一定要比其他报纸写得详细、充实，当时写，写好请光年同志审定。当我将《巴金获法国荣誉勋章记》原稿送光年同志时，他说，详细是做到了，详细别的报纸也能做到，要增添点独家的东西，我们有条件做到。第二天，我又去医院看望巴老，他兴奋地说："我们国家有许多作家、作者值得向国外介绍，要让别人尽可能了解我们。过去我们这方面注意不够。现代文学馆开放后，可以接待世界各国的作家。法国朋友们一定是很感兴趣的。"我将巴老这几句话加在文末，光年同志微笑着说，这篇报道看来是有点独家的东西了。他强调说，记者就要敏锐地捕捉到别人捕捉不到或难以捕捉到的东西。

光年同志主编刊物只是他半个多世纪为社会主义祖国文艺事业所作的诸多工作、诸多贡献中的冰山一角，而我跟他学做编辑点滴，也只是他给我人生有形无形教益的一个方面。

2002年

不以诗人自居的诗人——马君武

提起我国新诗的勃起，自然忘不了清末的夏曾佑（1863—1924 年，字穗卿，杭州人，著有《中国历史教科书》）、谭嗣同（1865—1898 年）等人所倡导的“诗界革命”。这些前驱者当时所谓的新体诗，实质不过是诗歌改良，在形式上并没能跳出旧体诗的窠臼，只不过在内容上注入些“流俗语”、新名词，“颇喜挦扯新名词以自表革命”。这是诗歌由旧至新演变过程中的一个必经阶梯，在当时还是很有意义的。不仅适应了资产阶级改良主义政治运动对文学的需求，使诗歌成为传播新思想、新知识的工具；同时在诗歌形式自身的发展上，这种新内容与旧格调的表面谐和只能是暂时的，新的内容必然要突破旧的格调的束缚，白话自由体的新诗正是在这不断的冲击下诞生的。这期间有不少人作了努力，胡适（1891—1962 年）1916 年 7 月，开始“尝试”白话新诗，而最值得推崇的新诗派的功臣，当推黄遵宪（1848—1905 年）和梁启超（1873—1929 年），他们或理论，或诗作，或译诗，对新诗的催生影响巨大。而马君武在这方面的劳绩，也占有一定的位置。

单给马君武冠以诗人的称号是不够的。他首先是我国近代第一流的学者。他的一生，在文化上的成就和贡献，多方面闪烁着光辉。马君武原名马和，字君武，1882 年生于广西桂林，幼年丧父，家贫如洗，又无兄弟姊

1930 年马君武(左二)与高一涵、蔡元培、胡适、丁瀫音(左起)合影

妹相助,他的成材,完全是自幼随母攻读的结果。少年时,他晚间常常站在街头路灯下读书。1901 年留学日本。1906 年回国,在“中国公学”任教。因参加同盟会的革命活动,被清政府两广总督端方搜捕,逃亡德国,在柏林大学学冶金,获德国柏林大学工科博士学位,是中国留学生中第一个获得科学博士学位者。他精通日、英、德、法诸国文字,译著丰富。在柏林求学时,工余之暇,耗两年时间,著译了《德华字典》一本,一千一百多页、该书 1916 年由中华书局出版,长期成为沟通德华文化交流的重要媒介。他是中国现代科学家中第一位输入西欧科学文化者。例如,他最早将英国生物学家达尔文名著《物种原始》译成中文,1902 年开始摘译,1904 年集数章成《物种由来》,1906 年将该书全部译出,名《达尔文物种原始》,中华书局印行,广为读者欢迎。他还研究化学,为中国制无烟火药第一人。他长期热心教育事业,抗战时一手筹办广西大学,任该校校长多年。1939 年秋,逝于桂林良丰校内。马君武的诗生活,与他的科学、教育事业相比,分量并不重。他与诗攀上亲缘,与他早年的漂泊生涯和从事的反清革命活动密切相关。

马君武1901年东渡日本，因生活窘迫，常给报馆投稿，其中就包括一些诗作。他自己说过“壬癸（即1902—1903年）间作文最多”，这时政治上他与保皇党康有为、梁启超交往多。他的不少诗文发表在梁启超主办的《新民丛报》上。后来他在横滨晤见孙中山，常常聆听孙中山的反清革命的伟论，他的人生路向有了很大的转变，写作活动也随之转变。他在大庭广众之间放言高论：“康、梁系过去人物，而孙公则未来人物也！”从此，他的诗，用来“鼓吹新学思潮，标榜爱国主义”。1911年辛亥革命之后，他从欧洲归国，历任孙中山总统府秘书长、国会议员、实业部长、司法部长、教育总长、广西省长等职。即使在他公务缠身时，他也从未撇开过诗，诗往往透露出他内心的真情。

1912年他曾说：“自兹以后，予将利用所学，以图新民国工业之发展，殆不复作诗文矣。”这话不实，兹后他作的诗文未断，只不过他对自己的文字并不爱惜，尤其是官场上一些应酬之作，随写随弃，不曾汇集。他留存下来的唯一一本诗集，是友人、同为南社社员的朱少屏为他刊印的《君武诗集》（封面题《马君武诗稿》），1914年6月上海文明书局印行，内收七古十七首，七绝二十一首，五古九首，五律三十二首，五绝四首，译诗三十八首。卷首有作者1913年5月写的一篇自序，自序云：“此寥寥短篇断无文学界存在之价值。惟十年以前，君武于鼓吹新学思潮，标榜爱国主义，固有微力焉，以作个人之纪念而已。”这篇自序是研究马君武的一页珍贵文字。

《君武诗集》中的作品，大都写成于所谓“南社时代”，亦即写于光绪壬癸至民国初年之间，先后发表于《新民丛报》《民报》和《南社社刊》。君武是南社的“革命诗人”之一，他的古近体诗，从词旨、韵味上说，有浓厚的晚唐诗的气息，但具有一种“慷慨以使气，磊落以使才”的新精神。当时他的诗流传甚广，人们乐于传诵。如1906年他在日本追随孙中山参加同盟会时，曾作了五首《华族祖国歌》，先发表于报章（《君武诗集》列为首篇），兹选录其中两首：

华族祖国今何方？西极昆仑尽卫藏。
层峦万叠金沙黄，水草无际多牛羊。
黄河之源际天长，祖国无乃西界印度洋。
非欤非欤，华族不以西为疆。

尔祖黄帝不可忘，挥斥八极拓土疆。
尔祖夏后不可忘，平治水土流泽长。
热血喷张气发扬，以铳以剑誓死为之防。
华族华族，祖国沦亡，尔罪不能偿！

其辞豪放，热情横溢，由血泪交织而成，对反清革命具有相当的鼓动作用，在当时流行的革命鼓动诗中，算是艺术感染力强的上品。马君武不仅有古人豪放的气派，还别开生面，独出一格，在诗中加入时代新术语或引入科学原理，如《华族祖国歌》又一首：

地球之寿不能详，生物竞争始洪荒。
万物次第归灭亡，最宜之族为最强。
优胜劣败理彰彰，天择无情徬徨何所望？
华族华族，肩枪腰剑奋勇赴战场！

诗中竟把达尔文"物竞天择"的理论也引进去了，但读来并不使人感到枯燥。

《华族祖国歌》无论思想上或艺术上均系马君武的代表作。民国以后，他也写过不少诗，1931 年"九一八"时，他写的《哀沈阳》七绝二首，讽寓之事虽不属实，但激荡其间的爱国主义精神却异常强烈，故此二诗当时传遍全国。总的来说，《君武诗集》以后的诗其成就无法与前期诗媲美。这也许是诗人不愿再辑印后期诗作的一个隐秘的原因。据马君武的一名学生回忆说，1930 年，马君武在上海大夏大学兼课，当时有一位国文教授，要出版一本诗集，题名《待焚诗稿》，拿来请马先生题几个字，以增光荣，马先生却很不客气的拒绝了。末后，马先生曾对他的学生说："什么《待焚诗稿》？焚了去罢，无病呻吟，颓丧！"这件趣事，多少透露了马君武对诗歌的真正追求。

《君武诗集》中所收的译诗，显示了马君武在诗歌革新上的另一面成就，也许比他的自作成就还大、影响更深远。这里不能不谈到他翻译的英国诗人拜伦的《哀希腊歌》。这首诗译于1905年。两年前（1903年），梁启超在他的白话小说《新中国未来记》第四回中就摘译了拜伦的这首抒情诗。几乎与马君武译《哀希腊歌》同时，苏曼殊（1884—1918年，香山人，著有《苏曼殊全集》）在《拜伦诗选》中用五言古风体也翻译了这首名篇。马君武还翻译了歌德之《米娘之歌》《衬衣之歌》等诗。这些译诗对传播爱国主义与民主主义思想起了积极作用，对新诗的形成起了促进作用。据说马君武译诗很敏捷，一面阅西文原作，一面译为中文，同时又吸烟与朋友交谈。这与他中文诗词底子深，外语精通有关。他的译诗自成一家，受到文学史家们的称赞。李思纯的法国诗选译《仙河集》说："近人译诗有三式。一曰马君武式。以格律谨严之近体译之……二曰苏玄瑛式。以格律较疏之古体译之……三曰胡适式。则白话直译，尽弛格律矣。"陈炳坤（子展）在《最近三十年中国文学史》（上海太平洋书店1930年版）中说："三式中却爱马式，如译嚣俄（雨果）题其情人《阿黛儿遗札》诗云：'此是青年红叶书，而今重展泪盈裾。斜风斜雨人将老，青史青山事总虚。两字题碑记恩爱，十年去国共艰虞。茫茫乐土知何在？人世苍黄一梦知。'诵之令人荡气回肠，不能自已也。"对马君武的译诗，也有人指出其弱点。胡适在他之后用离骚体又重译了拜伦的《哀希腊歌》，他说："颇嫌君武失之讹，而曼殊失之晦。讹则失真，晦则不达，均非善译者也。"马君武于译诗之外，还翻译过一些世界文学名著，其中以德国席勒的戏剧《威廉·退尔》（中华书局1925年12月版）最为人称道。译者在《译言》中说："吾欲译欧洲戏曲久矣，每未得闲。今来居瑞士之宁茫湖边，感于其地方之文明，人民之自由，到处瞻仰威廉·退尔之遗像，为译此曲。此虽戏曲乎，实可作瑞士开国史读也。予译此书，不知坠过几多次眼泪，予固非善哭者，不审吾国人读此书，具何种感觉耳。”马君武是不肯以诗人自居的诗人。他在诗上花的功夫实在不多。他的兴趣过于广泛了，科学、教育、文化无不涉足。他与欧阳予倩四十年前合作致力于桂剧改革，还编了《木兰从军》及《梁红玉》等剧，并演出于桂、柳一带。

1982 年元旦

我的老师——杨晦

我的老师很多，不是时下习惯泛称的老师。我当学生的年头之长应该说在我同龄人中是稀有的。如果从童年在抗战江西儿童保育院算起，有二十八九个春秋了。虽然我的记性还好，毕竟不同时段使我受过益的老师屈指难数，不可能每个都留存下清晰的记忆。今年(2000 年)3 月的最后一天，北大中文系庆祝建系九十周年，我回到母校参加庆祝活动，见到了一批四十多年前的同窗，虽然同在京城，多半是数年不见，在这个场合相聚，感触丛生。燕园风光依旧，当年给我们上课的老师，大多先后辞世，连健在的林庚教授也因病未能亲临。岁月无情！我想起了这句话。

在北大中文系学习、生活了近九年，杨晦教授是我跟随学习时间最长的老师。1955 年进校时，他是系主任兼文艺理论教研室主任，我听过他的课。1958 年“大炼钢铁”时，我和几位同学去燕东园他的寓所帮他拆毁壁炉取钢条。1960 年本科毕业后做他的研究生，他的辅导都在家里，有时在客厅，有时在书房。接触渐渐多了。特别是他辅导我写研究生毕业论文那半年，往往是不预约就贸然而去。多次是他一边用餐一边同我谈。杨老师吃饭简单，一小碗红烧肉，一碗素菜汤。他留我在他家吃过几次，每次同他一样，一小碗红烧肉，一碗素菜汤。进校时，他给新生作报告，记得最清楚的是，他激动地说：中文系不是培养作家的，想当作家，别到这里来。也就是那次讲完话散场后，他在一群人中见到了我这个瘦弱的新生，他问我从哪里考来的，在哪个专业。我原是报考中文系新闻专业的，杨老师说，你年纪小，可以重新考虑改学语言文学专业。当时语文专业学制在全国率先改为五年制，新闻专业四年制。又听说语言文学方面名教授多，后来的中国社科院文学所当时是北大文学研究所，名人也多。经他的提醒，不久我就申请改学语文专业了。1964 年研究生毕业时，他因病休养，由游国恩教授代系主任。我到《文艺报》工作前，游老师约我去他家谈话，叮嘱我出去要好好工作，国家培养一个人才不容易。游老师是位亲切又严肃的人，在他送别我时，想不到他竟提醒我要去的单位比学校复杂，一切要小心从事。我对他的提醒还不大理解。当我来到《文艺报》上班，主编张光年见我时就说：这是个光荣而危险的岗位。这才使我回想起了游老师的这番用心。离开学校的头天下午，我去看望了杨晦老师，他正靠在二楼书房的沙发上闭目养神，书桌摊满了书，其中一本厚厚的英文大辞典张开地躺在那里。那天他精神不好，劝我去了以后多看多听少写。

1958 年，系里同学集体编写中国文学史。我分在近代文学组。杨晦老师亲自写信给阿英先生，请他给予我们这些年轻学生帮助。这封信难得地还存在："阿英同志：听说你身体不好，在养病。疗养的效果好吗？北大中文系三年级同学，想在最近期间，编写一部中国文学史。鸦片战争到'五四'这一段，想请你帮助，指导进行。我想，你一定很愿意，或者说，一定不会谢绝的吧！并祝健康！弟杨晦，八月四日"。阿英先生时在香山养病，他不仅同我们谈了许久，还送了我们他自己编著的有关近代文学书籍，还借给我们难觅的有关图书资料。

杨晦老师不愿谈起自己。我是从一位北大老校工那里知道他是"五四"运动火烧赵家楼的勇士之一。也是后来陆陆续续听说，他是学哲学的，1917 年北大哲学系毕业，与朱自清同班。杨老师去世后，偶然与朱光潜老师闲谈时得知，朱自清对杨晦为人为文的称赞。1948 年，上海文艺界为杨晦庆贺五十寿辰。远在北平的朱自清给杨晦写来了贺信："慧修学兄大鉴：这是您的一个同班老同学在给您写信，庆祝您的五十寿辰，庆祝您的创作和批评的成绩，庆祝您的进步！我知道‘杨晦’就是我的同班同学您，远在您成名之后，大概是抗战前的三四年罢，记不清是谁和我说的了。那时我很高兴，高兴的是同班里有了您，您这位同道人！可惜的是自从毕业就没有见过面，也没有通过信，就是在我的大发现，发现您是我的同班，或我是您的同班之后！但是我直到现在还清清楚楚地记得您的脸，您的小坎肩儿，和您的沉默！我喜欢您的创作，恬静而深刻，喜欢您的批评，明确而精细，早就想向您表示我的欣慰和敬佩，又可惜没有找到一个适宜的机会动笔。今天广田兄告诉我，说是您的五十寿辰，我真高兴，我能赶上给您写这封祝寿的信！敬祝长寿多福！弟朱自清，三七年(1948 年)3 月 19 日北平清华园”。这封信也是朱光潜老师提供给我看的。其时我正在为朱老师编选他的《艺文杂谈》一书。这封信曾发表在他主编的《文学杂志》纪念朱自清先生的特辑中。事后我曾告诉同是作家、学者的杨老师的儿子，他也不知此事，可见杨晦老师日常中的“沉默”。

我常常想念杨老师，特别是他 1983 年辞世之后。作为一名学生，一直想为他做点什么。上海文艺出版社约请我编《杨晦选集》，我欣然同意了。事后知道，此书的出版得到胡乔木同志的关心。杨老师的老友冯至、臧克家为书写了序文。在杨老师的子女和出版社的支持下，花了几个月的业余时间终于编就顺利出版了。出版社给乔木同志送了书。过了不久，乔木同志身边工作人员曾来找我，说乔木同志希望我送他一本拙集《艺文轶话》。《艺文轶话》是我 1979—1980 年期间为上海《解放日报》开的一个专栏的结集。题名是叶圣陶先生写的，每周一篇。1979 年全国第四次文代会期间，《解放日报》储大泓、吴芝麟来会上采访组稿，是他们约我，催我，逼我写出来的。1981 年结集成书出版，受到一些前辈的鼓励，后来又忝列中国作协举办的 1976—1988 年全国优秀散文集获奖篇目之中。我自己长期从事文学期刊编辑工作，尝尽了编辑的甘苦，我在感谢诸多报刊对我的关心、支持时，《解放日报》的这份情谊时刻难忘。

我非常怀念大学那段生活。庆幸自己有机会能受到那么多受学术界尊重的名教授的教诲。大约是 20 世纪 80 年代中期一个中秋节，我正出差在上海,一位复旦大学中文系的教授陪我去江湾复旦大学看望蒋孔阳教授,下午,正好蒋先生和夫人濮之珍在。蒋先生见到我很意外也很高兴,进门时我叫蒋老师,他连忙摆手。坐定后,他才慢慢地对我说,陪同我来的是他的学生,虽然已是教授了,叫他老师可以,我不能叫。他说:我1956年去北大进修文艺理论,听苏联专家毕达柯夫的课,杨晦也是我的老师。你是杨晦老师的研究生。虽然我比你岁数大得多,我的学生中也有比你大的,但我们还是师兄弟,这个辈分不能乱。蒋先生为人谦和,他夫人又是我们安徽老乡,他俩坚持一定留我在他家过中秋。蒋先生很敬重杨晦老师。他说看了《杨晦选集》,很为他新中国成立后写得少惋惜。干了十四年系主任,政治运动不断,哪里有什么时间写文章?我和蒋先生有同感。每当我思念起杨晦老师时就想起了蒋先生说的这个遗憾。

2000年4月24日

送别陈忠实

陈忠实走了，走得过早，太快。

我是他的读者、编者、评者，也是他交好的文友。我比他大几岁，所以，他在赠我的诗作中称我为“老兄”。他创作多年，硕果多多，对他的中短篇小说、散文，特别是创作了十年的长篇小说《白鹿原》的准备和写作过程，以及1997年荣获中国长篇小说最高荣誉——第四届茅盾文学奖的情况和获取海内外的广泛赞誉，我都基本了解。

我长居北京，他长居陕西。我们每次见面，多是在会议期间或作家聚会时，有时，也在各省市邀请作家的采风活动中。他酷爱喝酒，喝得时间长，边喝边聊。忠实喝酒属于慢热型，酒喝好后，会开怀畅谈，在这种场合，他不喜欢谈别人对他作品的评价，更多关心的是京城一些文友的近况。偶尔谈谈对人生艺术的看法。特别是涉及《白鹿原》的一片叫好，对于过誉的称赞之词，他总是摇摇头，摆摆手，说：“不值得多谈。”

记得那是1998年的夏天，四川凉山彝族自治州邀请全国部分作家到当地采风，住在西昌青山竹风间的邛海宾馆，每天大家早出晚归。那次，有邓友梅、吉狄马加、我、陈忠实、王充闾、池莉等。因抵达后两天，团长邓友梅有事，先期回京，我被推举为团长，联络邀请方并为大家服务。那年的盛夏，正赶上长江发大水，晚餐后，我回房间看了新闻联播，及时电话告知家在武汉的池莉长江汛情，再去忠实房间喝酒。忠实喜爱喝酒，但不大讲究酒的牌子，只要是白酒就好。他从陕西带来的一瓶西凤酒，很快就喝光了。他让我给他找点白酒和下酒小菜，一般喝到下半夜一两点。他很欣赏孙犁先生的话，对于作家之间的往来，应该疏稀些，不要走得过勤。大家都应该把重心放在写作上。

忠实的创作很认真，对作品仔细地斟酌、修改。对于祖国、家乡、亲情，忠实认为，亲情、乡情与爱国是必然联系的。为了写作，不辞辛苦，忠实走访了很多地方，采访了很多人物，各种类型的人和事。好的作家，不光要拥有大量、真实的生活素材，更要有深刻的思想，站到高点，合理、合规地将好的素材梳理出来，生发、升华。思想，对于作家，最为重要。

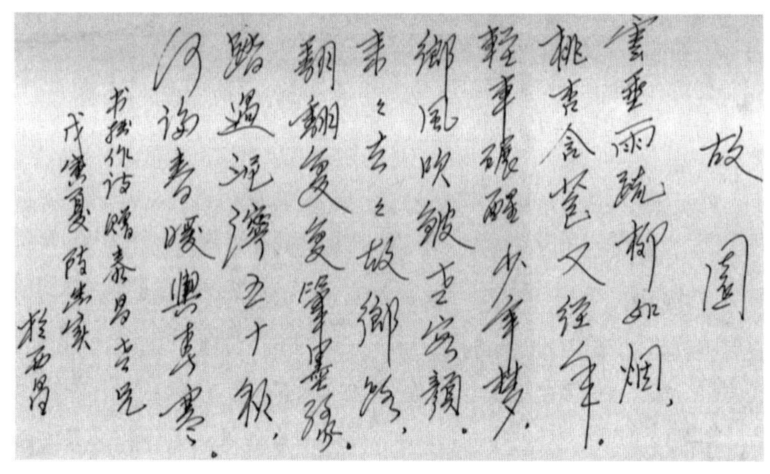

1988 年陈忠实赠给笔者的诗作

我们在西昌采风期间，西昌当地邀请方举办了采风作家签名售书活动，首推忠实的小说《白鹿原》，也有我的散文集《失约的家宴》等，前来买书签名的读者很多。忠实说："看来读者的口味，喜爱小说，也喜爱散文、诗歌等，文学的各种样式都有市场啊。"

《白鹿原》之后，有新闻媒体的朋友问询忠实，是否还会有比《白鹿原》

更好的作品问世。忠实对我讲起:“老兄,不一定有了一部,必然会写出更好的下一部。以后,我还会考虑写长篇小说,也会写些短篇小说,但同时更多的写些散文、诗歌,已经出了一本散文集,还要出一本诗歌集,到时,我一定会送给你。”忠实在送给我的诗作中就写了这么句:“来来去去故乡路,翻翻复复笔墨缘。”

前年,忠实来京,观看北京人民艺术剧院上演的他的同名话剧《白鹿原》。我邀请他一聚,“老兄,现在,我不喝酒了。你也要少喝或不喝”。

忠实走了,在深切怀念忠实之际,我又重读了他 1998 年在西昌采风时手书赠给我的这首他的旧诗作《故园》:

云垂雨疏柳如烟,桃杏含苞又经年。
轻车碾醒少年梦,乡风吹皱老容颜。
来来去去故乡路,翻翻复复笔墨缘。
踏过泥泞五十秋,何论春暖与春寒。
书拙作诗赠泰昌老兄,戊寅夏,陈忠实,于西昌。

“来来去去故乡路,翻翻复复笔墨缘。”忠实,如他的名字一样,忠实于他的理想,忠实于他的笔画。

2016 年 5 月

燕园的黄昏

记不清从何年何月起，我养成了一个不好的习惯。即便是白天，阳光满照的白天，我一回家，一走进零乱不堪的书房，一伏在杂乱的书桌前，就习惯地扭开了台灯。二十五瓦的灯泡散发出昏黄的光圈，将我的身影笼罩在昏黄的一片里。我喜爱在昏暗的光线下，看书，看校样，听音乐，抽烟沉思。我总感觉，这昏暗能给我带来什么，心绪宁静时能使我渐渐变得不宁静乃至微微地骚动，心绪烦躁时能使我渐渐宁静下来乃至忘掉了这昏黄。我说不清也不想去剖析这种心态。反正它给我带来了难求的益处。当我在苦苦地思考问题，或专心写作时，被一个不愉快的电话破坏了情绪，在这昏黄的光照下，抽一支烟，听一支曲，即刻能将这突如其来的不快驱散。这些年，我的许多文章就是就着昏黄的灯光写下的。

绝不是我的视力太好而适宜了这昏黄微弱的灯光的。我的视力并不太好。大学毕业体检，就有二百度的近视，大夫劝我配眼镜，叮嘱我夜读时务必戴上。当时没有钱，也顾不上爱惜自己的身体。至今也没有戴上眼镜。那是近三十年前的事，现在年岁大了，据说轻度的近视能自然变化成不近视。我在中学几年，晚上都是就着菜油灯复习功课的，光线昏暗微弱，看书很吃力，眼睛发胀。怪不得那时，我常喜欢面对冉冉升起的一轮红日，面对着中午当空的骄阳，好补充储存些阳光。

我第一次踏进燕园，被千百张新同学那亲切微笑的面容激动得忘了时辰。当我被领到暂做宿舍的小饭厅中一张上铺时，将行李稍稍安顿后，就有人来招呼我去大饭厅吃晚饭了。我去窗口端了一碟炸带鱼。我的家乡是鱼米之乡，几乎天天吃鱼。可海鱼却是头一次吃。我先用筷子夹着吃，后来见别的同学用手拿着吃，我也学着这种吃法。从乡下进京城，从一所县里的中学，来到这所被称为最高学府的名牌大学，一切都感到陌生新奇。记得临上火车时，班主任张老师一再关照我：到了那里，时时小心，多向老同学请教。我见到许多老同学将菜盖在饭上，一边吃，一边在饭厅周围橱窗看报，我也跟着走了过去。所不同的是，我一时还不善于边走边吃，边看报边吃。我只管看报，从这个橱窗到那个橱窗，从这张报到那张报。待想到碗里的饭和一块块焦黄的带鱼时，饭也凉了，鱼块也凉了。我感到有点冷。黄昏来临，秋意亦来。

我被一位高班同学带到未名湖畔。幽静的小道、秀丽的景色使我忘却了三天三夜旅途的辛劳。临湖轩一带一团团一簇簇的翠竹在微微地晃动，这一团团一簇簇模糊的黑影在神秘地引逗着我。有人去湖边散步，也有人急匆匆地行走。老同学告诉我，这些匆忙的人是去图书馆占位置的。我抬头望去，在树丛的近处远处，星散似的大屋顶的建筑里灯光亮了。一个黑影迎面迟缓地移动，接近时，我才辨出是一位老人，瘦小的老人，手里拎着一个书袋。待老人慢慢远去之后，老同学说他是哲学系的一位名教授。似乎看出我不解这老人为何这么晚才回家，同学忙解释说，教授也常跑图书馆，他准是下午去查资料。弄到现在才发现该回家吃晚饭了。我好奇地回头去看他，他已消失在黑暗之中，昏黄的路灯孤独地高悬着。

我熟悉了燕园的生活。八九年丰富而又单调的生活给我留下了无尽的记忆。记忆不都是愉快的，有些是不值得记忆的，但上千个黄昏急匆匆忙着去文史楼抢占座位那股认真劲和荡在心头的那点充实感，却是我至今乐于重温的。

也许大自然黄昏的光线和阅览室昏黄的灯光浸漫了我最好的年华，在一个连接一个和谐的光圈里我品尝到了人生的酸甜苦辣。

1957年燕园的不平静是世人皆知的。我们二十人的一个班，就有好几位遭难。一天我去阅览室前，到未名湖边走走，正巧遇上一位遭难的同学。我和他平日是要好的，他不久要去农场改造了。我们默默地走着，好在周遭昏暗一片，我看不清他的表情，他也看不清我的表情，我胆怯得没有对他多说几句宽慰的话，只劝他注意身体，提醒他多配一副眼镜带去。虽然我不知道他要去的农场在哪里，我猜想劳改农场一定是在风沙弥漫的处所，他高度近视，万一眼镜坏了丢了，临时配不方便，摸着回住处都困难。他点点头什么都没说就分手了。依然是昏暗的灯光，我伏案看书时，觉得灯光昏暗得实在看不下去。那天是个星期日。星期日有时和在京的家乡同学相约外出聚会，每次傍晚回到学校，总有点莫名其妙的惆怅。事后多年，每当回想起他戴着一副高度近视眼镜在确是风沙弥漫的荒野，惆怅感更重了。

在授业的老师中，我和吴组缃教授的接近是最自然的。他也是安徽人，就凭这点，我主动请求他做我学年论文的辅导老师，他建议我研究一下艾芜的小说。我多次踏着黄昏走进他家的四合院。学生的晚饭早，我几次遇上他正在吃晚饭。起先他叫我在书房稍等，给我一小杯清茶。他很快吃完饭过来和我谈话。后来熟了，他就叫我坐在饭桌边，他一边吃，一边和我谈。师母是很热情好客的，每次都问我吃过饭没有。有回吴先生递给我一双筷子，叫我尝尝家乡名菜——梅干菜烧肉，我夹了满濡酱油的有肥有瘦的一大块，确实美味可口。我想起书房里那盏昏暗的台灯在亮着，老师的夜间工作要开始了，便起身就走。“文革”后期，听说吴先生仍在接受审查。有一天，也是该吃晚饭的时候，我去看他。书房的门被封了。我绕进他的卧室，冷冷清清。是该亮灯的时候了，主人还没有开灯。我站在门口，满屋全是书柜、书堆，突然有人从书柜后面发出声音：“谁?”我听出是他，忙叫吴先生，我是泰昌。灯亮了，见他一脸倦容。他低声问我怎么来了，同军宣队打过招呼没有，我摇摇头。我坐了一会儿，他什么也没说，又告诉我师母病了。他催我快走，自己小心。他说连茶也没顾上倒。我走出大门，回头见他探着身子在送我。

我迷恋燕园的黄昏，有一次竟闹出个笑话。我跟研究生时期的导师杨晦教授几年，快毕业时，我忽然想起该和老师留张影作纪念。我好不容易借到一架苏联出产的老式相机，主人告诉我里面还有两张黑白胶卷。晚饭后，我拉着一位曾在校刊合作过的同学去燕东园，杨先生正在屋前花丛里散步，他听说我是来照相的，笑着说：光线暗了，又没有闪光灯，怕不行。我说：试试看吧！他坐在藤椅上，我站在旁边，周围全是鲜花。虽然用了最大的光圈，冲出来仍是黑糊糊一片。这张照片我1969年下干校时丢失了，模糊中显现出来的老师亲切的笑容我还记忆清晰。

离开母校二十多年了。期间少不了回去，办完事就走。大约五年前，朱光潜老师请我为他编一本集子。晚饭后他去未名湖一带散步，叫我同行。我们走到湖边，落日的余晖尚未退尽，他一路谈着正在翻译的维柯的《新科学》。他望着博雅塔笑着说：这里景色很美，可以入画，不过有时你感觉这种意境，有时你感觉不到这种意境。我知道朱先生近来的心情很好，他借景抒情，又在发挥他的美学理论了。

我盼望有机会常在燕园度过黄昏。看来很难如愿。前些天我在燕园围墙外的一家饭店开会住了半个月，也没有找到这个机会。然而我毕竟已习惯于在昏暗的灯光下遐想，在幽思中重温那燕园黄昏留给我的一切。

1988年2月